クリスティー文庫
38

予告殺人
〔新訳版〕

アガサ・クリスティー

羽田詩津子訳

早川書房

8521

A MURDER IS ANNOUNCED

by

Agatha Christie

Translated by
Shizuko Hata
Published 2020 in Japan by
HAYAKAWA PUBLISHING, INC.
This book is published in Japan by
arrangement with
AGATHA CHRISTIE LIMITED
through TIMO ASSOCIATES, INC.

ラルフとアン・ニューマンに捧げる。
夫妻の家でわたしは生まれて初めて「美味なる死」を味わった。

目次

予告殺人

〔新訳版〕

登場人物

ジェーン・マープル………………老婦人
レティシア・ブラックロック……リトル・パドックスの主人
ドーラ・バナー……………………レティシアの友人
パトリック・シモンズ
ジュリア・シモンズ　}…………レティシアの遠い親戚
フィリッパ・ヘイムズ……………リトル・パドックスの下宿人
ミッチ………………………………リトル・パドックスのメイド
エドマンド・スウェットナム……文学青年
スウェットナム夫人………………その母
イースターブルック大佐…………インド駐在経験のある軍人
イースターブルック夫人…………その妻
ヒンチクリフ
マーガトロイド　}…………………ボールダーズに住む年配女性
ジュリアン・ハーモン……………牧師
バンチ………………………………その妻
ルディ・シャーツ…………………ホテルのフロント係。スイス人青年
ダーモット・クラドック…………警部
フレッチャー………………………部長刑事
ジョージ・ライズデール…………警察署長
ヘンリー・クリザリング…………ロンドン警視庁の前警視総監

1　殺人が予告される

1

日曜をのぞく毎朝七時半から八時のあいだに、ジョニー・バットは歯のあいだで甲高《かんだか》い口笛を吹き鳴らしながら、チッピング・クレグホーンの村を自転車でひと回りする。ハイストリートで本屋兼新聞取次店をやっているミスター・トットマンに雇われ、それぞれの家に注文の新聞を配達しているのだ。たとえば、イースターブルック大佐夫妻には《タイムズ》と《デイリー・グラフィック》、スウェットナム夫人の家には《タイムズ》と《デイリー・ワーカー》、二人の年配女性ミス・ヒンチクリフとミス・マーガトロイドの家には《デイリー・テレグラフ》と《ニューズ・クロニクル》、そしてミス・

ブラックロックの家には《デイリー・テレグラフ》と《タイムズ》、それに《デイリー・メイル》といった具合だった。

そして毎週金曜日には、今あげた家はもちろん、チッピング・クレグホーンのほぼすべての家に週刊の《ノース・ベナム・ニューズ・アンド・チッピング・クレグホーン・ガゼット》、略して《ガゼット》を配達した。

というわけで、金曜の朝、チッピング・クレグホーンの住人の大半は、日刊紙の見出し（「国際情勢の危機！　今夜、国連の緊急総会！」「警察犬、ブロンドのタイピスト殺しの犯人を捜索中！」「三炭鉱、休業に」「シーサイド・ホテルで食中毒、二十三人死亡」など）にはちらっと目をやるだけで、《ガゼット》をそそくさと広げると、地元のニュースをむさぼるように読んだ。まず投書欄（田舎の生活ならではの激しい憎悪や確執が渦巻いていた）にざっと目を通すと、十人中九人が個人広告欄を読みふける。ここには家事手伝いを切実に求める広告やら、犬に関するさまざまな案内、ニワトリやガーデン用品に関する広告など、「売ります」や「求む」の情報が雑然と詰めこまれていた。どれもこれも、チッピング・クレグホーンという狭い地域に住む人々の好奇心をくすぐるものばかりだった。

十月二十九日金曜日、この日も例外ではなかった。

2

スウェットナム夫人は額からかわいらしい小さなカールをかきあげると、《タイムズ》を広げて、ぼんやりと左ページの真ん中あたりを眺めながら、わくわくするようなニュースがあっても、《タイムズ》って決まってお上品に仕立ててあげてしまうんだわ、と考えた。そこで誕生、結婚、とりわけ死亡欄にひととおり目を通すと、《タイムズ》を放りだして、いそいそと《チッピング・クレグホーン・ガゼット》を手にとった。

まもなく息子のエドマンドが部屋に入ってきたときには、夫人は個人広告欄を夢中で読んでいた。

「おはよう」スウェットナム夫人は言った。「スメドリー家は自動車を売りにだすようね。一九三五年型のダイムラー――ずいぶん古い型ねえ」

息子はあいまいにつぶやくと、コーヒーを注《つ》ぎ、燻製《くんせい》ニシンをふたつ皿に盛ってテーブルにつき、労働者向けの《デイリー・ワーカー》を広げてトースト・ラックに立てかけた。

「〝ブルマスチフの子犬売ります〟」スウェットナム夫人は読みあげた。「こんな時代に大型犬までどうやって食べさせていけるのやら、不思議だわ……ふうん、セリーナ・ローレンスがまたコックを探してるわ。こういうご時世に広告を出しても時間のむだよ。それに住所も載せずに、私書箱だけ。これは致命的な失敗ね。忠告してあげればよかった。使用人はどこの家で働くのか気にするものなの。きちんとした家を選びたがるからね……義歯――どうして入れ歯がこんなに人気があるのかわからないわ。〝高価買い入れ〟ですって……〝美しい球根。掘り出しもの〟こう書くと安っぽく思えちゃうわね……あら、女の子がこんな広告を出しているわ。〝楽しい仕事求む――旅行に同行します〟あきれたわね！　こんな仕事なら、さぞ楽しいでしょうよ。……〝ダックスフント〟……わたしはダックスフントなんて好きじゃないけど。ドイツ犬だからじゃないわよ。ドイツと戦争したのはもう過去のことだしね。ただ、あの犬が好きになれないだけ。あら、なんなの、フィンチ夫人？」

ドアが開いて、古ぼけたベルベットのベレーをかぶった陰気な外見の女性が、顔と上半身をのぞかせた。

「おはようございます、奥さま」フィンチ夫人は言った。「お掃除にとりかかってもよろしいですか？」

「まだよ。朝食が終わってないから。でも、もうじき終わるわ」夫人は愛想よくつけくわえた。

フィンチ夫人はエドマンドと新聞をじろっと見ると、フン、と鼻を鳴らしてドアの向こうに消えた。

「まだ食べはじめたばかりだよ」エドマンドが文句をつけると、母親はぴしゃりと切り返した。

「そんな恐ろしい新聞は読まないでもらいたいわね、エドマンド。フィンチ夫人がとても嫌っているのよ」

「ぼくの政治的見解とフィンチ夫人は関係がないだろう」

「そうじゃないの。おまえが労働者ぶっているからなのよ。まるっきり働いてもいないくせに」

「そんなことないよ」エドマンドは憤慨した。「本を書いているんだから」

「母さんが言っているのは、本物の労働のことよ。それにフィンチ夫人は大事にしないと。うちに嫌気がさして辞めちゃったら、誰が家の仕事をしてくれるの？」

「《ガゼット》に広告を出せばいい」エドマンドはにやりとした。

「広告なんて役に立たないって、今話していたばかりでしょ。やれやれ、こういう時代には一家に年とったばあやがいて、お台所のことや何かを全部やってくれなければ、にっちもさっちもいかなくなっちゃうのよ」

「じゃあ、どうして年とったばあやを雇わなかったんだい？　ぼくのために一人雇っておいてくれたらよかったのに。ちゃんと考えておかなかったんだね」

「乳母はつけてたわよ」

「先見の明がなかったんだなあ」エドマンドはつぶやいた。

　スウェットナム夫人はまたも個人広告欄をじっくりと読みはじめた。

「〝中古の芝刈り機売ります〟あら、いくらかしら……まあ、なんて高いの！……またダックスフントね……　〝手紙か電話で連絡を待つ、絶望するワグルズより〟ワグルズですって？　世間にはおかしな名前の人がいるものね……コッカースパニエル……あのやさしいスージーを覚えている、エドマンド？　本当に思いやりのある乳母だったわね。おまえのしゃべるかたこともちゃんと理解していたっけ……〝名匠トーマス・シェラトン作のサイドボード売ります。一族伝来の本物のアンティーク。ダイヤス・ホール、ルーカス夫人〟……なんて嘘つきなの、この女は！　シェラトンが作っただなんて！」

　スウェットナム夫人は鼻を鳴らすと、また読みつづけた。

「〝すべて誤解だ。永遠に愛す。いつものように金曜に――J〟……これは恋人同士がけんかしたのね。それとも泥棒の暗号かしら？……またダックスフントだわ！　まったくダックスフント、ダックスフントって少し騒ぎすぎじゃないかしら。他にもいろいろな犬がいるじゃない。サイモン伯父さんはマンチェスター・テリアを飼っていたわ。とっても上品な小さな犬だった。わたしはちゃんとした脚がついた犬が好きだわ……〝渡航につき濃紺のツーピース売ります〟……サイズも値段も書いてないわ……結婚をお知らせ——いいえ、殺人だわ。なんですって？　まあ、まさか！　エドマンド、エドマンド、聞いてちょうだい……」

殺人をお知らせします。十月二十九日金曜日、午後六時半にリトル・パドックスにて。お知り合いの方々にご出席いただきたく、右ご通知まで。


「なんて途方もないことなの、エドマンド！」

「なんだって？」エドマンドは自分の新聞から顔を上げた。

「十月二十九日の金曜って……まあ、今日じゃないの」

「見せて」息子は新聞を母親から受けとった。

「でも、どういう意味なのかしら？」スウェットナム夫人は好奇心もあらわにたずねた。

「一種のパーティーだよ、たぶん。殺人ゲームみたいなものだろう」

「ふうん」スウェットナム夫人は懐疑的だった。「まったく変わったやり方ね。こんなふうに広告に出すなんて。常識のあるレティシア・ブラックロックらしくもないわ」

「たぶん、同居している若い連中が考えついたんだよ」

「ずいぶん急な話よね。今日でしょ。わたしたち、行くべきかしら？」

「〝お知り合いの方々にご出席いただきたく、右ご通知まで〟と書いてあるな」

「こういう目新しい招待状って、まったく面倒なものね」母親はきっぱりと言った。

「じゃあ、お母さんは行くことないよ」

「ええ」スウェットナム夫人は同意した。

沈黙が広がった。

「その残ったトースト、食べるつもりなの、エドマンド？」

「あの鬼婆にテーブルを片づけてもらうより、ぼくがちゃんと栄養をとるほうが大切だよ」

「しいっ、聞こえるわよ……エドマンド、殺人ゲームってどういうものなの？」

「よくは知らないけど……紙切れか何かを体に貼りつけるんだったかな……いや、帽子からくじをとりだすんだ。で、誰かが犯人になり、誰かが探偵になる。そこで電気が消えて、誰かが肩をたたかれる。そうしたら悲鳴をあげて、倒れて死んだふりをするんだよ」

「わくわくするゲームのようね」

「たぶん、とてつもなく退屈だろうな。ぼくは行かないつもりだよ」

「ばか言わないで、エドマンド」スウェットナム夫人は断固として言った。「わたしは行くわ。だから、おまえもいっしょに行くのよ。それで決まりですからね!」

3

「アーチー」イースターブルック夫人は夫に話しかけた。「これを聞いてちょうだい」

イースターブルック大佐は知らん顔だった。というのも、《タイムズ》の記事に腹を立てていたからだった。

「まったくこいつらときたら。インドのことを何ひとつ知らないんだ! 基本的なことすら!」

「ええ、そうですとも、あなた」

「知っていたら、こんなばかばかしいことを書くわけがない」

「ええ、そうね、アーチー。でも、これを聞いてちょうだい」


殺人をお知らせします。十月二十九日金曜日、午後六時半にリトル・パドックスにて。お知り合いの方々にご出席いただきたく、右ご通知まで。


夫人は鼻高々で読み終えた。イースターブルック大佐は愛情こめて妻を見つめたが、たいして興味をひかれた様子はなかった。

「殺人ゲームだよ」大佐は言下に決めつけた。

「まあ」

「それだけのことだ。いいかい」大佐は背筋を伸ばした。「うまくやれば、とてもおもしろいゲームなんだ。だが、こつをのみこんだ人間が仕切らなくちゃならない。まずくじを引く。一人が殺人犯になるが、それが誰なのかはわからない。明かりが消える。殺人犯は犠牲者を選ぶ。犠牲者は犯人に触られたあとで、二十数えてから悲鳴をあげる。そして、探偵に選ばれた人間が捜査を始める。全員に質問するんだ。どこにいたのか、何をしていたのか。そして本物の犯人を暴こうとする。うん、確かにおもしろいゲームだよ。探偵役が――なんというか――警察の仕事について多少とも知識があればね」

「あなたみたいにね、アーチー。現役のときはおもしろい事件をたくさん手がけましたものね」

イースターブルック大佐は得意げに微笑むと、満足そうに口ひげをひねった。

「そうだな、ローラ。わたしならひとつ、ふたつ、アドバイスを与えてやれるかもしれないな」

そして胸をぐいとそらした。

「ミス・ブラックロックは計画を立てるときに、あなたに相談すればよかったのにね」

大佐は鼻を鳴らした。

「だが、まあ、夫人は若者たちを家に置いているからな。たぶん、あの青年の思いつきなんだろう。甥《おい》だかなんだかの。しかし、新聞に広告を出すとは風変わりな思いつきだよ」

「個人広告欄にでしょ。見逃していたかもしれないわよね。これ、招待状なんだと思う、アーチー？」

「奇妙な招待状だな。ひとつ言っておくが、わたしは来ないものと思われているよ」

「あら、アーチー」イースターブルック夫人は悲しげに叫んだ。

「こんなに急な知らせだ。わたしが忙しいのは知っているはずだからね」

「でも、大丈夫なんでしょ、あなた?」イースターブルック夫人はなだめるように声を落とした。「それに、アーチー、あなたはぜひとも行くべきだと思うわ。気の毒なミス・ブラックロックをお手伝いするために。ゲームを成功させようとして、あの人はあなたを当てにしているにちがいないわ。だって、あなたは警察の仕事や捜査方法について、とってもよく知っているんですもの。あなたが行って手を貸さなかったら、きっと失敗してしまうわ。なにより、ご近所づきあいってこともあるでしょ」

イースターブルック夫人は染めたブロンドの頭を片側にかしげ、ブルーの目を大きく見開いた。

「もちろん、きみがそう言うならね、ローラ……」イースターブルック大佐は灰色の口ひげをもったいぶってひねり、だだっ子のような妻をいとおしげに眺めた。夫人は夫より三十歳ほど若かった。

「そこまで言うなら行くとしよう」

「ええ、あなたの義務だと思うわ、アーチー」イースターブルック夫人は重々しく言った。

4

《チッピング・クレグホーン・ガゼット》はミス・ヒンチクリフとミス・マーガトロイドが住むボールダーズの家にも届けられた。三軒の田舎家をぶちぬいて一軒にした個性的な家だ。

「ヒンチ？」

「なんなの、マーガトロイド？」

「どこにいるの？」

「ニワトリ小屋よ」

「ああ」

濡れた草のあいだを慎重に歩いて、エミー・マーガトロイドは友人に近づいていった。

ヒンチクリフのほうはコーデュロイのスラックスに軍服の上着という格好で、ゆでたじゃがいもの皮とキャベツの芯が入った湯気を立てているバケツに、ニワトリの飼料を入れてはせっせとかき回しているところだった。

ヒンチクリフは男性のように短くカットした頭と日焼けした顔を友人に向けた。

太って愛想のいいマーガトロイドは、チェックのツイードのスカートと、型くずれした鮮やかなブルーのセーターという格好だった。カールした灰色の髪は鳥の巣のようにくしゃくしゃで、少し息を切らしている。

「《ガゼット》にね」マーガトロイドはあえぎながら言った。「ねえ、聞いて、これ、どういう意味なのかしら？」

殺人をお知らせします。十月二十九日金曜日、午後六時半にリトル・パドックスにて。お知り合いの方々にご出席いただきたく、右ご通知まで。

そう読みあげると息をつき、友人の自信にあふれた意見を待ちかまえた。

「ばかげてる」

「ええ。でも、どういう意味だと思う？」

「一杯やりましょうってことでしょ、どっちみち」ヒンチクリフは言った。

「招待状のようなものかしら？」

「向こうに行ってみれば、どういう意味なのかわかるわよ。せいぜい、まずいシェリー酒ってとこね。その草の上からどいたほうがいいわよ、マーガトロイド。寝室用のスリッパをはいてきたから、びしょ濡れじゃないの」

「あら、やだ」マーガトロイドは悲しげに足下を眺めた。「今日はいくつ卵がとれたの？」

「七個よ。あのメンドリったら、まだ卵を抱きたがっているの。檻《おり》に入れなくちゃならないわ」

「お知らせするには妙なやり方じゃない？」エミー・マーガトロイドは《ガゼット》の広告に話を戻した。なんとなく行ってみたそうな口ぶりだった。

だが友人はもっと生真面目で、ひとつのことしか考えられない性格の持ち主だった。ヒンチクリフは手に負えないメンドリのことで頭がいっぱいで、いかに謎めいていようと新聞広告には心をそそられなかった。

ピシャピシャ音を立てて泥の中を進んでいき、斑点のあるメンドリをつかまえた。コッコッコッと大きな怒った鳴き声が響いた。

「アヒルのほうがよかったわ」ヒンチクリフはぼやいた。「ずっと手がかからないもの……」

5

「あら、すてき！」ハーモン夫人は朝食のテーブルで夫のジュリアン・ハーモン牧師に言った。「ミス・ブラックロックのところで殺人が起きるんですって」

「殺人？」夫はいささかぎょっとしてたずねた。「いつ？」

「今日の……今夜六時半よ。あら、運が悪いわね、あなたは堅信礼（キリスト教の重要な信仰儀礼のひとつ）の準備があるんでしょ。残念ね。あなた、殺人が大好きなのに！」

「何の話をしているんだ、バンチ？」

　ハーモン夫人は丸々した体つきと顔から、洗礼名のダイアナの代わりに、バンチ（ふくれる、こぶなどの意味がある）という愛称で呼ばれていた。夫人はテーブル越しに《ガゼット》を夫に手渡した。

「そこよ。中古ピアノや古い入れ歯の広告のあいだ」

「まったくとんでもない広告だな」

「でしょ？」バンチはうきうきしているようだ。「ミス・ブラックロックは殺人やゲームに興味があるとは思えないわよね？　きっと若いシモンズ兄妹《きょうだい》がけしかけたんだわ。もっとも、ジュリア・シモンズは殺人なんか野蛮だって考えそうだけど。それにしても、ねえ、あなたが出席できないのは本当に残念だわ。ともかく、あたしは行ってきて、すっかり話してあげるわね。でも、あたしじゃ、あまり役に立たないでしょうけど。実を言うと、暗いところでやるゲームなんて好きじゃないのよ。怖くてたまらないし。とにかく、自分が被害者にならないように祈ってるわ。突然、肩に手を置かれて〝きみは死んだ〟なんてささやかれたら、心臓が跳ね上がって、本当に死んでしまいかねないわ！　やだ、そんなことにならないでしょうね？」

「いいや、バンチ。きみはよぼよぼのおばあさんになるまで長生きするよ――わたしといっしょに」

「じゃあ、同じ日に死んで、同じお墓に埋葬されるのね。すてきだわ」

バンチはこのすばらしい予想に、大きな笑みを浮かべた。

「ずいぶんうれしそうだね、バンチ？」夫はにっこりした。

「あたしみたいだったら、うれしくないわけがないでしょう？」バンチはいささかとまどったように訊き返した。「あなたとスーザンとエドワードといっしょで、みんなに愛されていて、あたしの頭が悪くても誰も気にしないし……おまけに太陽も輝いているわ！　それから、このすてきな大きな家に住んでるんですもの！」

ジュリアン・ハーモン牧師はがらんとしたダイニングを見回し、自信なさそうにうなずいた。

「こんなだだっ広いすきま風の入る家に住むなんて、絶対にいやだと思う人もいるだろうな」

「でも、あたしは広い部屋が好きなの。外のいい香りが入ってきて、いつまでも消えないし。それに散らかしたまま片づけなくても、あまり気にならないでしょ」

「掃除が大変で、セントラルヒーティングがなくても？　きみの仕事が増えるってことだよ、バンチ」

「あら、ジュリアン、そんなことないわ。六時半に起きて、ボイラーをつけ、蒸気機関車みたいに駆け回ると、八時にはすっかり片づいているもの。いつもきれいにしているでしょ？　ワックスと磨き粉でぴかぴかにして。小さな家よりも大きな家のほうがお掃除が大変ってことはないのよ。モップを使えば、大きな家のほうがずっと手早くお掃除できる。狭い部屋でしじゅういろんなものにぶつかることもないし。それに、大きな寒々した部屋で眠るのって大好きなの——鼻の先だけお布団から出して、外はこんなに寒いんだわ、と思いながらベッドの中でぬくぬくしているのはとっても居心地がいいわ。それに、どんなに大きな家に住んでいても、じゃがいもの皮をむく量や、洗うお皿の数には変わりはないもの。おまけにエドワードとスーザンが遊ぶには、何もない広い部屋がとても都合いいの。線路やお人形のおままごとを部屋じゅうに広げられるし、しかも片づける必要がないのよ。それから余分の部屋もあるから、人に貸せるのもいいわね。ジミー・サイムズとジョニー・フィンチ。うちで貸してあげなかったら、義理の親といっしょに暮らさなくてはならなかったところよ。ねえ、考えてみて、ジュリアン、あなたのご両親と住むとしたら喜べなかったわ。あなたはお母さん孝行だけど、結婚してすぐにご両親と住みたくないでしょ。あたしだっていやだったわ。奥さんじゃなくて、娘みたいな気になったでしょうから」

ジュリアンは妻に微笑みかけた。

「いまだに娘みたいだよ、バンチ」

ジュリアン・ハーモンは六十歳ぐらいだとしてもおかしくないようなできた人物だった。でも、実際にその年齢になるまで、まだ二十五年ぐらいはありそうに見えた。

「自分の頭が悪いのはわかってますけど――」

「そんなことないよ、バンチ。きみはとても賢いよ」

「いえ、賢くなんてないわ。教養もないし。でも賢くなろうとはしているの……だから、あなたが本や歴史について話してくれると、すごくうれしいわ。ただ、夜に歴史の本を朗読するのはあまりいい考えじゃないと思うけど。だって、外はとても冷たい風が吹いていても、家の中にいて暖炉のそばでぬくぬく暖まっていると、ギボン（イギリスの歴史家）を聞いているうちに眠くなってしまうんですもの」

ジュリアンは笑った。

「でも、あなたのお話を聞くのは大好きよ、ジュリアン。アハシュエロスについてお説教をした年寄りの牧師さんの話をもう一度聞かせてちょうだい」

「もうそらで覚えているだろう、バンチ」

「いいから、もう一度話して。お願い」

夫は承知した。

「老スクリムガーの話だ。ある日、彼の教会をのぞいた人間がいた。牧師は説教壇から身をのりだして、二人の年とった掃除係に熱心に説教していた。牧師は指を振りながらこう言った。『ああ！　おまえたちが何を考えているのかわかってるぞ。旧約聖書のエステル記に登場するアハシュエロス王は、アルタクセルクセス二世のことだと考えているんだろう。だが、ちがうんだよ！』そして、勝ち誇ったようにこう言った。『彼はアルタクセルクセス三世なんだ』」（アハシュエロス王はクセルクセス一世だと考えられていて、アルタクセルクセス一世はその息子。牧師の言っていることはそもそもまちがっている）

ジュリアン・ハーモンはこの話をとりたてて滑稽《こっけい》だと思ったことはなかったが、バンチはいつもおもしろがるのだった。

バンチの澄んだ笑い声が響いた。

「楽しい牧師さん！」バンチは叫んだ。「あなたもいつかそんなふうになるわね、ジュリアン」

ジュリアンはいささか困った顔になった。

「そうだな」牧師は控え目に言った。「ただ、これほど無邪気な態度は貫けないと思うよ」

「そんなことないわよ」バンチは立ち上がって、朝食の食器をトレイに重ねはじめた。「バット夫人がきのう言っていたんだけど、これまで教会に行ったこともない無神論者だったご主人が、今じゃ、あなたのお説教を聞くために毎週日曜に教会へ足を運ぶようになったそうよ」

バンチはバット夫人のやけに気どった声を実に巧みに真似た。

「『それに主人は先日、リトル・ワースデールのミスター・ティムキンズにこう申してましたのよ、奥さま。ここチッピング・クレグホーンには本物の文化ってものがあるんだ。リトル・ワースデールのミスター・ゴスとはちがう。あの人は会衆が教育のない子どもででもあるかのように説教する。だが、われわれには本物の文化があるんだ。われわれの牧師は高等教育を受けた紳士だから――ミルチェスター大学なんかじゃなくてオックスフォード大学出身で、その知識を惜しみなく分け与えてくれる。ローマ人やギリシャ人について詳しいし、バビロニア人やアッシリア人のことにも通じている。おまけに、牧師館の猫まで、アッシリアの王の名前がつけられているんだ、と申したんですの！』あなたは本当にたいしたものだわ」バンチは自慢げにしめくくった。「大変、さっさと家事にとりかからなくちゃ。さもないと、全部終わらないわ。おいで、ティグラト・ピレセル、ニシンの骨をあげるわよ」

ドアを開け、足で器用に押さえながら、食器を山積みにしたトレイを手に部屋から急いで出ていった。やや調子っぱずれの声で、運動会用の歌を替え歌にして元気よく歌っている。

今日は晴れた殺人日和《びより》
五月のようにうららかな日
だから村の探偵たちはみんなお出かけ

流しにガチャガチャ食器をつける音で、次の歌詞は聞こえなくなった。だが、ジュリアン・ハーモン牧師が家を出るとき、歌詞の最後が意気揚々と聞こえてきた。

今日はみんな出かける、殺人に！

2 リトル・パドックスでの朝食

1

リトル・パドックスでも、朝食の真っ最中だった。

家の持ち主のミス・レティシア・ブラックロックは六十代の女性で、テーブルの上座にすわっていた。田舎っぽいツイードの服を着ていたが、その服には似合わない大粒の模造真珠のネックレスをつけている。《デイリー・メイル》のレーン・ノーコットの連載小説を読んでいるところだった。ジュリア・シモンズは物憂げに《テレグラフ》をめくっていた。パトリック・シモンズは《タイムズ》のクロスワードの解答を調べている。ミス・ドーラ・バナーは地元紙《ガゼット》を夢中で読みふけっていた。

ブラックロックが笑い声をもらした。パトリックはつぶやいた。「〝粘着〟か――〝執着〟じゃなかったのか――ここでまちがったんだな」

いきなり、びっくりしたメンドリのような甲高い声をバナーがあげた。

「レティ――レティ――これを見た？　いったいどういう意味なの？」

「どうしたの、ドーラ？」

「すごく奇妙な広告なの。はっきりとリトル・パドックスって書いてある。でも、いったいぜんたいどういう意味なのかしら？」

「見せて、ドーラ――」

バナーは新聞をブラックロックの差しだした手に渡し、震える人差し指でその記事を指さした。

「ほら、見て、レティ」

ブラックロックは記事を読みはじめた。眉毛がつりあがった。テーブルの人々をすばやく見回すと、広告を声に出して読みあげた。


殺人をお知らせします。十月二十九日金曜日、午後六時半にリトル・パドックスにて。お知り合いの方々にご出席いただきたく、右ご通知まで。

それから厳しい声で言った。「パトリック、あなたの仕業《しわざ》なの？」

テーブルの向かいにすわるハンサムでのんきそうな顔を、鋭く見つめた。

パトリック・シモンズはすぐに否定した。

「いえ、ちがいますよ、レティ伯母さん。どうしてそんなふうに思うんですか？　ぼくが知るわけないでしょう？」

「あなたならやりかねないと思ったのよ」ブラックロックは不機嫌そうに答えた。「あなたの悪ふざけかと思ったわ」

「悪ふざけ？　まるっきりちがいますよ」

「では、あなたは、ジュリア？」

うんざりしたように、ジュリアは答えた。「もちろん、ちがうわ」

バナーがささやいた。「ヘイムズ夫人はどうかしら――」そしてすでに朝食をすませて空《あ》いている席を見た。

「いや、フィリッパは悪ふざけをするような人じゃないですよ」パトリックが言った。

「真面目な女性ですよ、あの人は」

「それにしても、どういうつもりなのかしら？」ジュリアがあくびしながらたずねた。

「何を言いたいのかしら？」

ブラックロックがゆっくりと言った。「たぶん――ばかばかしいいたずらなのよ」

「だけど、どうして？」ドーラ・バナーが叫んだ。「目的はなんなの？　あまりにもばかげた冗談だわ。それに悪趣味よ」

ドーラ・バナーのたるんだ頬は怒りのあまりプルプルと震え、近眼の目はぎらついていた。

ブラックロックは友人に笑いかけた。

「気にしないで、ドーラ。誰かのユーモアたっぷりの思いつきにすぎないのよ。でも、それが誰なのか知りたいわ」

「〝今日〟って書いてあるわ」バナーが指摘した。「今日の六時半。何が起きるのかしら？」

「死だ！」パトリックがわざと不気味な声で言った。「美味なる死《デリシャス・デス》」

「黙りなさい、パトリック」バナーがはっと息をのんだので、ブラックロックは叱りつけた。

「ぼくはミッチが作る特製ケーキのことを言っただけですよ」パトリックが言い訳した。「いつも〝美味なる死〟と呼んでいるのはご存じでしょう」

ブラックロックは何かに気をとられているような顔つきで笑みを浮かべた。

バナーはさらに問いかけた。「でも、レティ、本当に何が起きるのか――」

ブラックロックは安心させるように、友人の言葉を陽気に遮《さえぎ》った。

「六時半に起きることで、ひとつだけ確実なことがあるわ」彼女はきびきびと言った。

「村の住人の半数がここに来るってこと、それも興味津々でね。シェリー酒でも用意しておいたほうがよさそうね」

2

「心配しているんじゃないの、ロティ？」

ミス・ブラックロックはぎくりとした。書き物机にすわって、魚の絵をぼんやりといたずら書きしているところだった。古くからの友だちの気づかわしげな顔を見上げた。

ドーラ・バナーにどう答えたらいいか迷った。ドーラを不安がらせたり動揺させたりしてはいけない。ブラックロックは黙ってしばらく考えこんだ。

ブラックロックとドーラ・バナーは学校時代からの友人だった。当時のドーラは金髪に青い目をした、かわいらしいが少々鈍い女の子だった。だが頭がよくないことは問題にはならなかった。明るく元気で、かわいいおかげで、人気者だったからだ。陸軍将校かならず田舎弁護士と結婚すればよかったのに、とブラックロックは思っている。ドーラはいくつもの美点の持ち主だ。愛情、献身、忠誠。だが、ドーラ・バナーにとって人生は苛酷だった。自分で働いて生計を立てなくてはならなかったのだ。そのうえ、勤勉だったのに、どんな仕事についてもうまくいかなかった。

二人の友人は長いあいだ音信不通状態だったのだが、半年前に一通の手紙がブラックロックに届いた。とりとめのない哀れっぽい手紙が。ドーラは健康を害し、一部屋だけのアパートに住み、老齢年金でかつかつの暮らしをしていた。針仕事をしようとしたが、リウマチで手が思うように動かなかった。ドーラはその手紙で学校時代について回想し、あれから別々の人生を歩むことになったが、昔のよしみでなんとか助けてもらえないだろうか？　と頼んできたのだった。

ブラックロックは衝動的に返事を書いた。気の毒なドーラ。かわいらしいけれど愚かでぼんやりしたドーラ。ブラックロックはすぐさまドーラの元に行き、こちらに連れてくると、「家の仕事が重荷になってきていてね。誰かお手伝いしてくれる人が必要なのよ」と気を楽にさせる作り話をして、リトル・パドックスに住まわせたのだった。「長くはないでしょう」とドーラを診察した医者はブラックロックに告げた。それでも、ときどき不憫《ふびん》なドーラを困った厄介者に感じることがあった。ドーラはへまばかりして、外国人の短気なメイドを怒らせ、洗濯物を数えまちがえ、請求書や手紙をなくした。そして、ときには有能なブラックロックをひどくいらだたせた。哀れな頭の鈍いドーラ、一生懸命手伝おうとして、自分が役に立っていると思いこんで満足し誇らしく感じているが、ああ、悲しいことに、まったく当てにならないのだ。

ブラックロックはきっぱりと言った。

「そんなことないわ、ドーラ。ねえ、お願いしておいたはずよ――」

「ああ」ミス・バナーはうしろめたそうな顔つきになった。「わかってるわ。うっかりして。でも――大丈夫なの？」

「心配してないかって？　いいえ」それから正直につけくわえた。「少なくともそれほどはね。《ガゼット》のばかげた広告のことを言ってるんでしょ？」

「ええ――冗談にしても、なんというか、たちの悪い冗談に思えるの」

「たちの悪い？」

「そう。なんとなく悪意が感じられるわ。つまり――感じのいい冗談じゃないってこと」

ブラックロックは友人を見つめた。穏やかな目、大きな強情そうな口元、わずかに上を向いた鼻。気の毒なドーラ、ひどく腹を立てている、まぬけで献身的な世話の焼けるドーラ。やたらに騒ぎ立てる年寄りのおばかさんだが、ドーラの直感は妙に当たる。

「あなたの言うとおりだと思うわ、ドーラ。気持ちのいい冗談じゃないわね」

「まったく気に入らないわ」ドーラ・バナーは意外なほど言葉に力をこめた。「怖いわ」ドーラはいきなりつけくわえた。「それに、あれはあなたを脅迫しているのよ、レティシア」

「ばからしい」ブラックロックはきっぱりと否定した。

「危険だわ。絶対に。爆弾の小包を送りつけてくるようなものよ」

「あきれた、どこかのお調子者がおふざけをしようとしているだけよ」

「でも、おもしろくもなんともないわ」

実際おもしろいとは言えなかった……その気持ちが顔に出たのだろう。ドーラは勝ち誇ったように叫んだ。「ほら、あなただってそう思っているんでしょ！」

「でも、ドーラ――」

ブラックロックは言葉を切った。ドアが開いて、若い女性が荒々しく入ってきたのだ。ぴったりしたセーターの下で豊かな胸が盛り上がっている。鮮やかな色合いのふんわりしたギャザースカートをはき、脂じみた黒髪を編んで頭にぐるぐる巻きつけている。その目は黒く、怒りにぎらついていた。

彼女は勢いこんで言った。

「お話があるんですけど、いいですか？」

ブラックロックはため息をついた。

「いいわよ、ミッチ。なんなの？」

ブラックロックはときどき、料理だけではなく家のすべての仕事を自分でやったほうが、年がら年中この短気なメイドの感情の爆発に悩まされるよりましだ、と思うことがあった。

「前置きなしで申し上げます――よろしいですね？　お暇をとらせていただきます――それも今すぐ！」

「理由はなんなの？　誰かがあなたをうろたえさせるようなことをしたの？」

「ええ、あたし、うろたえてます」ミッチは芝居がかった様子で言った。「死にたくないんです！　ヨーロッパでも逃げました。家族はみんな死んだんです――殺されたんですよ――母も、弟も、小さなかわいい姪も――みんな、みんな殺されました。だけど、あたしは逃げた――隠れたんです。イギリスに渡りました。働きました。自分の国だったら決してやらないような仕事までして――」

「よくわかってるわ」ブラックロックはすばやく口をはさんだ。実際、ミッチはしょっちゅうその話を繰り返している。「だけど、どうして今、辞めたいの？」

「だって、またやつらがあたしを殺しに来るからです！」

「誰が？」

「敵です。ナチスです！　もしかしたら今度はボルシェビキかもしれない。あたしがここにいるのがばれたんです。あたしを殺しに来ます。読んだんですよ――ええ――新聞に出ているのをね！」

「ああ、《ガゼット》のこと？」

「ほら、ここ、ここです」ミッチは背中に隠し持っていた《ガゼット》を差しだした。「見てください、ここに〝殺人〟って書いてあります。リトル・パドックスで。このことですよね？　今夜六時半。ああ！　殺されるのを待っていたくありません――絶対に！」

「だけど、どうしてあなたのことだと思うの？　ただの冗談よ」

「冗談？　誰かを殺すっていうのは冗談事じゃありませんよ」

「ええ、もちろんよ。だけど、いいこと、誰かがあなたを殺したいなら、それを新聞の広告にわざわざ出したりしないわ。そうじゃない？」

「新聞には出さないと思うんですか？」ミッチは少し震えているようだった。「じゃあ、誰も殺すつもりはないと？　もしかしたらあなたを殺すつもりかもしれませんよ、ミス・ブラックロック」

「誰かがわたしを殺したいなんて信じられないわ」ブラックロックは軽く受け流した。「それに、ミッチ、誰かがあなたを殺したがる理由もわからない。だって、なんのためにそんなことをするの？」

「悪い人たちだからです……とっても悪い人たち。言っておきますけど、母も、弟も、小さな姪も……」

「ええ、そうね」ブラックロックはうまく話を遮った。「だけど、あなたを殺したい人がいるなんて、どうしても信じられないわ、ミッチ。もちろん今すぐ辞めたいというなら、止めることはできないわよ。でも、そうしたら、とてもばかな真似をすることになるわ」

　ミッチが納得いかない顔をしているので、断固たる口調でつけくわえた。

「肉屋が届けてくれた牛肉は、お昼ごはんにシチューにしてちょうだい。かなり固そうだから」

「グーラーシュ（ハンガリーの煮込み料理）を作ります、とびきりのグーラーシュを」

「そういう名前で呼びたいなら、それでもかまわないけど。それからチーズの固い部分はチーズ菓子でも作って使い切ってしまってね。今夜、たぶんお客さまが一杯やりに来ると思うから」

「今夜ですか？　え、どういうことです、今夜って？」

「六時半過ぎにね」

「だけど、新聞に出ていた時間ですよね？　誰が来るんですか？　どうして来るんですか？」

「みんな、お葬式に来るのよ」ブラックロックはいたずらっぽく答えた。「さあさ、話はおしまいよ、ミッチ。わたしは忙しいの。ほら、ドアを閉めていって」と厳しくつけくわえた。

「さて、これで当分、あの子をおとなしくさせておけるわ」とまどった顔つきのミッチがドアを閉めると、ブラックロックは言った。

「さすがだわ、レティ」バナーは感嘆の声をあげた。

3　午後六時半

1

「さて、これですっかり準備が整ったわ」ミス・ブラックロックは言った。二部屋からなる客間をぐるっと見回して検分した。バラの花模様の上等な綿のカーテン、ブロンズ色の菊を活けた鉢がふたつ、壁ぎわのテーブルにはスミレをさした小さな花びんと銀製のタバコ入れ、中央のテーブルには飲み物をのせたトレイ。

リトル・パドックスは初期ヴィクトリア朝様式で建てられた、ほどほどの大きさの家だった。細長いベランダと、窓には緑の鎧戸《よろいど》。長方形の客間は、ベランダの屋根のせいでかなり光が遮られている。もともとこの部屋には両開きのドアがついていて、そこから張出窓のある小さめの部屋に通じていた。以前の所有者はその両開きドアをはずして、ベルベットの仕切りカーテンに交換してしまった。さらにブラックロックが、そのカーテンをとりはずしたので、ふたつの部屋がひとつになったというわけだ。部屋の両方の端に暖炉があった。どちらの暖炉にも火はおこされていなかったが、部屋はぽかぽかと暖かかった。

「セントラルヒーティングをつけたんですね」パトリックが言った。

ブラックロックはうなずいた。

「このところ霧が出て、じめじめしているでしょ。家全体が湿っぽくなってるわ。エヴァンズが帰る前につけていってもらったのよ」

「貴重な貴重なコークスを使って？」パトリックはからかうように訊いた。

「確かに貴重なコークスよね。でも、そうじゃなければ、もっと貴重な石炭を使うことになったわ。燃料省ときたら、毎週、配給されることになっているわずかな石炭すら、ちゃんと寄こそうとしないのよ――石炭をくれなくちゃ料理ができない、と文句を言わないかぎりね」

「昔はどこの家にも、コークスと石炭の山があったんでしょうね？」ジュリアが見知らぬ国の話を聞いているかのように、好奇心いっぱいにたずねた。

「ええ、それに安かったわ」

「じゃあ、好きなだけ買えたんですね、書類なんかに記入しなくても。燃料不足とは無縁だったのね？　お店にはどっさりあったんでしょう？」

「ありとあらゆる種類と品質の燃料がね――しかも、最近出回っている、石ころや粘板岩混じりのものなんて一切なかったわ」

「すてきな世の中だったのでしょうね」ジュリアがうっとりと言った。

ブラックロックはにっこりした。「振り返ってみれば、そう思えるわね。でも、わたしは年寄りだから、昔を懐かしむのは当然。でも、あなたたち若者はそんなふうに考える必要はないわ」

「その当時だったら仕事をする必要もなかったわね」ジュリアが言った。「ただ家にいて、お花を活けたり、手紙を書いたり……昔の人はどうしてしょっちゅう手紙を書いたのかしら？　誰に書いたんですか？」

「今の人たちはすぐに電話をかけるけど」ブラックロックはまばたきした。「あなたは手紙の書き方すら知らないでしょ、ジュリア」

「『手紙の書き方大全』みたいなことは知らないわ。このあいだそういう本を見つけたんです。驚いたわ！　〝奥さんを亡くした男性から結婚を申し込まれたときの正しい断わり方〟なんて出ているんですもの」

「ずっと家にいたら、あなたが考えているほど楽しくないわよ。家事だってあるでしょ」ブラックロックは、にこりともせずに言った。「だけど、実を言うと、わたしもたいして家事に詳しくはないの。ドーラとわたしは」とドーラ・バナーにやさしく笑いかけた。「早くから外で働いていたから」

「ええ、そうよ、ほんとにそうだったわね」ミス・バナーが相槌《あいづち》を打った。「あのいたずらで手のかかる子どもたち。あの子たちのことは一生忘れないわ。もちろんレティは頭がよかったからビジネスウーマンになって、有名な投資家の秘書をしていたのよ」

ドアが開いてフィリッパ・ヘイムズが入ってきた。フィリッパは長身で落ち着いた物腰の美しい女性だ。驚いたように部屋を見回した。

「あら。パーティーですか？　聞いてませんけど」

「そうだろうとも」パトリックが叫んだ。「フィリッパに限っては知らないだろう。チッピング・クレグホーンで知らない唯一の女性にちがいない」

フィリッパはパトリックに問いかけるような視線を向けた。

「ここで、きみは見ることになるであろう」パトリックは芝居がかった様子で片手を振った。「人が殺される現場を！」

フィリッパ・ヘイムズはかすかに眉をひそめた。

「いいかい」パトリックは菊の大きな鉢を指さした。「これはお葬式用の花で、チーズ菓子とオリーヴは、お通夜のふるまいだよ」

フィリッパは説明を求めるようにブラックロックを見た。

「冗談なんですか?」フィリッパはたずねた。「わたし、鈍くて、いつも冗談かどうかわからないんです」

「とてもたちの悪い冗談なの」ドーラ・バナーが言葉に力をこめた。「気に入らないわ」

「広告を見せてあげるといいわ」ブラックロックが言った。「わたしはアヒルを小屋に閉じこめてこなくちゃ。もう暗いわ。アヒルたちもそろそろ小屋に戻っているでしょう」

「わたしがしますわ」フィリッパが言った。

「あら、いいのよ。あなたはもう今日の仕事を終えたんだもの」

「ぼくがしますよ、レティ伯母さん」パトリックが申し出た。

「いいえ、あなたはけっこうよ」ブラックロックはきつい口調になった。「このあいだ、小屋の掛け金をちゃんとかけなかったでしょ」

「わたしがするわ、レティ」バナーが叫んだ。「どうしてもやらせて。ちょっと長靴をはいてくるわ——ええと、カーディガンはどこに置いたかしら?」

だがブラックロックはにっこりしただけで、部屋から出ていった。

「むだですよ、ドーラ」パトリックが言った。「レティ伯母さんはとても有能なので、他の人間に任せたくないんですよ。すべて自分でやるほうが好きなんです」

「そうなのよ」ジュリアが同意した。

「きみは手伝おうとは言わなかったじゃないか」兄が指摘した。

ジュリアはこばかにしたように、にやっとした。

「あら、たった今、レティ伯母さんはなんでも自分でするのが好きなんだって言ったばかりじゃないの」妹は指摘した。「それに」ジュリアはストッキングに包まれた形のいい片脚を突きだした。「いちばんいいストッキングをはいてるんだもの」

「シルクストッキングをはいた死体！」パトリックがはやしたてた。

「シルクじゃないわ——ナイロンよ、おばかさん」

「ナイロンじゃ、あまりいい見出しにならないな」

「お願いだから、誰か教えてくれないかしら」フィリッパがじれたように叫んだ。「どうしてずっと〝死〟にこだわっているの？」

全員がいちどきに説明しようと口を開いた——だが《ガゼット》はミッチがキッチンに持っていってしまったので、フィリッパに見せることができなかった。

　ブラックロックが数分後に戻ってきた。

「さて、これですんだ」ブラックロックはきびきびと言って、時計をちらっと見た。

「六時二十分過ぎ。そろそろ誰か現われそうね――ご近所の方たちの人柄をまるっきり誤解していないかぎり」

「そもそも、やって来る理由がわかりませんけど」フィリッパは困惑していた。

「あら、わからないの？……まあ、あなたならそうかもしれないわね。でも、普通の人間は、あなたよりもずっと詮索《せんさく》好きなのよ」

「フィリッパは人生に対して関心がないって態度ですもの」ジュリアが意地の悪い口調になった。

　フィリッパは返事をしなかった。

　ブラックロックは部屋を見回した。中央のテーブルにはミッチが用意したシェリー酒のボトルと、オリーヴ、チーズ菓子、小さなしゃれたペストリーを盛った皿が置かれている。

「そのトレイを――というか、できたらテーブルごと、向こうの部屋の張出窓の前あたりに動かしてもらえないかしら、パトリック、お願い。だって、パーティーを開くんじゃないんですもの！　誰も招待したわけじゃないわ。それに、みんなが現われるのを予期していたように思われるのは不本意だわ」

「抜け目のない予測をしたことを隠したいんですね、レティ伯母さん？」

「よく言うこと、パトリック。ありがとう、かわいい坊や」

「じゃあ、みんなで静かに夜を過ごしているという演技をしましょうよ」ジュリアが言いだした。「そして、誰かがやって来たら意外そうな顔をするの」

ブラックロックはシェリー酒のボトルを手にとった。ボトルを不安げに片手に握りしめている。

パトリックが安心させた。

「半分以上残ってます。充分足りますよ」

「ああ、そうね。ええ……」ブラックロックはためらった。それから、少し顔を赤らめて言った。

「パトリック、できたら……食料品貯蔵室の戸棚に新しいボトルがあるわ。それと栓《せん》ぬきを持ってきてちょうだい。その……新しいボトルを用意しておいたほうがいいと思うの。これは……ずいぶん前に開けたものだから」

パトリックは何も言わずに指示どおりにした。新しいボトルを手に戻ってきて、コルクを抜いた。ボトルをトレイに置きながら、興味深げに伯母の顔を見た。

「深刻に受けとめているんですね、伯母さん?」そっとたずねた。

「まあ」ドーラ・バナーがショックを受けて叫んだ。「まさか、レティ、おかしな想像を――」

「静かに」ブラックロックはあわてて遮った。「ベルが鳴ってるわ。ほらね、わたしの抜け目のない予測のとおりになったわ」

2

ミッチは客間のドアを開けて、イースターブルック大佐夫妻を通した。そしてミッチらしいやり方でお客の到着を知らせた。

「イースターブルック夫妻が訪ねてきましたよ」くだけた口調で告げた。

イースターブルック大佐は内心の気まずさを隠そうと、ざっくばらんな、さりげない態度で言った。

「いきなり、お寄りして申し訳ない。たまたま、こっちのほうに来たものですから」

(ジュリアが笑いを押し殺そうとして苦しげな声をもらした)「いやはや、穏やかな夕べですな。おや、セントラルヒーティングをつけたんですね。わが家はまだなんです」

「あら、きれいな菊ですこと」イースターブルック夫人がまくしたてた。「なんてまあ美しいのかしら！」

「どっちかと言うと、みすぼらしいんじゃないかしらね」ジュリアが小声で言った。

イースターブルック夫人はフィリッパに丁寧《ていねい》に挨拶《あいさつ》した。フィリッパがただの農場労働者ではないことをよく承知している、と言わんばかりだった。

「ルーカス夫人のお庭はどんな様子ですの？　すっかり元どおりになるのかしら？　戦争のあいだじゅう、ずっと放っておかれましたからね――それに、あのぞっとする老人、アッシュときたら、落ち葉を掃き集めて、キャベツを少し植えただけでしたもの」

「手入れをしたら多少ましになってきました」フィリッパは答えた。「でも時間がかかりそうです」

ミッチがまたドアを開けて言った。「ボールダーズからご婦人がたがお見えですよ」

「こんばんは」ミス・ヒンチクリフが入ってくると、堅苦しくミス・ブラックロックと握手を交わした。「マーガトロイドに言ったんです。『ちょっとリトル・パドックスに寄っていきましょう！』って。おたくのアヒルが卵を産んでいるかどうかお訊きしたかったので」

「最近は暗くなるのが早くなったわねえ？」ミス・マーガトロイドがやけにうきうきしながらパトリックに話しかけた。「あら、すてきな菊だこと！」

「みすぼらしいったらないのに！」ジュリアが言った。

「協力的になれないのか？」パトリックが非難するようにささやいた。

「セントラルヒーティングをつけたんですね」ヒンチクリフが言った。非難がましい口調だった。「ずいぶん早いこと」

「一年の今ごろは家が湿っぽくなるので」ブラックロックが答えた。

パトリックは眉をつりあげて合図した。〝シェリーは？〟するとブラックロックは合図を返した。〝まだよ〟。

ブラックロックはイースターブルック大佐にたずねた。

「今年はオランダから球根を取り寄せるおつもりですか？」

ドアがまた開いて、スウェットナム夫人がうしろめたそうに入ってきた。そのあとに、むっつりした顔の落ち着かない様子で息子のエドマンドが続いた。

「あら、みなさん！」スウェットナム夫人は陽気に挨拶すると、好奇心むきだしで部屋を見回した。それから、いきなりそわそわして言った。「子猫がいらないかお訊きしようと思って、ちょっとお寄りしたんです、ミス・ブラックロック。うちの猫がちょうど

――」

「赤毛の雄猫の子をもうじき産むんです」エドマンドがあとをひきとった。「どんな子猫が生まれることやら、ぞっとするな。いちおう警告しておきますよ！」

「ネズミを捕るのがとても上手なんですよ」スウェットナム夫人があわてて口をはさみ、つけくわえた。「なんてきれいな菊かしら！」

「セントラルヒーティングをつけたんですね」エドマンドが物珍しそうに言った。

「まるでレコードみたいに同じことを何度も言うのね」ジュリアがつぶやいた。

「最近のニュースは気に入らんよ」イースターブルック大佐はパトリックをつかまえて、熱っぽく弁舌をふるっていた。「まったく気に入らん。はっきり言って、戦争は避けられない――絶対に避けられないものだよ」

「ぼくはニュースにはまったく関心がないんで」パトリックは答えた。

またもやドアが開いて、牧師の奥さんのハーモン夫人が入ってきた。

おしゃれに見せようとして、型くずれしたフェルト帽をあみだにかぶっている。いつものセーターではなく、いくぶんくたびれたフリルつきのブラウスを着ていた。

「こんばんは、ミス・ブラックロック」丸い顔いっぱいに笑みを浮かべ、大声でたずねた。「間に合いましたよね？　いつ殺人は始まるんですか？」

3

あちこちで息をのむ声がはっきりと聞こえた。ジュリアは楽しげにクスクス笑った。パトリックは顔をしかめ、ミス・ブラックロックは最後のお客に笑顔を向けた。

「ジュリアンはこちらに来られなくて、それはもう残念がってました」ハーモン夫人が言った。「主人は殺人が大好きなんです。だから先週の日曜にあんなにすばらしいお説教をしたんですよ。自分の夫のことをすばらしいなんてほめるべきじゃないんでしょうけど――でも、本当にすばらしかったと思いません？　いつものお説教より何倍もよかったわ。ただ、それもすべて『帽子殺人事件』のせいだったんです。読んだこと、おありかしら？　書店の女の子が特別にとっておいてくれたんです。すっかりだまされたわ。ちゃんとわかっていると思っていると――どんでん返しがあって――四人か五人が殺されるんです。で、ジュリアンがお説教の原稿を書いているときに、うっかり書斎に本を放りだしておいたんですよ。そうしたら、あの人、その本を手にとってやめられなくなってしまったの！　その結果、お説教を大急ぎで書く羽目になって、言いたいことだけをとても簡潔にまとめたんです——学問的なひねりとか、博学な知識を入れずに。もちろん、そのほうがよかったんですけどね。あらまあ、べらべらしゃべってしまって。でも、教えてくださいな、殺人はいつ始まるんですか？」

ブラックロックはマントルピースの上の時計に目をやった。

「始まるものなら」ブラックロックは陽気に言った。「もうそろそろでしょうね。六時半まであと一分だわ。そのあいだ、シェリーをいただきましょう」

パトリックがきびきびと、アーチ型の通路を通って隣の部屋に入っていった。ブラックロックは通路のわきのタバコ入れが置かれたテーブルに近づいた。

「シェリーはうれしいですけど」ハーモン夫人は言った。「始まるものなら、というのはどういう意味なんですか？」

「実は、わたしもあなた同様、さっぱりわけがわからないんですよ。どういうことなのか——」

ブラックロックは言葉を切って、チャイムが鳴りはじめたマントルピースの時計に目をやった。銀の鈴のようにやさしい音色だ。全員が黙りこみ、凍りついたようになった。視線がいっせいに時計に向けられた。

時計は十五分おきに鳴ることになっていた。最後の音が消えたとき、部屋が真っ暗になった。

4

暗闇で満足げな「ああ」という声や、女性の楽しげな「きゃあ」という声があがった。「始まったわ」ハーモン夫人が興奮して叫んだ。ドーラ・バナーの声が哀れっぽく響いた。「ああ、こんなの、いやだわ！」別の声が言った。「なんて恐ろしいの、ぞっとする！」「気味が悪いったらない」「アーチー、あなたどこなの？」「わたしは何をすればいいんだ？」「あらまあ――あなたの足を踏んでいる？　ごめんなさい」

その最中に、バタンとドアが開いた。強力な懐中電灯がすばやく動いて部屋をぐるっと照らしだしていく。男のしゃがれた鼻にかかった声が、てきぱきと人々に命令した。「手をあげろ！」全員が映画館で過ごした愉快な午後のことを思い出した。「手をあげろって言ってるんだ！」声が怒鳴った。

楽しげに、いくつもの手がいそいそと頭の上にあげられた。

「すてきじゃない？」女性の声がささやいた。「すっごく、わくわくするわ」

そのとき出し抜けに拳銃が発射された。二度、発砲音が響いた。二発の銃弾のビシッという音で、満ち足りた部屋の雰囲気は台無しになった。いきなり、ゲームはもはやゲームではなくなったのだ。誰かが悲鳴をあげた……。

戸口の人影はいきなり部屋に背中を向け、ためらっているようだったが、三発目の銃声が響くと、人影はくずおれ、床に倒れた。懐中電灯が落ちて明かりが消えた。

またもや部屋は暗闇に包まれた。客間のドアは支えていないと戻ってしまう造りだったので、初期ヴィクトリア朝様式らしい小さなきしんだ音を立てながら、ゆるやかに閉まっていき、カチリと掛け金がかかった。

5

客間の中は大混乱に陥った。さまざまな声がいっせいに叫び立てている。「明かりだ」「スイッチが見つけられないの？」「誰かライターを持っていない？」「ああ、いやだわ、こんなのいやだわ」「でも、あの銃声は本物だった！」「あいつが持っていたのは本物の拳銃だったよ」「強盗だったの？」「ああ、アーチー、帰りたいわ」「お願い、誰かライターを持っていない？」

そのとき、ほぼ同時にふたつのライターがつけられ、小さな炎が燃え立った。

全員がまばたきして、互いの顔を眺めた。びっくりした顔が、別のびっくりした顔を見つめている。通路の横の壁にはミス・ブラックロックが寄りかかり、手を顔にあてがっていた。ライターの光はとても弱かったので、かろうじて何か黒っぽいものが指を伝い落ちているのがわかった。

イースターブルック大佐は咳払いして、その場をおさめにかかった。

「スイッチを試してみてくれ、スウェットナム」ドアの近くにいたエドマンド・スウェットナムはおとなしくスイッチを上げたり下げたりした。

「メインスイッチが切られているか、ヒューズが飛んでいるんだな」大佐は言った。

「あの騒々しく叫んでいるのは誰だね？」

閉まったドアの向こうで、女性の声がひっきりなしに悲鳴をあげていた。いまやいちだんと声が高まり、拳《こぶし》でドアをドンドンたたく音まで聞こえてきた。

声を殺して泣いていたドーラ・バナーが叫んだ。

「ミッチです。誰かがミッチを殺そうとしてるんだわ……」

パトリックがつぶやいた。「そんな幸運は期待できないよ」

ブラックロックが言った。「ロウソクをとってこなくては。パトリック、お願いできるかしら？」

大佐はすでにドアを開けていたので、エドマンドと二人でライターをつけて、廊下に出た。二人はそこで倒れている人間に、つまずきそうになった。

「意識を失っているようだ」大佐は言った。「うるさく叫んでいる女性はどこにいるんだ？」

「ダイニングです」エドマンドは言った。

ダイニングは廊下のすぐ向かい側だった。誰かがドアをたたき、わめいたり叫んだりしている。

「閉じこめられたんですね」エドマンドが、かがみこみながら言った。カギを回すと、ミッチが閉じこめられていたトラのように飛びだしてきた。

ダイニングの明かりはまだついていた。その光を背景に、ミッチは恐怖のあまり頭がおかしくなったかのように、叫びつづけた。銀器を磨いている最中だったらしく、セーム革ととても大きな魚用ナイフを握りしめているのが、いささか滑稽《こっけい》だった。

「静かにしなさい、ミッチ」ブラックロックが言った。

「黙れ」エドマンドが命じた。ミッチは悲鳴をあげるのをやめる気はまったくなさそうだった。エドマンドは進みでて、頬をきつくひっぱたいた。ミッチは息をのみ、しゃっくりをして黙りこんだ。

「ロウソクをとってきて」ブラックロックが言った。「キッチンの戸棚にあるわ。パトリック、あなた、ヒューズボックスがどこにあるのか知ってるわね？」

「食器室の裏の通路ですね？　ええ、見てきます」

ブラックロックがダイニングからもれる光の中に進んでいくと、ドーラ・バナーが涙まじりにあえいだ。ミッチはまたもや血も凍るような悲鳴をあげた。

「血、血だわ！」ミッチは叫んだ。「撃たれてますよ、ミス・ブラックロック。出血して死んでしまうわ」

「ばか言わないの」ブラックロックはぴしゃりと言い返した。「ほとんど痛みもないわ。耳をかすっただけよ」

「だけど、レティ伯母さん」ジュリアが言った。「血が」

確かにブラックロックの白いブラウスも真珠も両手も、ぞっとするほど血まみれになっている。

「耳は血がたくさん出るものなの」ブラックロックは言った。「子どものころ、美容院で気絶したことがあるわ。ハサミでちょっと耳を切られただけだったんだけど。一度に洗面器いっぱいの血が出たように思えたの。でも、とにかく明かりをつけないと」

「ロウソクをとってきます」ミッチが言った。

ジュリアがミッチといっしょに行き、二人は小皿に立てた数本のロウソクを手に戻ってきた。

「さて、犯罪者を調べてみよう」大佐が言った。「ロウソクを下げてくれないか、スウェットナム？　できるかぎり」

「わたしが反対側に回ります」フィリッパが言った。

フィリッパがしっかりした手つきでふたつのロウソクの小皿を掲げ、イースターブルック大佐は膝をついた。

倒れている人間はフードつきの粗い織り地の黒いマントを着ていた。黒い覆面《ふくめん》と、黒いコットンの手袋。フードがずれて、くしゃくしゃの金髪がのぞいている。

イースターブルック大佐は倒れている体を仰向けにして、脈をとり、心臓に手をあてがい……それから、ぞっとしたように手をひっこめて、まじまじと見つめた。そこにはべっとりと赤いものがついていた。

「自分で撃ったんだ」大佐は言った。

「怪我は重いんですか？」ブラックロックがたずねた。

「うん。残念ながら死んでいる……自殺だったのかもしれない。あるいは、自分のマントを踏んづけて、倒れたときに拳銃が暴発したのかもしれないな。もっとよく調べられたら——」

そのとき、魔法のように明かりがついた。

リトル・パドックスの廊下に立っていたチッピング・クレグホーンの住人たちは、奇妙な非現実感とともに、暴力的な突然の死を眼前にしていることに気づいた。イースターブルック大佐の手は真っ赤だった。ブラックロックの首からは、まだ血がブラウスに滴《したた》り落ちている。そして足元には、マントと、大の字になった侵入者の不気味な姿が転がっている……。

ダイニングから戻ってきたパトリックが言った。「ひとつヒューズが飛んでいただけのようです……」言いかけて、言葉を切った。

イースターブルック大佐は小さな黒いマスクをひっぱった。

「この男が誰なのか調べたほうがいいな」大佐は言った。「知っている人間だとは思えないが……」

覆面をはずした。みんなの首が前に伸ばされた。ミッチはひゅっと息をのんだが、他の人々はしんと静まりかえっていた。

「とても若いわ」ハーモン夫人の声はちょっぴり気の毒そうだった。

するといきなりドーラ・バナーが興奮して叫んだ。

「レティ、レティ。これはメデナム・ウェルズのスパ・ホテルの青年だわ。この人、ここにやって来て、スイスに行くためのお金をくれと言ったけど、あなた、断わったでしょ。なにもかも、この家を調べるための口実だったのよ……ああ、なんてこと、あなた、殺されていたかもしれないわ……」

ブラックロックはその場の主導権を握り、機敏に命じた。

「フィリッパ、ドーラをダイニングに連れていって、ブランディをグラスに半分飲ませてあげて。ジュリア、お願い、バスルームに行って、戸棚から絆創膏《ばんそうこう》をとってきてもらえない？　だらだら血を流していては、みっともないから。パトリック、あなたはすぐに警察に電話をしてちょうだい」

4　ロイヤル・スパ・ホテル

1

ミルチェスターの警察署長、ジョージ・ライズデールは物静かな人間だった。中肉中背で、濃い眉の下の目は鋭く、職業柄、自分がしゃべるより人の話を聞くほうが多かった。そして、落ち着いた声で端的に命令を下す――しかもその命令はきちんと実行された。

署長は今、ダーモット・クラドック警部の話に耳を傾けているところだった。現在、クラドックがこの事件を担当していた。クラドックは別の事件の聞きこみのためにリバプールに行っていたのだが、昨夜、署長に呼び戻されたのだ。ライズデールはクラドックを高く評価していた。頭が切れて想像力が豊かであるばかりか、慎重に捜査を進め、すべての事実を照らしあわせてじっくり調べる。そして、事件が完全に解決するまで公平な視点を保つように心がける。ライズデールは特にその点を高く評価していたのだ。

「レッグ巡査が電話を受けました」クラドックは報告した。「巡査は手際よく落ち着いて行動したようです。ただし、楽ではありませんでした。なにしろ一ダースもの人間がいちどきにしゃべろうとしたんです。しかも、そのうちのひとりは中部ヨーロッパからの難民で、警官の姿を見ただけで取り乱してしまいます。逮捕されると思いこみ、ひどくわめいたそうです」

「死体の身元はわかったのかね？」

「はい。ルディ・シャーツ。スイス国籍。メデナム・ウェルズにあるロイヤル・スパ・ホテルでフロント係をしていました。よろしければ、まずロイヤル・スパ・ホテルに行き、そのあとでチッピング・クレグホーンに向かおうかと思っています。今はフレッチャー部長刑事がそっちに行ってます。フレッチャーはシャーツとバスで乗り合わせた人々に会ってから、現場の家に向かうと思います」

ライズデールは満足そうにうなずいた。

ドアが開き、署長は顔を上げた。

「お入りください、ヘンリー。ちょっと変わった事件が起きましてね」

ヘンリー・クリザリング卿はロンドン警視庁の前警視総監だった。ヘンリー卿はこころもち眉をつりあげて部屋に入ってきた。長身で、威厳を漂わせた年配の男性だ。

「事件には飽き飽きしているあなたでも、興味をそそられそうな事件なんです」ライズデールは説明した。

「飽き飽きなんてしたことはない」ヘンリー卿は憤慨してみせた。

「事前に殺人を予告するという目新しい思いつきなんです。ヘンリー卿に新聞をお見せしなさい、クラドック」

「《ノース・ベナム・ニューズ・アンド・チッピング・クレグホーン・ガゼット》か」ヘンリー卿は言った。「ずいぶん長ったらしい名前だな」クラドックが指でさした一センチほどの広告を読んだ。「ふうむ、確かに目新しいな」

「この広告を頼んだ人物についての手がかりは？」ライズデールはたずねた。

「人相からして、ルディ・シャーツ自身が新聞社に原稿を持ってきたようです――水曜に」

「誰も疑問に思わなかったのか？　原稿を受けとった担当者は奇妙だと感じなかったのかね？」

「広告を受けつけている鼻声のブロンド女性は、頭を使って考えるということができないんじゃないかと思います。ただ字数を勘定して、お金を受けとっているだけです」

「何が狙いだったんだろう？」ヘンリー卿がたずねた。

「たくさんの地元民の好奇心をかきたてることによって、全員を特定の場所に特定の時間に集める。それから銃をつきつけて、金や貴重品を奪う。アイディアとしては、独創性がないこともない」とライズデールは推測した。

「チッピング・クレグホーンというのはどういう土地なんだね？」ヘンリー卿が質問した。

「広々とした絵のように美しい村ですよ。肉屋、パン屋、食料雑貨店、とてもすばらしいアンティークショップ——二軒のティールーム。住民たちはそこが美しい土地だと自覚し、車でやって来る観光客を喜ばせようとしています。それに高級住宅地でもある。以前、農場労働者が住んでいたコテージは改造されて、今は年配の独身女性や引退した夫婦が住んでいます。かなりの数の建物がヴィクトリア朝時代に建てられたものなんです」

「想像がつくよ。感じのいい老嬢と引退した大佐だろ。うん、その広告に気づいたら、みんな、六時半に何が起きるのか知ろうとしてやって来るだろうな。ああ、わたしの知り合いの老嬢がここにいればなあ。この事件に飛びつくだろう。まさにあの人にはうってつけの事件だ」

「お知り合いの老嬢というのはどなたですか、ヘンリー？　あなたの伯母さんですか？」

「いいや」ヘンリー卿はため息をついた。「親戚じゃないんだ。とびきりすばらしい探偵なんだよ。持って生まれた才能が、いい環境ですくすく育ったんだ」尊敬のこもった口調だった。

ヘンリー卿はクラドックに話しかけた。

「この村の老嬢をばかにしちゃいかんよ。万一この事件が手強い謎だとわかったら――まあ、そうはならないことを祈ってるが――編み物や庭仕事をして過ごしている年配の未婚女性が、どんな部長刑事よりも優秀だということを思い出したまえ。その老婦人は起きたかもしれないこと、起きるはずだったこと、さらには実際に起きたことまで教えてくれるだろう！　おまけにどうして起きたのかまで教えてくれるよ！」

「覚えておきます」警部はやけに堅苦しく答えた。ダーモット・エリック・クラドックが実はヘンリー卿の名づけ子で、名づけ親と打ち解けた親しい関係だとは誰も想像できないだろう。

ライズデールは友人に事件のあらましを説明した。

「人々は六時半に現われました、予想どおりに。だが、スイス人はみんなが集まると知っていたんでしょうか？　それにもうひとつ、奪う価値のあるようなものを人々は身につけていたんでしょうか？」

「古めかしいブローチふたつ、小粒真珠のネックレス——小銭、お札が一、二枚——そんなところだろう」ヘンリー卿が考えこみながら言った。「このミス・ブラックロックは家に大金を置いていたのかな？」

「置いていないと言ってます。五ポンドぐらいだそうです」クラドックが答えた。

「ニワトリのエサ代ぐらいにしかならないな」とライズデール。

「この男が芝居好きだったか確かめる必要があるね」ヘンリー卿が言いだした。「金目のものが目当てだったのではなく、たんに強盗の芝居をするのを楽しみたかっただけかもしれない。それは映画の中の話だって？　どうかな？　その可能性は充分にあるよ。自分を撃ったというが、どんなふうにだね？」

ライズデールは一枚の紙をヘンリー卿に差しだした。

「予備的検死報告か。拳銃は至近距離で発射された——焦《こ》げ跡がある……ふうむ……事故か自殺か証明するものはない。意図的にやったのか、つまずいて倒れたはずみに握っていた拳銃が暴発したのか……おそらく後者だろう」ヘンリー卿はクラドックを見た。「目撃者たちにできるかぎり慎重に質問して、見たものを正確に話させるんだ」

クラドック警部は悲しげに言った。「全員が違うものを見ていることでしょう」

「そこがいつもおもしろいところなんだよ」ヘンリー卿は言った。「非常に興奮し、緊張した一瞬に、人が何を見ているのか。人が見ているものも興味深いが、さらに心をそそられるのは、見ていないものだな」

「拳銃についての報告は？」

「外国製です――ヨーロッパ大陸ではごくありふれた型です。シャーツは許可証を持っていませんでした。イギリスに来たときにも、申告していません」

「悪いやつだな」ヘンリー卿は言った。

「どうも得体の知れない人物のようだ。よし、クラドック、ロイヤル・スパ・ホテルでシャーツについて聞きこみをしてきてくれ」

2

ロイヤル・スパ・ホテルに着くと、クラドック警部はすぐに支配人の部屋に案内された。支配人のミスター・ローランドスンは温かい物腰の長身で赤ら顔の男で、クラドック警部にとても愛想よく挨拶した。

「喜んで、できるだけのお手伝いをさせていただきますよ、警部」支配人は言った。

「実際、驚くべき事件です。とうてい信じられませんよ、とうてい。シャーツはごくありふれた感じのいい青年に見えました――強盗をするような男とは思えなかった」

「どのぐらいここで働いていたんですか、ミスター・ローランドスン？」

「あなたがいらっしゃる前に調べてみました。三カ月と少しです。とてもりっぱな人物証明書があり、労働許可証などもきちんとしていました」

「あなたは、シャーツに満足なさっていましたか？」

クラドック警部は、ローランドスンが答える前にわずかにためらったことに気づいた。

「とても満足していました」

クラドックは今までにも効果があったテクニックを使ってみることにした。

「だめだめ、ミスター・ローランドスン」やさしく首を振りながら言った。「本当は、そうじゃないんでしょう？」

「あ、あの――」支配人はわずかにぎくりとしたように見えた。

「ほら、何かまずいことがあったんですね。なんだったのですか？」

「ありませんよ。わたしは存じません」

「だが、何かまずいことがあると思った」

「その——ええ——思ったことはあります……しかし、はっきりした証拠はないんです。ただの憶測を書き留められて、勝手に解釈されるのは困るんですよ」

クラドックは感じよくにっこりした。

「おっしゃりたいことはよくわかります。ご心配は無用ですよ。ただ、どういう人間なのか手がかりがほしいだけです、このシャーツについてね。あなたはシャーツを疑っていた——どういうことで？」

ローランドスンはしぶしぶ答えた。

「一、二度、請求書のことでトラブルがあったんです。実際にはお客さまが頼んでいないものまでが、請求されていたんです」

「つまり、ホテルの記録にはないものを請求して、支払われたその差額を着服していたということですね？」

「そのようなことです。善意に解釈すれば、不注意でミスをしたのかもしれません。一、二度、かなり多額の金額がからんだことがありました。正直に申しまして、わたしはシャーツが悪党ではないかと疑って、会計士にシャーツの帳簿を調べさせました。でも、さまざまなまちがいや、いいかげんな記入はありましたが、現金の額はきちんとあっていたんです。ですから、わたしの誤解だったという結論を出しました」

「誤解ではなかったのでは？　シャーツはあちこちで少額の金をごまかしていたが、金の埋め合わせをして罪を逃れたのではありませんか？」

「ええ、埋め合わせられるだけの金を持っていればね。しかし、あなたのおっしゃるような少額の金をくすねる人間は、たいてい、それぐらいの金にすら困っているわけで、手元に金があればすぐに使ってしまうでしょう」

「では、ごまかした金の帳尻をあわせるため、まとまった金を手に入れなくてはならなかった。強盗などの手段によってでも？」

「ええ。初めてやったのでしょうけれど……」

「その可能性はありますね。非常に素人くさいやり方でしたから。シャーツが金をねだれそうな人はいましたか？　女性とのつきあいは？」

「グリルのウェイトレスの一人と。マーナ・ハリスといいますが」

「マーナと話をしたほうがよさそうですね」

マーナ・ハリスは、まばゆいばかりの赤毛に形のいい鼻をしたきれいな娘だった。警戒して用心深くなっていて、警察に質問されることを大変な不名誉だと思っているようだった。

「あたしは何も知りません。まるっきり」マーナは抗議した。「ルディがああいう人間だとわかっていたら、いっしょに出かけたりしなかったでしょう。もちろん、ここのフロントで働いていたので、ちゃんとしてる人だと思っていたんです。当然、そう思いますよね。従業員を——とりわけ外国人を雇うときには、ホテルはもっと慎重になるべきだわ。外国人相手だと、何があるかわかりませんもの。あの人は新聞に出てるようなギャングの一味だったのかもしれませんね」

「われわれは」とクラドックは言った。「単独で犯行におよんだと考えています」

「想像もできないわ、あんなに物静かできちんとした人が。あなたはそうお考えにならないでしょうけど。でも、そういえば、いくつかなくなったものがありました——今になって考えてみると。ダイヤのブローチと——小さなゴールドのロケット。でも、ルディの仕業だとは夢にも思わなかったんです」

「そうでしょうとも。誰だってだまされたでしょう。とても親しかったのですか?」

「とても、と言えるかわからないわ」

「だが、友だちだった？」

「ええ、友だちでした——それだけ、ただの友だちです。深い仲なんかじゃなかったんです。どっちみち、いつも外国人には用心してましたから。向こうは自分の国のやり方で行動するけれど、こちらにはそれが絶対理解できないんですもの。戦争中のポーランド人にそういう人がいました！　アメリカ人にも！　手遅れになるまで結婚していることを言わないんですよ。ルディはよく大口をたたいていました。あたしは割り引いて聞いてましたけど」

クラドックはその言葉を聞きとがめた。

「大口ですか？　非常に興味深いですね、ミス・ハリス。あなたはとても捜査の役に立ってくれそうだ。どういう話をしていたんですか？」

「そうですね、スイスの家族がとても金持ちで——名門だとか。でも、それだとあんなふうにお金に困っていた説明がつかないんです。スイスからイギリスへお金を持ってこられない規則があるせいだ、といつもこぼしてました。そうかもしれませんけど、あの人の持ち物は高価なものではありませんでした。衣類とかのことです。高級なものではなかったんです。よく話してくれたことも、ほとんど大ぼらだったんじゃないかと思います。アルプスに登っていて、氷河の縁《ふち》で人の命を救ったとか。そのくせボウルターの峡谷沿いを歩いただけで、ひどいめまいを起こしたんですよ。アルプスなんてとんでもないわ！」

「しょっちゅう、シャーッと外出していたんですか？」

「ええ――まあ――そうですね。あの人はとてもマナーがよかったし、女性の扱い方を心得ていたから。映画館ではいつもいちばんいい席をとってくれました。それに、ときどきお花を贈ってくれたり。ダンスも得意だったんです――すばらしく上手でした」

「ミス・ブラックロックについて口にしたことはありませんでしたか？」

「ミス・ブラックロックは、ときどきここに来てランチをとっていますね。それに、一度泊まったこともありました。いいえ、ルディがミス・ブラックロックの話をしたことはないと思います。彼がミス・ブラックロックと知り合いだったとは存じませんでした」

「チッピング・クレグホーンについて話題にしたことは？」

クラドックはマーナ・ハリスの目にかすかな警戒の色がよぎった気がしたが、確かではなかった。

「ないと思います……バスについて訊かれたことはありましたけど――何時に出発する

のかって。ただ、それがチッピング・クレグホーン行きだったのか、別のところだったのか、よく覚えていません。だいぶ前のことなので」

それ以上の話を引き出すことはできなかった。ルディ・シャーツはありふれた人間のように思えた。ゆうべはルディと会っていない。ルディ・シャーツが悪党だとは夢にも思っていなかった。そのことをマーナは強調した。

そしておそらく、それは事実なのだろう、とクラドックは考えた。

5　ミス・ブラックロックとミス・バナー

リトル・パドックスはクラドック警部が想像していたとおりの家だった。アヒルとニワトリが飼われ、最近まで花が咲き乱れていたらしい花壇には、遅咲きのアスターが数本だけ、枯れる前の見納めに紫色の美しい花をつけている。芝生と小道は手入れされていないようだ。

ざっと見回して、クラドック警部は考えた。「おそらく、庭師に払う金があまりないのだろう——花好きで、きちんと計画を立てて植物を植える有能な庭師に。家はペンキを塗る必要があるな。もっとも最近では、ほとんどの家が似たようなものだが。まあ感じのいい、こぢんまりした家だ」

クラドックの車が玄関前に停まると、フレッチャー部長刑事が家の横手から現われた。フレッチャー部長刑事は背筋がピンと伸びて近衛兵《このえへい》のようだった。部長刑事は「はい《サー》」というひとことに、さまざまな意味をこめることができた。

「来ていたんだな、フレッチャー」

「はい」フレッチャー部長刑事は言った。

「報告することは？」

「はい、家は調べ終わりました。シャーツはどこにも指紋を残していないようです。当然、手袋をしていたのです。ドアも窓も、無理やりこじ開けられた形跡はありません。バスでメデナムからやって来て、六時にこちらに着いたようです。この家の裏口は五時半にカギがかけられるそうです。やつは玄関から入ってきたようですね。ミス・ブラックロックは夜の戸締まりをするまで、ふだん玄関にはカギをかけていない、と言っています。かたやメイドは午後じゅう玄関にカギをかけてあった、と述べています——ただし、あのメイドはどんなことでも言いそうです。きわめて気性の激しい人間なので。中部ヨーロッパからの難民か何からしくて」

「扱いがむずかしいのかな？」

「はい！」フレッチャー部長刑事は力をこめた。

クラドックはにっこりした。

フレッチャーは報告を続けた。

「電気の配線はどこも問題ありませんでした。どうやって犯人が明かりを消したのか、まだ判明していません。ひとつの回路の明かりだけが消えたんです。客間と廊下です。もちろん、最近は壁につけられた照明とスタンドがひとつのヒューズからではないこともあります――しかし、ここは旧式な設備と配線です。どうやってヒューズボックスを操作できたのか、わかりません。ヒューズボックスは食器室の裏手にありますから、キッチンを通り抜けなくちゃならないし、そうしたらメイドに姿を見られたでしょう」

「メイドが共犯ということは？」

「その可能性はおおいにありますね。二人とも外国人だ。メイドはまるっきり信用できない女です――これっぽっちも」

クラドックは、玄関わきの窓からのぞいている怯えたふたつの大きな黒い目に気づいた。ガラスにぺったり押しつけられた顔はほとんど見分けられなかった。

「あそこにいるのはメイドじゃないかな？」

「はい、そのとおりです」

顔は消えた。

クラドックは玄関のベルを鳴らした。

長いこと待たされて、退屈そうな表情を浮かべた栗色の髪の若く美しい女性がドアを開けた。

「クラドック警部です」クラドックは名乗った。

若い女性はとてもきれいなハシバミ色の目で、冷ややかに警部を見た。

「どうぞお入りください。ミス・ブラックロックがお待ちです」

廊下は細長くて、信じられないほどたくさんのドアが並んでいるようだ、とクラドックは思った。

若い女性は左側のドアを開けて言った。「クラドック警部です、レティ伯母さん。ミッチが玄関のベルに出ようとしなくて。キッチンに閉じこもって、派手に泣いたりうめいたりしています。これじゃ、お昼はいただけそうもないですね」

女性はクラドックに説明するように言った。「うちのメイドは警察が嫌いなんです」

それからドアを閉めて、姿を消した。

クラドックはリトル・パドックスの主《あるじ》に近づいていった。

長身で魅力的な六十歳ぐらいの女性だった。灰色の髪はかすかに天然のウェーブがかかっていて、知的で意志の強そうな顔をひきたてている。鋭い灰色の目と四角い頑固そうな顎《あご》をしていた。左耳には絆創膏が貼られている。化粧はしておらず、仕立てのいいツイードのジャケットとスカートにセーターという簡素な装いだった。セーターの襟元には、カメオのついた古風なネックレスをかけている。服装とややそぐわない感じがしたが、ヴィクトリア朝風のアクセサリーは、胸に秘めた感傷的な思いを表わしているのかもしれない。

ミス・ブラックロックのすぐ隣に、同年配の女性がすわっていた。丸顔にあからさまな興味を浮かべ、もつれた髪がヘアネットからはみでている。クラドックはすぐに、レッグ巡査の報告書の「ドーラ・バナー――同居人」だと悟った。そこにはオフレコの意見が書きくわえられていた。「注意散漫！」

ブラックロックは愛想のいい上品な声でしゃべった。「おはようございます、クラドック警部。こちらは友人のミス・バナーです。家の切り盛りを手伝ってもらっています。おすわりになりませんか？　タバコはお吸いになります？」

「いいえ、勤務中は吸いません」

「あらまあ！」

熟練したまなざしで、クラドックは部屋をすばやく見回した。典型的なヴィクトリア朝様式の二間続きの客間だった。こちらの部屋にはふたつの高窓があり、向こうの部屋には張出窓がつけられている。椅子――ソファ――菊を活けた大きな鉢を置いたセンターテーブル――窓辺にもうひとつの鉢。独創性はあまりないが、すべてがすがすがしく居心地がよかった。ただひとつ場違いなのは、しおれたスミレをさした小さな銀の花びんだった。奥の部屋への通路ぎわのテーブルに置かれている。ブラックロックは、枯れた花を部屋に飾ったままで平気な人間には思えなかった。異常な出来事が起きたせいで、きちんとしていた家庭内のことがおろそかになったのだろう、とクラドックは推測した。

クラドックは口を開いた。

「ミス・ブラックロック、ここがその——事件が起きた場所ですね？」

「はい」

「警部さんも、ゆうべの出来事をごらんになるべきだったわ」ミス・バナーが叫んだ。「大変な騒ぎだったんです。小さなテーブルがふたつひっくり返って、脚が一本とれてしまって。暗闇でみんながぶつかりあい——誰かが火のついたタバコを落としたせいで、上等な家具に焦げ跡がついてしまったんですよ。みんな——とりわけ若い人たちはそうしたことにあまり注意を払わないんです。幸い、陶器はひとつも割れませんでしたけど——」

ブラックロックがやさしく、だがきっぱりと遮った。

「ドーラ、そういったことは確かに腹立たしいけれど、些細なことよ。クラドック警部の質問にお答えしたほうがいいと思うわ」

「ありがとうございます、ミス・ブラックロック。ゆうべ起きたことでうかがったのです。まず最初に、亡くなった男――ルディ・シャーツと初めて会ったのがいつだったのかを教えてください」

「ルディ・シャーツ？」ブラックロックは、ちょっと意外そうだった。「そういう名前だったんですか？　てっきり……まあ、それは関係ないわね。最初にあの人と会ったのは、買い物に出かけてメデナム・ウェルズにいたときです。ええと、三週間ほど前だわ。わたしたち――ミス・バナーとわたしは、ロイヤル・スパ・ホテルでランチをとっていました。ランチを終えて帰りかけたとき、名前を呼ばれたんです。それがこの青年でした。青年は言いました。『ミス・ブラックロックじゃありませんか？』そして、たぶんわたしは覚えていないだろうけれど、モントルーにあるオテル・デ・アルプというホテルの経営者の息子だと言うのです。戦時中、わたしはそこに妹といっしょに一年近く滞在していたんです」

「オテル・デ・アルプ、モントルーですね」クラドックはメモをとった。「で、あなたはシャーツを覚えていたんですか、ミス・ブラックロック？」

「いいえ、覚えていませんでした。実を言うと、これまで会った記憶もなかったのです。ホテルのフロントの男性はみんな同じように見えますから。モントルーでは大変愉快に過ごし、ホテルの経営者にはとても親切にしていただいたので、できるだけ礼儀正しくしようと思って、イギリスで楽しく過ごしてくださいね、と申しました。シャーツは、ええ、父に言われて、ホテル業を学ぶために半年ほどこちらにいる予定だ、と言ってました。ごく自然な感じでした」

「そして次に会ったのは？」

「そうですね……ええ、十日ほど前です。いきなりここにやって来たんです。シャーツの姿を見て、とてもびっくりしました。迷惑をかけてすまないが、イギリスではわたししか知り合いがいないのでと言い訳しました。母親が危篤《きとく》なので、至急スイスに戻るためにお金が必要だ、ということでした」

「でも、レティはお金をあげなかったんです」バナーがひと息に口をはさんだ。

「とてもうさん臭い話に思えたんです」ブラックロックは言葉に力をこめた。「シャーツはとんでもない嘘つきだ、と判断しました。スイスに戻るお金がないなんて、たわごとですよ。お父さんが必要なお金を簡単に送金できるはずですもの。ホテル関係者はお互いに便宜を図《はか》りあうものですからね。お金を使いこんだか何かだろう、と思いました」ブラックロックは言葉を切り、はきはきした口調で続けた。「冷たいと思われるかもしれませんが、わたしは長年投資家の秘書をしていたのです。ですから、お金をねだられることに用心深くなっているんです。世の中に、いろいろ不運な出来事があるのは知っていますけど。

ただ驚いたことに」と考えこみながら話を続けた。「シャーツはあっさりあきらめたのです。それ以上つべこべ言わずに、すぐ帰っていきました。まるで最初からお金をもらえると期待していなかったかのようでした」

「では振り返ってみると、シャーツの訪問は、実はこの家を下見するためだったと思いませんか？」

ブラックロックは勢いよくうなずいた。

「まさにそう考えています、今は。送りだすときに、いろいろ言ってました——部屋について。『すてきなダイニングですね』とか（もちろん、ちがいます。暗くて狭いひどい部屋ですもの）。たんに中をのぞくための口実だったんですね。それからさっと進みでて、『ぼくがやりましょう』と言って玄関のドアのカギを開けました。今になってみると、掛け金を調べたかったんですね。実際には、このあたりの人はみんなそうですけど、暗くなるまで玄関にカギをかけないんです。誰でも家に入ってこられます」

「それで裏口は？　庭側に裏口がありますね？」

「ええ。みんなが集まってくる少し前に、そのドアから出てアヒルを小屋に閉じこめてきました」

「あなたが出たとき、カギはかかっていましたか？」

ブラックロックは眉をひそめた。

「覚えていません……たぶんそうだったと思いますが。入ってきたときには、ちゃんとカギをかけました」

「それが六時十五分ぐらいだったんですね？」

「だいたい、そのぐらいでした」

「そして玄関は？」

「もっと遅くなるまでふだんはカギをかけていません」

「ではシャーツは、玄関からならやすやすと入ってこられたわけだ。あるいは、あなたがアヒルを閉じこめているあいだに、こっそり忍びこむこともできた。すでに敷地の配置を下見していたので、いくつも隠れ場所の目星をつけていたでしょう――物入れとか。ええ、すべてはっきりしていますよ」

「失礼ですけど、すべてがはっきりしているわけじゃありませんよ」ブラックロックは言った。「わざわざ面倒な手間をかけて家に入ってきて、人々を脅しつける。どうしてそんな真似をしたんでしょう？」

「家に大金を置いてますか、ミス・ブラックロック？」

「そこの机に五ポンドぐらいです。たぶん財布にも一、二ポンド入っていると思いますけど」

「宝石類は？」

「指輪がふたつに、ブローチ、それに今つけているカメオのついた真珠のネックレスぐらいです。あなたもご同感でしょ、警部、何もかもとてもばかげているわ」

「盗みが目的なんかじゃなかったのよ」バナーが叫んだ。「前から言ってたじゃない、レティ。復讐《ふくしゅう》だったのよ！　あの人にお金をあげなかったせいで！　明らかにあなたを狙って撃ったのよ、二度も」

「さて」クラドックは言った。「では、ゆうべのことに戻りましょう。正確に言うと、どういうことが起きたのですか、ミス・ブラックロック？　あなたご自身の言葉で思い出せるかぎりのことを話してください」

ブラックロックはしばらく考えこんだ。

「時計のチャイムが鳴りました。マントルピースの上の置き時計です。何か起きるなら、そろそろね、と言ったのを覚えています。そのとき時計が鳴った。わたしたち全員が無言のまま、その音を聞いていました。チャイムで十五分ごとに時を知らせるんです。三十分のチャイムが鳴り終わると、いきなり明かりが消えました」

「どの明かりがついていたんですか？」

「ここと奥の部屋の壁かけ照明。フロアスタンドとふたつの小さな読書灯はついていませんでした」

「明かりが消えたとき、閃光が走ったり何か音がしませんでしたか？」

「しなかったと思います」

「閃光を見ましたよ」ドーラ・バナーが言った。「それからバシンという音。怖かったのなんの！」

「それから、ミス・ブラックロック？」

「ドアが開いて——」

「どのドアですか？　部屋にはふたつありますが」

「ああ、ここのドアです。向こうの部屋のドアは開かないんです。偽のドアなんです。ドアが開き、そこにあの人がいました——拳銃を手にした覆面をつけた男が。あまりにも突飛で言葉では説明できませんけど、もちろん、そのときはただの冗談だと思っていたんです。男は何か言いました——忘れましたけど——」

「両手をあげろ、さもないと撃つぞ！」バナーが芝居がかった口調で言った。

「そんなようなことです」ブラックロックは自信なさげだった。

「では、全員が手をあげたんですね？」

「ええ、そうよ」バナーは言った。「全員がね。だって、それがお約束だったんですもの」

「わたしはあげなかったわ」ブラックロックがぴしゃりと言い返した。「あまりにもばかばかしく思えたから。それに、そういう成り行きにいらだっていたんです」

「それから？」

「懐中電灯で目を照らされました。目がくらんでしまった。そのとき、信じられないことに弾丸がヒュッと体の脇をかすめる音がして、頭のそばの壁に当たりました。誰かが悲鳴を上げ、耳が灼《や》けるように痛くなったとき、二発目の銃声が聞こえました」

「ぞっとしたわ」バナーが口をはさんだ。

「それから何が起きたんですか、ミス・ブラックロック？」

「説明するのはむずかしいわ――わたしは痛みと驚きで身動きできなくて。その人物はこちらに背中を向けて、よろめいたように見えました。そのとき、また銃声がして、男の懐中電灯が消え、全員が押し合ったり、わめいたりしはじめたんです。お互いにぶつかりあいました」

「あなたはどこに立っていたんですか、ミス・ブラックロック？」

「テーブルのそばよ。スミレの花びんを手にとっていたわ」バナーが息を切らしながら言った。

「わたしはあそこにいました」ブラックロックは通路のそばの小さなテーブルに近づいた。「実際には、手に持っていたのはタバコ入れでしたけど」

クラドック警部は背後の壁を調べた。二発の銃弾の跡がはっきりと見えた。銃弾そのものはとりだされ、拳銃と比較するために鑑識に送られていた。

警部は静かに言った。

「危ないところでしたな、ミス・ブラックロック」

「狙って撃ったのよ」バナーが言った。「わざと狙ったのよ！　わたし、あの人を見たわ。懐中電灯を移動させながらみんなを次々に照らしていき、レティを見つけると、そのまま狙って発砲したのよ。あいつはあなたを殺すつもりだったんだわ、レティ」

「ドーラ、あなたったら。何度も何度も事件のことを考えているうちに、混乱しているのよ」

「あなたを狙って撃ったのよ」ドーラは頑固に言い張った。「あなたを撃つつもりで失敗したから、自分を撃ったのよ。絶対、それが真相だと思うわ！」

「あの男が自分で自分を撃とうとしたとは、これっぽっちも思ってないわ」ブラックロックは言った。「自殺するような人間じゃなかったもの」

「教えてください、ミス・ブラックロック、拳銃が発射されるまではすべて冗談だと思っていたんですか？」

「もちろんよ。他にどう考えられます？」

「最初はパトリックの仕業だと思っていたんでしょ」ドーラ・バナーが思い出させた。

「パトリック？」警部は鋭く問い返した。

「若い親戚のパトリック・シモンズです」ブラックロックは友人が口を出したことにいらだったように、すばやく言葉を続けた。「広告を見たとき、あの子流のおふざけなのかと思ったのです。でも、パトリックはきっぱり否定しました」

「だから、心配していたんでしょ、レティ」バナーが言った。「そうじゃないというふりをしていたけど、不安になっていたのよ。それに、心配になるのは当然だわ。殺人が予告されていて──しかも、あなたの殺人が予告されたんですもの！　もしもあの男がはずさなかったら、あなたは殺されていたわ。そうしたら、わたしたちみんな、どうなっていたかしら？」

ドーラ・バナーはしゃべりながらぶるぶる震えていた。顔はゆがみ、今にも泣きだしそうだった。

ブラックロックは友人の肩を軽くたたいた。

「大丈夫よ、ドーラ、ねえ——興奮しないで。体に悪いわ。万事、心配ないって。恐ろしい経験をしたけど、もう終わったんだから」ブラックロックはつけくわえた。「わたしのためにしっかりしてちょうだい、ドーラ。頼りにしているのよ、家のことにちゃんと目を配ってもらわないと。今日は洗濯屋が来る日じゃなかったかしら？」

「あら、大変、レティ。思い出させてくれてよかったわ！ なくなった枕カバー、持ってきてくれたかしら。帳簿につけておかなくちゃ。すぐに調べるわ」

「じゃあ、そのスミレを片づけてちょうだい」ブラックロックが言った。「しおれた花ほどいやなものはないですからね」

「あら、なんてこと。きのう摘《つ》んできたばかりなのに。すぐにしおれてしまったのね——あらあら、花びんに水を入れるのを忘れたにちがいないわ。おかしいわねえ！ しょっちゅう、いろんなことを忘れてるみたい。さて、洗濯物を調べるわね。もうじき洗濯屋が来るはずよ」

バナーはまたとても幸せそうな顔に戻って、バタバタと部屋を出ていった。

「あの人、体があまり丈夫じゃないんです」ブラックロックは言った。「興奮は体に障ります。もっとお知りになりたいことはありますか、警部？」

「あとはただ、何人の方がこちらにいらっしゃるのか、そして、どういう方たちなのかということです」

「ええと、わたしとドーラ・バナーの他に、今は二人の若い親戚を住まわせています。パトリックとジュリア・シモンズです」

「親戚？　姪御さんと甥御さんではないのですか？」

「ええ。二人はレティ伯母さんと呼んでいますけど、実際には遠い親戚なんです。二人の母親がわたしのまたいとこだったので」

「二人は、ずっとこちらに住んでいるんですか？」

「いえ、ちがいます。まだ二カ月ぐらいです。戦争前は南フランスに住んでいたんです。パトリックは海軍に入り、ジュリアは確かお役所に勤めていました。ウェールズのランディドノで。戦争が終わると、母親が手紙をよこして、下宿人として置いてもらえないかと頼んできたんです。ジュリアはミルチェスター総合病院で薬剤師の研修をしていて、パトリックはミルチェスター大学でエンジニアの学位をとるために勉強しています。ミルチェスターはバスでほんの五十分なので、喜んで二人を迎えたんです。この家はわたし一人では広すぎますから。二人は下宿代としてわずかなお金を払ってくれますし、万事うまくいっています」ブラックロックはにっこりしてつけくわえた。「家に若い人がいるのはいいものですね、確か？」

「それからフィリッパ・ヘイムズ夫人がいますね、確か？」

「ええ。ルーカス夫人がお住まいのダイヤス・ホールで、庭師の助手として働いています。あちらのコテージには年とった庭師と奥さんが住んでいるので、ルーカス夫人がフィリッパをここに住まわせてほしいと頼んできたんです。とてもいい人ですよ。ご主人はイタリアで戦死して、寄宿学校に入っている八歳の男の子がいます。その子には、休暇になったらここで過ごしてもらうようにしているんです」

「それで、家の仕事の手伝いは？」

「臨時の庭師が火曜と金曜に来ます。村からハギンズ夫人が週に五回、午前中に掃除に来ていますし、料理の手伝いとして、とうてい発音できないような名前の外国人難民を雇っています。ミッチに会ったら扱いにくい娘だと思うでしょうね。一種の被害妄想なんです」

クラドックはうなずいた。レッグ巡査の非常に貴重な意見を、またもや思い出していたところだった。ドーラ・バナーに対する「注意散漫」という言葉のあとに、レティシア・ブラックロックについては「ちゃんとしている」とつけくわえ、ミッチの記録にはひとこと「嘘つき」と書いてあったのだ。

クラドックの心を読んだかのように、ブラックロックは言った。

「あの気の毒な娘に、あまり先入観を持たないでくださいね。あの子は嘘つきですから。多くの嘘つきがそうですすけど、あの子の嘘の裏にはまぎれもなく真実が存在しているのだと思います。たとえば、残虐な話はどんどん大げさになっていき、活字になったありとあらゆる不愉快な話が、あの子や親戚の身に起きたことになっているんです。でも最初にあの子がひどいショックを受け、少なくとも一人の親戚が殺されるのを目《ま》のあたりにしたのは事実なんです。ああいう方の中にはしばしば、話が残虐であればあるほど、相手の関心や同情を得られると自覚している人がいるので、ますます話が大きくなり、作り話までしてしまうんですよ」

ブラックロックはつけくわえた。「正直に申し上げると、ミッチは不愉快な人間です。わたしたち全員をいらいらさせ、怒らせてばかりいる。疑い深いし不機嫌で、いつも感情を高ぶらせ、侮辱《ぶじょく》されたと思いこんでいます。でも、それにもかかわらず、心から気の毒に思っています」微笑んで続けた。「それに、その気になれば、とてもおいしいお料理を作れるんですよ」

「できるだけ興奮させないようにしますよ」クラドックはなだめるように言った。「さっきドアを開けてくれたのは、ミス・ジュリア・シモンズですか？」

「ええ。次はジュリアにお会いになりますか？　パトリックは外出しています。フィリッパ・ヘイムズはダイヤス・ホールで働いているでしょう」

「ありがとう、ミス・ブラックロック。ではよろしければミス・シモンズにお会いしましょう」

6　ジュリア、ミッチ、パトリック

1

ジュリアが部屋に入ってきて、ミス・レティシア・ブラックロックがさっきまですわっていた椅子に腰をおろした。その冷静な態度に、クラドックはなぜか神経を逆なでされた。ジュリアは落ち着きはらった目を警部に向けると、質問を待ちかまえた。

ブラックロックは、気をきかせて部屋を出ていった。

「ゆうべのことを話してください、ミス・シモンズ」

「ゆうべ？」うつろな目つきでジュリアはつぶやいた。「ああ、ぐっすり眠ったわ。ショックの反動でしょうね」

「わたしがおたずねしているのは、六時くらいからの出来事なんですが」

「ああ、そうなの。ええと、退屈な人たちがたくさんやって来て――」

「どなたですか？」

ジュリアはまたも動じない目で警部を見た。「誰なのかはもうご存じでしょ？」

「わたしが質問をしているんですよ、ミス・シモンズ」クラドックはにこやかに応じた。

「それは失礼。あたし、同じことを繰り返すのがいやな性分なんです。あなたはそうじゃないようですけど……ええと、イースターブルック大佐夫妻、ミス・ヒンチクリフとミス・マーガトロイド、スウェットナム夫人とエドマンド・スウェットナム、牧師さんの奥さんのハーモン夫人。その順番でやって来ました。それから、何を言ったのかお知りになりたいなら――全員が交互に同じことを言ってました。『セントラルヒーティングをつけたんですね』と『なんてきれいな菊でしょう！』ってね」

クラドックは唇を嚙んで笑いをこらえた。実に巧みな物真似だった。

「例外はハーモン夫人だけね。夫人は無邪気な人なんです。帽子がずり落ちかけ、靴ひももほどけたまま入ってくると、いきなり、殺人はいつ始まるのかとたずねました。みんな、きまり悪くなりましたわ。だって、全員がたまたま立ち寄ったふりをしていたんです。レティ伯母さんはいつものように平静な声で、そろそろ始まるでしょうと答えました。そのとき時計がチャイムを打ち、それが鳴り止んだとき、明かりが消えドアが開いて、覆面をつけた人が言ったんです。『手をあげろ』とかなんとか。まるで出来の悪い映画みたいでした。正直なところ、すごく滑稽でした。そのとき、男はレティ伯母さんめがけて二発撃ち、突然、滑稽どころじゃなくなったんです」

「それが起きたとき、みなさんはどこにいましたか？」

「明かりが消えたときですか？　ええと、そこらに立ってました。ハーモン夫人はソファにすわっていました。ヒンチ（ミス・ヒンチクリフのことです）は暖炉の前に男みたいに足を広げて立っていました」

「全員がこの部屋にいたんですか、それとも奥の部屋にも？」

「ほとんどがこっちにいたと思います。パトリックは向こうの部屋にシェリーをとりに行ってました。イースターブルック大佐はパトリックのあとを追っていったように思いますけど、はっきりとはわかりません。みんな、適当に散らばっていたんです」

「あなたはどこにいたんですか？」

「窓のそばだと思います。レティ伯母さんはタバコをとりに行きました」

「通路のそばのテーブルにですか？」

「ええ――そのとき明かりが消えて、くだらない映画が始まったんです」

「男は強力な懐中電灯を持ってましたね。それでどうしたんですか？」

「ええと、あたしたちを照らしました。目がくらんでしまって。何も見えなくなったわ」

「この質問には慎重に答えていただきたいんですが、ミス・シモンズ。男は懐中電灯を一カ所に向けていましたか、それともあちこち動かしていましたか？」

ジュリアは考えこんだ。その態度はさっきほど退屈そうではなかった。

「動かしていました」ゆっくりと答えた。「ダンスホールのスポットライトみたいに。あたしはまともに目を照らされて、そのあと光はぐるっと部屋を巡っていき、そのとき銃声が響いたんです。二発」

「それから？」

「男はくるっと振り向きました――ミッチがどこかでサイレンのような悲鳴をあげはじめ、懐中電灯が消えて、また銃声が聞こえました。それからドアが閉まったんです（ゆっくりと、ヒュッという音を立てて――もう背筋が寒くなりました）。それからあたりは真っ暗になり、どうしたらいいかわからなくて。気の毒にドーラはウサギみたいにキーキー悲鳴をあげているし、ミッチは廊下の向こうでわめいているし」

「男は意図して自分を撃ったと思いますか、それとも、何かにつまずいたので拳銃が暴発したのでしょうか？」

「まったくわかりません。すべてが芝居がかっていて。はっきり言って、ずっとくだらない冗談だと思っていたんです——レティの耳から血が出ているのを目にするまでは。でも、本物らしくするために実際に拳銃を発射するとしたら、慎重に頭のかなり上を狙うようにしませんか？」

「確かに。男には狙っている相手がはっきり見えたと思いますか？　つまり、ミス・ブラックロックは懐中電灯の光で、はっきりと照らしだされていたんでしょうか？」

「わかりません。レティ伯母さんのほうは見ていなかったので。男のほうに視線を向けていました」

「わたしがたずねているのは——男は最初からミス・ブラックロックを狙ったのだと思いますか——わざわざミス・ブラックロックを、という意味ですが」

ジュリアは少し驚いたようだった。

「わざわざレティ伯母さんを選んだという意味ですか？　まあ、そんなふうには考えませんでした。だって、レティ伯母さんを狙いたかったら、うってつけの機会が他にたくさんありますもの。ややこしくするためだけに、友人や隣人を集めるのはむだだわ。昔のアイルランド人みたいに、いつでも好きなときに生け垣越しに撃てばいい。たぶん、それなら無事に逃げおおせたでしょう」

ドーラ・バナーのレティシア・ブラックロックを狙ったという説にくらべ、それは完璧な答えだ、とクラドックは思った。

警部はため息をついた。「ありがとう、ミス・シモンズ。次はミッチに会いましょう」

「ミッチにひっかかれないようにね」ジュリアは警告した。「あの子は凶暴ですから！」

2

クラドックはフレッチャーを従えて、キッチンにいるミッチのところに行った。ミッチは粉をこねているところで、警部が入っていくと顔を上げ、疑い深そうな目つきでにらんだ。

黒髪は目に垂れかかっていた。不機嫌そうで、薄紫色のセーターと鮮やかなグリーンのスカートは青白い顔には似合わなかった。

「どういう用であたしのキッチンに来てるの、おまわりさん？　あなた、警察でしょ？いつも、いつも迫害ばかり――ああ！　もう慣れてもいいころよね。イギリスではちがうって聞いてたけど、とんでもない、まったく同じよ。あたしをいじめに来たんでしょ、いろんなことをしゃべらせようとして。でも、何も言わないよ。爪をはがしたり、マッチの炎で皮膚を焼いたりするんでしょ。ええ、そうよ、それよりもずっとひどいことを。だけど、あたしはしゃべらない、聞いてるの？　ひとことだって言うもんか——ひとことだって。収容所に送られたって、かまうもんか」

クラドックはミッチを眺めながら、どういう攻撃方法がいちばん効果的かを考えこんだ。ついに、ため息をついて口を開いた。

「わかった、では、帽子とコートをとってきなさい」

「何を言うの？」ミッチは驚いたようだった。

「帽子とコートをとって、いっしょに来るんだ。爪をはぐ道具を持ってきていないんだよ。全部、署に置いてある。手錠は持ってきているな、フレッチャー？」

「はい！」フレッチャー部長刑事が元気よく答えた。

「でも、行きたくない」ミッチは叫んであとずさった。

「じゃあ、市民としての義務を果たして、きちんと質問に答えてほしい。よかったら弁護士を同席させることもできる」

「弁護士？　弁護士は嫌い。弁護士はいらない」

ミッチは延《の》し棒を置くと、両手の粉を布巾《ふきん》でふき、椅子にすわりこんだ。

「何を知りたいの？」ミッチはふくれっ面《つら》でたずねた。

「ゆうべ、ここで起きたことを説明してもらいたい」

「何が起きたのかはよく知ってるでしょ」

「きみの説明を聞きたいんだ」

「あたしは逃げようとしたのよ。ミス・ブラックロックが言ってなかった？　新聞で殺人の広告を見たときにね。すぐ逃げたかった。でもミス・ブラックロックが許してくれなかった。とても厳しくて――ちっとも同情してくれない。ここにいるように言われた。でも、あたしにはわかってた――何が起きるかわかってた。自分が殺されるってことがわかってたのよ」

「でも、殺されなかっただろう？」

「まあね」しぶしぶミッチは認めた。

「さあ、起きたことを話してくれ」

「あたしは不安になってた。ええ、とっても。あの夕方ずっと。いろんな物音が聞こえた。みんながあっちに行ったり、こっちに来たり。一度なんて、誰かが廊下をこっそり動きまわっていると思ったけど――ヘイムズ夫人が裏口から入ってきただけだった（玄関の階段を汚したくなかったから、と言ってた。ずいぶん気を遣ってくれること！）。あの人はナチスなのよ、あの金髪とブルーの瞳を見てください。だから、あたしをばかにして、あ――あたしのことを汚らわしそうに――」

「ヘイムズ夫人のことはいい」

「何様だと思っているんだろう？　あの人、あたしのように、お金のかかった大学教育を受けているの？　経済の学位を持っているの？　いいえ、あの人はただの労働者よ。穴を掘り、草を刈って、毎週土曜にたっぷりお給金をもらっているの。よくもまあ、自分をレディだなんて言うもんだわ」

「ヘイムズ夫人のことはいい、と言っただろ、話を続けてくれ」

「シェリーとグラスと、とても上手に作った小さなお菓子を客間に運んでいったわ。そのときベルが鳴って、玄関を開けた。何度も何度も玄関に行った。恥ずべき仕事だけど――それがあたしの仕事だから。それから食器室に行って、銀器を磨いた。誰かがあたしを殺しにやって来ても、手元に大きくてとがった肉切りナイフがあれば便利だろうと思って」

「実に思慮深いね」

「それから、突然――銃声が聞こえた。あたしは『ついに来た、今、始まったのね』と思った。ダイニングを走り抜けた（もうひとつのドアは開かないので）。耳を澄ますと、また銃声が響き、すぐそこの廊下でドスンという大きな音がした。ドアのノブをひねったんだけど、外からカギがかけられていた。あたしは罠にかかったネズミみたいに、閉じこめられてしまったの。それで恐怖のあまり頭がどうかしてしまった。何度も何度も悲鳴をあげて、ドアをたたいた。しばらくして、ようやくカギが回って、外に出してもらえた。それからロウソクを運んでいった。たくさんのロウソクを。そして明かりがつくと、血が見えた――血よ！　ああ、神さま、血だったのよ！　血を見たのは初めてじゃないわ。弟――あの子が目の前で殺されるのを見た――町でも血を見た――撃たれた人たちが死んでいって――あたし――」

「なるほど」クラドック警部は口をはさんだ。「どうもありがとう」

「さあ」とミッチは大仰《おおぎょう》な口調で言った。「あたしを逮捕して、牢屋に入れればいい！」

「いや、今日はやめておくよ」クラドック警部は答えた。

3

クラドックとフレッチャーが廊下から玄関に向かうと、ドアがぱっと開き、長身でハンサムな青年とあわやぶつかりそうになった。

「おや、なんと、刑事さんたちですね」青年は叫んだ。

「ミスター・パトリック・シモンズですか？」

「そのとおりです、警部。あなたが警部ですよね？　で、もう一人の方は部長刑事ですか？」

「おっしゃるとおりです、ミスター・シモンズ。ちょっとお話ができますか？」

「ぼくは無実ですよ、警部。誓って無実です」

「それならミスター・シモンズ、ふざけた真似はやめてください。これからたくさんの人に会わなくてはならないので、時間をむだにしたくないんです。この部屋はなんですか？　ここを使ってもよろしいですか？」

「そこはいわゆる書斎《スタディ》ですよ――誰も勉強《スタディ》してませんが」

「あなたは勉強をしているとうかがいましたが？」クラドックはたずねた。

「数学には集中できそうもないので、帰宅したんです」

きびきびと感情をまじえず、クラドック警部はフルネーム、年齢、軍隊時代の詳細についてたずねた。

「では今度は、ゆうべ起きたことを話してもらえますか、ミスター・シモンズ？」

「うちでは精一杯のもてなしをしたんです。つまり、ミッチはおいしいお菓子を作り、レティ伯母さんは新しいシェリーのボトルを開け――」

クラドックは遮った。

「新しいボトル？　古いものもあったのですね？」

「ええ。半分ぐらいは入っていました。でもレティ伯母さんはお気に召さなかったらしい」

「伯母さんは不安になっていたのでしょうか？」

「ああ、いやあまり。伯母はとても分別のある人間ですから。不安がっていたのはドーラのほうだと思います――災難が起きるだろうと、一日じゅう口にしてましたから」

「では、ミス・バナーはかなり心配していたんですね？」

「ええ、そうですね、心配することをおおいに楽しんでいましたよ」

「彼女は広告を本気にしていましたか？」

「ひどく怯えていました」

「ミス・ブラックロックは最初にあの広告を読んだとき、あなたが関わっていると思ったようです。どうしてですか？」

「ああ、そうでしょうとも、ここでは何か問題が起きると、いつもぼくのせいにされるんだ！」

「あなたはまったく無関係だった、そうなんですか、ミスター・シモンズ？」

「ぼくが？　もちろん無関係です」

「このルディ・シャーツとは会ったりしゃべったりしたことがありますか？」

「一度も会ったことがありません」

「でも、あなたがやりそうな冗談だったんですよね？」

「誰がそんなことを言ってるんですか？　前に一度、ドーラのベッドのシーツを折りたたんで脚が伸ばせないようにしただけですよ――それから、ドイツの秘密警察《ゲシュタポ》が追ってきているぞ、というハガキをミッチに書いたぐらいで――」

「あなたの口から起きたことを話してください」

「ちょうど奥の客間に飲み物をとりに入っていったら、あっとびっくり、電気が消えたんです。振り向くと、戸口に男が立っていて『手をあげろ』と言った。全員が息をのみ、悲鳴をあげているので、男に突進するべきだろうかと迷っていると、拳銃が発射されたんです。それから、男はバタンと倒れ、懐中電灯が消えて、また真っ暗になった。するとイースターブルック大佐が軍隊風の声で命令を下したんです。『明かりだ』ぼくはライターをつけようとした。でも、文明の利器の例にもれず、つかなかったんです」

「侵入者は明らかにミス・ブラックロックを狙っているように見えましたか？」

「ぼくにどうしてわかるんですか？　おふざけで拳銃を発砲した——で、やりすぎたことに、はっと気づいたんでしょう」

「そして自殺した？」

「可能性はありますね。男の顔を見たとき、こいつはすぐに怖《お》じ気《け》づくような、ちんけな泥棒だ、と思いましたから」

「それから、男とこれまで会ったことがないというのはまちがいないですね？」

「一度も」

「ありがとうございます、ミスター・シモンズ。ゆうべここにいらしていた他の人たちにも話を聞きたいんです。どういう順番でお聞きするのがよろしいでしょう？」

「ええと、フィリッパ——ヘイムズ夫人はダイヤス・ホールで仕事をしています。ダイヤス・ホールの門は、ここのほぼ向かいにあります。そのあとは、スウェットナム家がいちばん近いですね。場所は誰でも教えてくれますよ」

7　出席したその他の人々

1

戦争中、ダイヤス・ホールは手入れを怠っていたようだった。アスパラガスの畑だった場所には、シバムギがぼうぼうに生えている。かつての名残はといえば、揺れているわずかばかりのアスパラガスの葉だけだ。ノボロギクや蔓《つる》植物などの雑草ばかりがやけに元気よく茂っていた。

家庭菜園の一部はすっかり荒れはてていた。クラドックはそこで、不機嫌な顔つきの老人が悲しげに鋤《すき》にもたれているのを見つけた。

「あんた、探してるのはヘイムズ夫人かね？　どこにいるのかわからんな。あの人は好き勝手に仕事しとるからな。忠告に耳を貸すような人間じゃないんだ。わしならいろいろと教えてやれるさ——喜んでね——だが、聞く耳持たない女相手じゃ、むだだよ！

自分はなんでも知ってると思いこんでおって、半ズボンはいてトラクターを乗りまわしとるんだから。だけど、ここで必要なのは庭作りだ。そいつは簡単にゃ、学べんよ。庭作り、それがこの家の求めているものなんだ」

「見たところ、そのようですな」クラドックは応じた。

老人はそれを聞いてけなされたと感じたらしかった。

「いいかい、だんな、この大きさの庭を相手に、わし一人で何ができると思うのかね？　以前は三人の庭師と助手でやってた。それだけの人手が必要だったんだ。わしほどよく働く人間はそうおらんよ。ときには夜の八時まで働いとる。八時だよ」

「もう真っ暗じゃないのか？　オイルランプをつけるのかね？」

「そりゃ、この季節のことじゃないさ。当たり前だろ、夏の夜のことを言ってるんだよ」

「ああ」クラドックは言った。「さて、ヘイムズ夫人を探しに行こう」

庭師は興味を示した。

「どんな用なんだね？　警察だろ、あんた？　あの人が厄介なことになってるのか？　それとも、リトル・パドックスの事件にからんだことなのかい？　覆面をつけた男たちがいきなり入ってきて、その場にいた人たちに銃を突きつけたんだってな。戦争前までは、このあたりじゃ、そんなことはひとつもなかった。脱走兵さな、それは。追いつめられて田舎に逃げてきとるんだろう。どうして軍隊で逮捕しないのかね？」

「わたしにはわからないな。ゆうべの拳銃強盗騒ぎは、かなり話題になっているのかい？」

「そうとも。世の中はどうなっちまうんだろうね？　ネッド・バーカーは映画を見すぎるせいだと言っとる。だが、トム・ライリーはよそ者がうろつきまわっているせいだと考えとる。ミス・ブラックロックのところには、料理しているひどい癇癪《かんしゃく》持ちの娘がいるが――あの女が怪しい、とトムは言っとったよ。あの娘は共産主義者かなんかなんだってさ。そういう連中は嫌われ者だ。それにマーリーン、酒場の女だが、ミス・ブラックロックのところにとても高価な物があったにちがいない、って意見だ。偽の真珠のネックレスぐらいしか身につけていないし、とても質素だと思われているかもしれないが、実はそうじゃない、あの真珠は本物かもしれないっていうんだ。するとフローリー（老ベラミーの娘だ）は反論した。『まさか。あれはヌ、ー、ボ、・ア、ー、ルって言う新しい芸術で、ジャンクアクセサリーよ』とな。偽真珠のネックレスにはぴったりの呼び名だね。〝ローマ人の真珠〟、上流階級の連中はそう呼んでいたっけ。〝パリジャンのダイヤ〟とかね。わしの女房は貴婦人のメイドをしていたんで、知っとるんだ。本当のところ、どういうものかっていうと――ただのガラス玉なのさ！　おそらく若いミス・シモンズがつけているのはジャンクアクセサリーだろうな――金のツタの葉とか犬とか。近頃じゃ、本物の金にはめったにお目にかかれないからね。結婚指輪ですら、銀色のプラチナでこしらえるご時世だ。みすぼらしいね、はっきり言って――えらく高くつくわりには」

老アッシュは息つぎのために言葉を切り、また続けた。

『ミス・ブラックロックは家に大金を置いてないよ。おれはちゃんと知ってるんだ』とジム・ハギンズが口を出した。ジムなら知ってるだろうとも、やつの女房がリトル・パドックスの掃除をしてるんだからな。家の中のことはほぼわかっとる女なんだ。詮索好きと言ってもいいね」

「ハギンズ夫人の意見はどうだったのかな？」

「ミッチが一枚嚙んでいる、女房はそう思っとるようだ。えらく短気だし、あきれるほどお高くとまっとるからね！　このあいだの朝はハギンズの女房を面と向かって、肉体労働者と呼んだそうだ」

クラドックはその場に立ったまま、老庭師の話の中身を順序立てて検討してみた。チッピング・クレグホーンについて地元の代表的な意見はわかったが、捜査に役立つような材料はないと判断した。警部がきびすを返すと、老人は不承不承教えてくれた。「たぶんヘイムズ夫人はリンゴ園だよ。リンゴを落とすなら、わしよりも若いあの人のほうがいいからね」

はたして、リンゴ園でクラドックはフィリッパ・ヘイムズを見つけた。最初に目に入ったのは、木の幹をするすると滑りおりてくる半ズボンに包まれた形のいい二本の脚だった。そして顔を火照《ほて》らせ、枝で髪の毛をくしゃくしゃにしたフィリッパは、驚いたように警部を見た。

「ロザリンド役にぴったりだ」クラドックは、つい考えた。クラドック警部はシェイクスピアの芝居の熱狂的ファンで、警察孤児基金主催の《お気に召すまま》の公演では、陰気なジャック役を演じて大成功をおさめたのだった。

だがすぐに、その意見を変えた。フィリッパ・ヘイムズはロザリンド役には活気がなさすぎる。その美しさも無表情さも、いかにもイギリス人らしいが、十六世紀ではなく二十世紀のイギリス人のものだ。いたずら心のかけらもない、育ちのいい、感情を表に出さないイギリス人。

「おはようございます、ヘイムズ夫人。びっくりさせてすみません。ミルチェスター警察署のクラドック警部です。ちょっとお話をしたいのですが」

「ゆうべのことで？」

「ええ」

「長くかかります？　よかったら――？」

フィリッパは首をかしげてあたりを見回した。

クラドックは倒木を指さした。

「気楽にしてください」警部は愛想よく言った。「でも、必要以上にお仕事の邪魔はしませんから」

「ありがとう」

「記録のためにお訊きします。ゆうべ何時に仕事からお戻りでしたか？」

「五時半過ぎでした。温室の水やりを終えるために、二十分ほどいつもより遅くなったのです」

「どのドアから入りましたか？」

「裏口です。私道からアヒルとニワトリ小屋のわきを通って近道できるので。家をぐるっと回らなくていいし、玄関ポーチを泥で汚さずにすみます。ときには体じゅう泥だらけになってることもあるんです」

「いつもその道から帰ってくるんですか？」

「ええ」

「ドアにはカギがかかっていなかった？」

「ええ。夏のあいだは大きく開け放たれています。一年の今ごろだと閉められていますが、カギはかけられていません。全員がしょっちゅうそのドアを使ってます。わたしは自分が入ったあとでカギをかけました」

「いつもそうするのですか？」

「この一週間はずっとそうしています。六時にはもう暗くなりますから。ミス・ブラックロックが夜にアヒルとニワトリを小屋に閉じこめに行くことがありますが、たいていキッチンのドアを使っているようです」

「そして今回、あなたはまちがいなく裏口にカギをかけたんですね？」

「確かにかけました」

「なるほど。では、家に入ると何をしましたか？」

「泥だらけの靴を脱ぎ、二階に行くと、お風呂に入って着替えました。それから下に来てみると、パーティーらしきものが始まっていたんです。そのときまで、おかしな広告についてはまったく知りませんでした」

「では、強盗が入ってきたときに起きたことを話してください」

「ええと、電気がいきなり消えて——」

「あなたはどこにいましたか？」

「マントルピースのそばです。そこに置いたはずのライターを探していたんです。明かりが消えて——全員がくすくす笑いました。そのときドアがバタンと開いて、男が懐中電灯でわたしたちを照らし、拳銃をふり回して手をあげろと言ったんです」

「それで、あなたは従ったんですか？」

「いえ、実を言うと従いませんでした。ただのお遊びだと思ったのです。疲れていたし、実際に手をあげる必要はないと思ったので」

「では、すべてのことにうんざりしていた？」

「ええ、まあ。すると拳銃が発射されました。銃声は耳をつんざかんばかりで、すくみあがりました。懐中電灯はぐるぐる円を描き、床に落ちて消えました。そうしたら、ミッチが悲鳴をあげはじめたんです。まるでブタが殺されるときみたいでした」

「懐中電灯はとてもまぶしかったですか？」

「いえ、それほどでは。ただし、かなり強力なものでした。一瞬、ミス・バナーを照らしだしたときは、まるでカブのお化けみたいに見えました——ほら、顔が真っ白で、口をあんぐり開けて、目玉が飛びださんばかりでしたから」

「男は懐中電灯を移動させたんですか？」

「ええ、そうです。部屋じゅうをぐるっと照らしていきました」

「誰かを探しているみたいに？」

「というわけでもない気がしましたけど」

「で、そのあとは？」

フィリッパ・ヘイムズは眉をひそめた。

「ああ、ひどく混乱して大騒動になりました。エドマンド・スウェットナムとパトリック・シモンズがライターをつけて廊下に出ていったので、わたしたちもぞろぞろあとに続きました。誰かがダイニングのドアを開けました――そこはヒューズが飛んでいなかったんです――で、エドマンド・スウェットナムがミッチの頬を思いきりひっぱたき、悲鳴の発作を止めました。そのあとは、そこそこ落ち着きました」

「死んだ男を見たのですか？」

「ええ」

「知っている男でしたか？　会ったことがありましたか？」

「いいえ、一度も」

「男が死んだのは事故だったのか、覚悟の自殺だったのかについて、何かご意見はありませんか？」

「まったくわかりません」

「以前、男が家に来たときは会ってないのですか？」

「ええ。午前の半ばに来たようで、わたしは家にいませんでした。一日じゅう外で働いていますので」

「ありがとうございます、ヘイムズ夫人。あとひとつだけ。あなたは貴重な宝石をお持ちではないですか？　指輪、ブレスレット、そういうたぐいのものを？」

　フィリッパは首を振った。

「婚約指輪と――ブローチがふたつだけです」

「それから、あなたの知るかぎりで、家の中に貴重な品物がありますか？」

「いいえ。とても上質の銀器はありますけど――特別なものはありません」

「ありがとう、ヘイムズ夫人」

2

クラドックが家庭菜園を通って戻りかけたとき、きちんとコルセットをつけた大柄で赤ら顔の婦人に出会った。

「おはよう」女性は脅しつけるように言った。「ここで何をしているんです？」

「ルーカス夫人ですか？　クラドック警部と申します」

「ああ、あなたが。失礼しました。見知らぬ人間に庭に入ってこられて、庭師とむだ話をされるのがいやなんです。でも、あなたはお仕事でいらしたんですね」

「そのとおりです」

「ゆうベミス・ブラックロックのところで起きたような強盗は、また起きかねないんでしょうか？　あれはギャングの仕業だったんですの？」

「ギャングの仕業ではないと考えています、ルーカス夫人」

「最近は強盗事件がしょっちゅう起きているでしょう。警察の怠慢だわ」クラドックは返事をしなかった。「フィリッパ・ヘイムズと話していたんですね？」

「目撃者として説明をうかがいたかったので」

「一時まで待つことができなかったのかしら？　だって、仕事中ではなく、休み時間に質問をするのが筋ってものでしょ……」

「署に早く戻らねばならないんです」

「最近は配慮というものにお目にかかれないわね。それに、きっちり一日分の労働にも。遅刻はする、半時間もぶらぶらしている。十時にはお茶の休憩。雨が降れば、仕事はまったくしない。芝生を刈ってもらおうとすれば、必ず芝刈り機が故障する。おまけに、決められた時間の五分とか十分前には仕事をあがってしまう」

「ヘイムズ夫人の話では、きのうは五時ではなく、五時二十分までここに残っていたそうですね」

「ああ、そう言えばそうだったわ。公平に言って、ヘイムズ夫人はとても仕事熱心だわ。でも、ここに来てみると、どこにもあの人を見つけられないことがしょっちゅうあるんです。もちろん、生まれはちゃんとしているし、気の毒な若い戦争未亡人のために何かしてあげなくちゃ、と感じているのよ。ただし、こちらにとっては、あまり都合がいいとは言えませんけれど。長い学校の休暇には、仕事を休む約束になっているの。最近じゃ、子どもが過ごせる本当にすばらしいキャンプがあるんですよ。そのことを教えてあげたんですけどね。そこではとてもすてきな時間が過ごせるし、子どもは親とうろついているよりはるかに楽しめるわよって。実際、夏の休暇のあいだ、家に帰る必要なんてまるっきりないのよ」

「しかし、ヘイムズ夫人はそのアイディアを喜ばなかった？」

「あの人はものすごく頑固なの。夏はテニスコートの芝刈りをして、毎日でもラインを引いてほしいのに。アッシュじいさんが引くとラインが曲がってしまうのよ。でも、わたしの都合なんて誰も考えてくれないんだわ！」

「ヘイムズ夫人の賃金は、ふつうの庭師よりも少ないんでしょうね？」

「当然よ。これ以上のお金を払う理由があるかしら？」

「いえ、ないでしょう」クラドックは言った。「では失礼します、ルーカス夫人」

3

「恐ろしかったわ」スウェットナム夫人は楽しげだった。「とっても――とっても――恐ろしかったんです。《ガゼット》では広告を受けとるときに、もっと注意するべきですよ。あれを読んだとき、とっても奇妙だと思ったんです。母さん、そう言ったわよね、エドマンド？」

「明かりが消えたとき、何をしていたのか覚えていますか、スウェットナム夫人？」警部は質問した。

「その言葉を聞くと年とった子守のことを思い出すわ！　『光が消えたときモーゼはいずこに？』って訊くのよ。答えはもちろん『闇の中に』ですけど。ゆうべのわたしたちみたいだわ。みんな、これから何が起きるのだろうと思ってました。そのとき突然真っ暗になったので、わくわくしてたんですよ。そうしたら、ドアが開いて――ぼんやりした人影が拳銃と目がくらむような光を手に立っていて、『金を出せ、さもないと命はないぞ！』ってぞっとするような声で言ったんです。ああ、あんなに興奮したことはありませんでした。もちろん、一、二分後には恐怖に突き落とされましたけど。本物の銃弾が、耳元をかすめていったんですからね！　戦時中の突撃隊員は、あんなふうだったにちがいないわ」

「そのとき、あなたが立っているか、すわっているかしていたのは、どこだったんですか、スウェットナム夫人？」

「ちょっと待ってください、どこにいたかしら？　誰と話していたかしらね、エドマンド？」

「ぼくにはまるっきりわかりません、お母さん」

「寒い時期にメンドリに肝油をあげることについて聞いていた相手は、ミス・ヒンチクリフだったかしら？　それともハーモン夫人だったか――いえ、あの人は到着したばかりだったわ。たぶんイースターブルック大佐にイギリスに原子力研究所を造るのはとても危険だと思う、と話していたところだと思います。放射能がもれたときのことを考えて、どこかの離れ島に建てるべきだわ」

「すわっていたか、立っていたか、覚えていませんか？」

「それが大切なんですの、警部？　窓のそばか、マントルピースの近くにいました。というのも、時計が鳴ったとき、とても大きく聞こえたのは覚えてますからね。胸がときめく瞬間でした！　これから何かが起きるという期待で」

「懐中電灯の光に目がくらんだとおっしゃいましたね。あなたにまともに向けられたのですか？」

「光が目に入ったんです。何も見えませんでした」

「男は懐中電灯を同じところに向けていましたか、それとも人から人へ動かしていましたか？」

「ああ、よくわかりません。どっちだったかしら、エドマンド？」

「かなりゆっくりと全員を照らしていったな、何をしてるのか確認するように。誰かが飛びかかってこないかと警戒するようにね」

「では、あなたは部屋のどこにいたんですか、ミスター・スウェットナム？」警部は息子のほうにたずねた。

「ジュリア・シモンズとしゃべっていました。部屋の中央あたりに立っていました——広いほうの部屋の」

「全員がその部屋にいたのですか、それとも奥の部屋にも誰か？」

「フィリッパ・ヘイムズはそっちに入っていったと思います。奥のマントルピースのそばにいました。何か探しているみたいでした」

「三発目は自殺か事故か、ご意見はありますか？」

「さっぱりわかりません。男はすばやく振り向いたように見え、それからくずおれて倒れたんです——でも混乱していましたから。実際には何も見えなかったんですよ。それから、あの難民の女の子が向かいの部屋でわめきだしたんです」

「ダイニングのドアを開けて、女の子を外に出したのはあなただったんですね？」

「ええ」

「ドアはまちがいなく外側からカギがかかっていましたか？」

エドマンドは興味深げに警部を見た。

「もちろんです。まさか、あなたの考えでは——？」

「事実をはっきりさせておきたいだけですよ。ありがとう、ミスター・スウェットナム」

4

クラドック警部はイースターブルック夫妻とかなり長い時間を過ごす羽目になった。事件の心理的側面についての長ったらしい演説を拝聴しなくてはならなかったからだ。

「心理的なアプローチ――最近ではこれが唯一の方法だ」大佐は言った。「犯罪者を理解しなくてはならない。さて今回の強盗事件は、わたしのように幅広い経験を積んだ人間にとっては実に単純なことだ。この男はどうして広告を出したのか？　心理学で説明できる。男は自分を宣伝したかった――自分自身に注意を向けたかったのだ。男は、ないがしろにされてきたのだろう。おそらく、外国人だからといって、スパ・ホテルで他の従業員からこばかにされていたのだ。女の子にふられたのかもしれん。その娘の注意を引きたかった。最近の映画の主人公は誰かな――ギャング――強い男？　そう、犯人は強い男になろうとした。強盗だ。覆面か？　拳銃か？　だが、観客も必要だった――観客に見てもらわねばならなかった。そこで観客を手配したのだ。すると、クライマックスで役柄が一人歩きしてしまう。強盗じゃ足りず、人殺しになる。銃を発射する――誰彼かまわず――」

クラドックはその言葉に喜んで飛びついた。

「『誰彼かまわず』とおっしゃいましたね、イースターブルック大佐。特定の相手を狙って撃っていたのではないとお考えなんですね――つまりミス・ブラックロックを狙ったわけではないと？」

「ああ、そうだ。やつはただ、めったやたらに撃っただけさ。それで、いきなり我に返ったんだよ。銃弾が誰かに当たった――実際にはただのかすり傷だったが、男はそれを知らない。はっと我に返る。さっきまで夢中になって演じていたことは現実だった。誰かを撃ってしまった――おそらく誰かを殺してしまった。もう自分はおしまいだ。そこで、パニックを起こして自分に拳銃を向ける」

イースターブルック大佐は言葉を切り、わざとらしく咳払いして、満足げな声で言った。「きわめて明白ですな。まったくもって」

「なんてすばらしいの」イースターブルック夫人が言った。「あなたは何が起きたのかちゃんとご存じなのね、アーチー」

その声には心からの賞賛がこめられていた。

クラドック警部も見事な推理だと思ったが、それほど手放しでほめるつもりはなかった。

「部屋のどこにいらしたんですか、イースターブルック大佐、実際に銃撃が始まったときには？」

「妻といっしょに立っていた——花を飾ったセンターテーブルの近くに」

「あたし、あなたの腕を握ったわよね、アーチー、あれが始まったとき？　もう怖くて死にそうだったわ。あなたの腕にすがらないではいられなかったの」

「おやおや、かわいそうに」大佐は茶目っ気たっぷりに言った。

5

警部はミス・ヒンチクリフをブタ小屋の近くでつかまえた。

「すてきな動物ですよ、ブタって」ヒンチクリフはブタの皺《しわ》だらけのピンクの背中をかきながら言った。「よく太っているでしょ？　クリスマス頃にはおいしいベーコンになるんです。ええと、どういうご用件かしら？　ゆうべ、警察の方にあの男が何者か見当もつかない、と申し上げたんですけど。近所を嗅ぎまわっているとか、そういう姿も見かけたことがありません。うちのモップ夫人は、メデナム・ウェルズの大きなホテルから来たんだと言ってました。どうして向こうで強盗を働かなかったんでしょうね？　あっちのほうが儲けも大きかったでしょうに」

それは否定できなかった――クラドックは質問を続けた。

「事件が起きたとき、あなたはどこにいましたか？」

「事件！　戦争中の、空襲警報が鳴り響いていた時代を思い出すわ。そう、当時はいくつもの事件を目にしました。拳銃が発射されたとき、わたしがどこにいたかですか？　それを知りたいんですか？」

「はい」

「マントルピースに寄りかかって、早く飲み物が出されないかしら、と思っていました」ヒンチクリフはすぐに答えた。

「銃撃は手当たり次第に行なわれたと思いますか、それとも、特定の人間を狙ったものだったのでしょうか？」

「レティ・ブラックロックを狙ったかという意味かしら？　どうしてわたしにわかります？　すべてが終わったあとで、印象がどうだったかとか、実際に何が起きたのかを整理するのはとてもむずかしいわ。ただ、明かりが消え、懐中電灯で目がくらみ、発砲が始まり、わたしは『若くて愚かなパトリック・シモンズが銃弾をこめた拳銃でおふざけをしているなら、きっと誰かが怪我することになるわ』と考えていました」

「パトリック・シモンズの仕業だと思ったんですね？」

「ええ、そういうふうに思えました。エドマンド・スウェットナムは知的で本を書いていて、ばか騒ぎには興味がない。イースターブルック老大佐は、その手のことをおもしろいと思わないでしょう。でも、パトリックはやんちゃな青年です。だけど、そんなふうに考えたことで、パトリックに謝ったんですよ」

「お友だちもパトリック・シモンズがやったと考えていましたか？」

「マーガトロイドですか？　ご自分で訊いてみてください。でも、たいしたことは聞きだせないでしょうけど。果樹園にいますよ。よかったら呼びましょう」

ヒンチクリフは大声で力強く叫んだ。

「そこにいるの、マーガトロイド……」

「今、行くわ……」細い声が返ってきた。

「急いで——警察よ」ヒンチクリフは怒鳴った。

ミス・マーガトロイドはすっかり息を切らして小走りにやって来た。スカートはすその折り返しが垂れさがり、髪の毛は小さすぎるヘアネットからはみだしている。人のよさそうな丸い顔はにこにこしていた。

「ロンドン警視庁の方ですか？」はあはあ言いながらたずねた。「まさか来るとは思わなかったわ。じゃなければ、家を離れなかったんですけど」

「まだロンドン警視庁の助けは求めていません、ミス・マーガトロイド。わたしはミルチェスター署のクラドック警部です」

「ああ、それはけっこうだこと、ほんとに」マーガトロイドはあいまいに言った。「手がかりは見つかりましたか？」

「犯罪が起きたときにどこにいたのか、警部さんは知りたがっているのよ、マーガトロイド」ヒンチクリフが口をはさんで、クラドックにウィンクした。

「ああ、そうなの」マーガトロイドは息をのんだ。「もちろん用意しておくべきだったわね、アリバイを。当然だわ。ええと、そうね、みんなといっしょだったと思うわ」

「わたしといっしょではなかったわよ」ヒンチクリフが言った。

「あら、やだ、そうだったかしら、ヒンチ？　ええ、そうだわ、あたしは菊を眺めていたんです。実を言うと、とてもみすぼらしい花でしたけど。そのとき始まったんです——ただし、始まったことがわからなかったんですけど——つまり、ああいうことが始まったとは思わなかったってことです。本物の拳銃だなんて、想像もしていなかったわ。全員が暗闇であわてふためき、恐ろしい悲鳴がして。すっかり勘違いしてました。あの女の子が殺されたんだとばかり思ってたんです——ほら、難民の女の子ですよ。廊下の向こうのどこかで喉をかき切られたんだと思いました。あの人だったとは——だって、あの男がいることすら知らなかったんです。ただ声がして、『手をあげていただけますか？』って言ったんですよ」

「『手をあげろ！』よ。そんな丁寧な言葉遣いはしなかったわ」

「考えるとぞっとしますけど、あの娘がわめきはじめるまで、実は楽しんでいたんです。ただ暗闇にいるのはとても不便で、ウオノメを何かにぶつけてしまって。痛いのなんのって。他に知りたいことはありますか、警部さん？」

「いいえ」クラドック警部はマーガトロイドを考えこむように眺めた。「ないと思います」

友人のほうがぷっと吹きだした。

「あなたの話はもうたくさんですって、マーガトロイド」

「あら、ヒンチ。あまり意気込んだせいで、すべてをお話しできなかった気がするわ」

「そこまで望んでいらっしゃらないわよ」ヒンチクリフは言った。

ヒンチクリフは警部を見た。「手近なところから話を聞きたいんでしたら、次に牧師館にいらっしゃるといいわ。そこで何か聞けますよ。ハーモン夫人はぼんやりしているように思われてますけど――ときには賢いところを見せます。ともかく、何か話してくれますよ」

警部とフレッチャー部長刑事を見送りながら、エミー・マーガトロイドは声をひそめてささやいた。

「ねえ、ヒンチ、あたし、みっともなかった? すっかりあわてちゃって」

「全然」ヒンチクリフはにっこりした。「全体として、とてもよくやったと思うわ」

6

クラドック警部はみすぼらしいが広い部屋を喜ばしい思いで見回した。故郷のカンバーランドをどことなく思い出させたのだ。色あせた綿のカーテンやソファカバー、大きな粗末な椅子、花、散らばった本、かごに入ったスパニエル犬。ハーモン夫人に対しても、そのあたふたした態度といい、気どらない服装といい、真剣な顔つきといい、共感を覚えた。

しかし夫人はすぐにこう言った。「お役に立てないと思います。目を閉じていたからです。目がくらむのがいやなんですよ。そのとき銃声が聞こえて、いっそうきつく目をつぶりました。そして祈ってたんです、ああ、お願いです、静かな殺人でありますようにって。バンバンという音が怖かったので」

「では何も見なかったんですね」警部は夫人に微笑みかけた。「しかし音は聞いた——？」

「ああ、そうですね、ええ、いろいろ聞こえました。ドアが開いたり閉まったり。ばかげたことを言ってる声や、息をのんだりする音、蒸気機関車みたいにミッチが叫んでいる声も。気の毒なドーラは罠にかかったウサギみたいにキーキー言ってました。そして全員が互いにぶつかりあって。でも、バンという音がもう聞こえなかったので、目を開けたんです。そのときにはロウソクを持って全員が廊下に出ていました。そして明かりがついて、いきなり元どおりになりました——すっかり元どおりじゃありませんけど、みんな落ち着いたんです、もう——暗闇ではなかったから。暗闇にいるのと、まるっきりちがいますよね？」

「おっしゃることはわかっているつもりです、ハーモン夫人」

ハーモン夫人は警部ににっこりした。

「そうしたら男がいたんです。ちょっとイタチに似た外国人で――顔がピンク色に染まって驚いたような表情を浮かべて――死んで倒れていたんです。かたわらに拳銃が転がっていました。でも――ああ、ともかく、どういうことなのか、さっぱりわけがわかりませんでした」

警部も同じ気持ちだった。

この事件のすべてが頭を悩ませることばかりだった。

8 ミス・マープル、登場

1

クラドック警部はいろいろな人たちに聞いてきた話を報告書にまとめて、署長の前に置いた。署長はちょうどスイス警察からの電報を読み終えたところだった。

「やっぱり、あいつには前科があったな」ライズデールは言った。「ふうむ——思っていたとおりだ」

「そうですか」

「宝石……ふうむ、なるほど……偽造書類……小切手か……まちがいなく信用できない男だ」

「はい、署長——せこいことばかりやってますが」

「そうとも。そして小さな不法行為が大きな犯罪につながるんだ」

「そうでしょうか？」

署長は顔を上げた。

「気になることでも、クラドック？」

「はい、署長」

「なぜだね？　明白な筋書きだろう。それとも、ちがうのかね？　きみが話をしてきた連中がどう言っているのか見てみよう」

署長は報告書を引き寄せ、すばやく目を通していった。

「いつもどおりだ――いくつもの不一致と矛盾。ストレスを与えられたときの説明は、人によってまったく異なるものなんだ。だが、本筋は充分にはっきりしているように見えるが」

「承知しています、署長。ただ、まだ納得できないのです。わたしの言っている意味がおわかりでしょうか――どこかがおかしいのです」

「では、事実を見ていこう。ルディ・シャーツは五時二十分のバスでメデナムからチッピング・クレグホーンに向かい、六時に到着した。車掌と二人の乗客の証言がある。バス停からリトル・パドックスの方向へ歩いていく。さほど苦労せずに家に入りこむ。おそらく玄関を使ったのだろう。拳銃で人々を脅し、二発発射して、一発がミス・ブラックロックにかすり傷を負わせ、三発目で自分を撃つ。事故か自殺なのかについては、はっきりした証拠がない。そういう真似をした理由については、確かに、きわめて不満足だな。だが、〝なぜ〟というのは、実はわれわれが答えるべき質問ではないんだ。裁判所の検死審問で、自殺か事故死か死因が決定されることになるだろう。どちらの評決でも、われわれにとっては同じことだが。事件の幕引きはわれわれがするんだ」

「いざとなれば、イースターブルック大佐の心理学に頼ることになるんでしょうか」クラドックが憂鬱《ゆううつ》そうに言った。

ライズデールはにっこりした。

「なんといっても、大佐はいろいろな経験を積んでいるからな。最近あらゆることに軽々しく使われている心理学用語にはうんざりだが、それを締めだすことはできないよ」

「やはり、この説明はまちがっている気がするんです」

「チッピング・クレグホーンで強盗にあった人々のうち、誰かが嘘をついていると信じる理由でもあるのかね？」

クラドックはためらった。

「外国人の娘は話した以上のことを知っている気がします。しかし、たんにそれは先入観にすぎないのかもしれません」

「もしかしたら、この男と組んでいたかもしれないと考えているのかね？　犯人を家に招き入れた？　男をけしかけた？」

「そんなようなことです。あの娘ならやりかねないですよ。しかし、それなら家に高価なものがあるということです。金とか宝石とか。しかし、その可能性はないように思えます。ミス・ブラックロックはきっぱりとそれを否定しました。他の連中も同じです。となると、誰も知らなかったが、じつはあの家には貴重なものがあった、と考えざるをえない――」

「ベストセラーにでもなりそうな筋書きだな」

「ばかげているのは承知しています。他に考えられる推論は、ミス・バナーが信じているように、シャーーツはミス・ブラックロックを最初から狙って殺そうとしたというものです」

「うむ、きみの話や、本人の陳述からして……このバナーとやらは……」

「ああ、そのとおりです」クラドックはすばやく言葉をはさんだ。「ミス・バナーはまったく頼りにならない目撃者です。きわめて暗示にかかりやすい。ミス・バナーの頭に何かを吹きこもうと思ったら、簡単にできるでしょう。しかし、興味深いのは、これがあの人だけの意見だということです。他の誰もそれをほのめかしていないのです。全員がその考えを否定しました。たぶん初めて、彼女は大勢の意見に逆らっているんです。まちがいなく、それはミス・バナーの印象だったのですよ」

「ではどうしてルディ・シャーツはミス・ブラックロックを殺したかったのかね？」

「そこなんですよ、署長。わかりません。ミス・ブラックロック自身も知らないようです。もっともわたしが考えている以上に、あの人は狡猾《こうかつ》な嘘つきかもしれませんが。とにかく誰もわからないのです。ですから、おそらくそれが真相ではないのでしょう」

クラドックはため息をついた。

「元気を出したまえ、クラドック。ヘンリー卿といっしょにランチをとるから、いっしょに来るといい。メデナム・ウェルズのロイヤル・スパ・ホテルなら、最高の食事にありつけるぞ」

「ありがとうございます」クラドックはいささか驚きながら言った。

「そうだ、手紙を受けとっていた――」署長が言葉をとぎらせたとき、ヘンリー・クリザリング卿が部屋に入ってきた。「ああ、いらっしゃい、ヘンリー」

ヘンリー卿はくだけた口調で言った。「おはよう、ダーモット」

「あなたに用があったんですよ、ヘンリー」署長は言った。

「なんだね？」

「ある老嬢から頼もしい手紙が来たんです。ロイヤル・スパ・ホテルに滞在しているとか。チッピング・クレグホーンの事件に関して、ぜひお耳に入れておきたいことがあると書かれていました」

「老嬢ね」ヘンリー卿は勝ち誇ったように言った。「わたしが言ってただろう？ 老嬢というのは見ざる、言わざる、聞かざるの格言を無視して、すべてを見て、すべてを聞き、悪口だろうがなんだろうが、べらべらしゃべるものなんだ。その特別な老嬢は何をつかんだのだね？」

ライズデールは手紙を読んだ。

「わたしの祖母からのような手紙です」彼は文句を言った。「読みにくいったらない。インク壺に落ちたクモが這い回ったみたいな字だし、アンダーラインだらけ。あなた方の貴重な時間をむだにしたくないが、ささやかなお手伝いができるのではないかと存じます、とくどくどと書いてあるな。名前はなんだったかな？ ジェーン──なんとか──メープル──いや、マープル、ジェーン・マープルです」

「これは驚いた」ヘンリー卿が言った。「本当かい？ ジョージ、それはわたしの秘蔵のとびっきりすごい老嬢だよ。老嬢中の老嬢だ。しかもセント・メアリ・ミードの自宅でのんびり過ごしている代わりに、どういうわけかメデナム・ウェルズに滞在しているとは。まさに殺人事件に巻きこまれに来たみたいだ。もう一度、殺人のお知らせがあるといいな——ミス・マープルを楽しませるために」

「なるほどね、ヘンリー」ライズデールは皮肉っぽく言った。「喜んであなたご自慢の人物に会いますよ。行きましょう！ ロイヤル・スパでランチをとって、そのご婦人の話を聞きましょう。そこのクラドックは、かなり疑わしげな顔をしているが」

「いえ、そんなことはありません、署長」クラドックは礼儀正しく言った。

心の中では、この名づけ親はときどき、少々度を越すことがある、とあきれていた。

2

ジェーン・マープルはクラドック警部が思い描いていた人物に、ほぼ近かった。ただし、想像していたよりもはるかに温和な雰囲気で、ずっと年をとっていた。実際のところ、とても高齢に見えた。雪のように真っ白な髪、ピンクの皺だらけの顔、とても穏やかな無邪気なブルーの瞳。ふわふわした毛糸がどっさり体にからみついている。肩には透かし編みのケープのように毛糸がかかっていた。せっせと編んでいるその毛糸は、赤ん坊のショールになるらしかった。

ミス・マープルはヘンリー卿に会うと、うれしさのあまり取り乱し、署長とクラドック警部に紹介されると、頬をぱっと染めた。

「あらまあ、ヘンリー卿、なんて幸運な……すばらしい幸運だわ。本当におひさしぶりですわね……ええ、リウマチがねえ。最近とても悪くなってしまって。もちろん、このホテルに滞在できるような身分じゃないんですのよ。最近のホテル代ときたら、仰天するようなお値段ですからね。でも、レイモンドが――甥のレイモンド・ウェストです、覚えていらっしゃるかしら……」

「お名前を知らない人間はいませんよ」

「ええ、あの子の作品がとても売れてますの。といっても、通俗的なものは絶対に書かないことを誇りにしてるんですよ。あの子が親切にも、わたしの費用を全部持つと言い張りましてね。それに、あの子の奥さんも最近、名前が売れはじめているんです、画家として。しおれかけた花をさした水差しと窓辺に置かれた折れた櫛《くし》、といった作品がほとんどですわ。本人には言えませんけど、やはりわたしは、ブレア・レイトンやアルマ＝タデマみたいな歴史画が好きですわね。あらまあ、べらべらしゃべってしまって。それに署長さんご自身がいらっしゃるなんて――予想もしていませんでしたわ。お時間をむだにしてはいけませんわね」

完全にぼけてるな、とクラドック警部はうんざりしながら考えた。

「支配人の個室に行きましょう」ライズデール署長は言った。「そちらのほうがゆっくり話せます」

マープルは毛糸を体からはずすと予備の編み棒を集めた。そして、そわそわと、さまざまな弁解をまくしたてながら、三人のあとについてミスター・ローランドスンの居心地のいい部屋に向かった。

「さて、ミス・マープル、お考えになっていることをお聞かせいただきましょう」署長が切りだした。

マープルは意外なほど簡潔に要点を口にした。

「小切手のことです。あの人はそれを偽造したんですの」

「あの人？」

「ここのフロントの青年ですよ。強盗をして、自殺したと思われている人ですわ」

「あの男が小切手を偽造したとおっしゃるんですか？」

マープルはうなずいた。

「ええ。ここに持ってます」マープルはバッグから小切手をとりだし、テーブルに置いた。「今朝、銀行から他の小切手といっしょに送られてきたんです。おわかりでしょ、これは七ポンドです。あの人はそれを十七ポンドに偽造したんです。まず数字の7の前に1を入れて、さらにアルファベット表記の支払い額の欄には〝seven〟のあとに〝teen〟を加え、うまくインクの染みをつけ全体をぼかしたんです。じつに巧みなごまかしですわ。かなり練習を積んでいるのでしょう。同じインクを使ってますね。わたしは小切手をフロントで書きましたから。これまでにもたびたびやっていたんでしょうね」

「そんな真似をするには相手が悪かったですね、今回は」ヘンリー卿が言った。

マープルはうなずいた。

「ええ。残念ながら、あの青年には大それた犯罪などできなかったでしょうね。わたしを選んだのはまちがいでしたよ。忙しい若い既婚女性とか、不倫をしている女性――そういう人たちなら、さまざまな金額の小切手を書きますし、通帳だって注意深く見ないでしょう。でも一ペニーにいたるまで慎重にならざるをえない年寄り、しかもいくつもの習慣を守っている年寄り――選ぶには悪い相手ですわ。十七ポンドは、わたしが決して小切手に書かない金額ですもの。二十ポンドというようなまとまった金額は、ひと月分のお給金とか本代のために書きます。でも個人的な支出には、いつも七ポンドまでと決めているんです――以前は五ポンドでしたけど、最近は何もかも値上がりしていますのでね」

「そして、おそらくあの男は誰かを思い出させたのでは？」ヘンリー卿がいたずらっぽい目つきでたずねた。

マープルは微笑み、ヘンリー卿に首を振ってみせた。

「あらまあ隅に置けない方ですわね。実を言うと、そのとおりだったんですの。フレッド・テイラー、魚屋です。いつもシリングの桁《けた》に余分な1を書きくわえていましたわ。近頃のようにどっさりお魚を食べると、請求書も長くなるし、足し算をしてみる人はあまりいないでしょ。毎回わずか十シリングですけどポケットに入れていたんですの。たいした金額じゃありませんけど、自分にネクタイを何本か奮発したり、ジェシー・スプラッグ（カーテン屋の娘ね）を映画に連れていったりするには充分でしたわ。若者は気前のいいところを見せたがるものなんですよ。それに、このホテルに来て最初の週に、請求書にまちがいがありましたの。わたしがあの青年にそれを指摘すると、あの人は丁寧に謝り、とてもあわてていたようでした。でも、そのときこう思ったんです。『信用ならない目つきの人だわ』って。

信用ならない目つきと言ったのは」とマープルは話を続けた。「まっすぐ相手を見つめて、決して目をそらしたり、まばたきしたりしなかったからなんですの」

クラドックはふいに賞賛の念がわきあがった。心の中で「ジム・ケリーにそっくりだ」と思った。最近、刑務所に送りこむのにクラドックが手を貸した有名な詐欺師だ。

「ルディ・シャーツはきわめていかがわしい人物でした」ライズデールが言った。「スイスで前科があることを発見しました」

「向こうでまずいことになったので、偽造書類を使ってこちらに渡ってきたのかしら？」マープルはたずねた。

「まさにそのとおりです」とライズデール。

「あの男は、ダイニングで働いている赤毛の小柄なウェイトレスとよく出歩いていました」マープルは言った。「幸い、女の子はまったく悪い影響を受けていなかったようですけど。ただ、ちょっと〝風変わり〟な人が好きなだけだったのでしょうね。シャーツはよくウェイトレスにお花やチョコレートをあげていました。イギリス人男性はあまりしないことですわ。ウェイトレスは知っていることをすべて話したのかしら？」マープルはいきなりクラドックのほうを向いた。「それとも、まだ全部打ち明けていないのかしらね？」

「はっきりとはわかりません」クラドックは慎重に答えた。

「まだ話すことがあるんじゃないかと思いますわ」マープルは言った。「気もそぞろな様子だから。今朝はニシンの代わりにマスを持ってきたり、ミルク入れを忘れたり。ふだんは完璧に仕事をこなしているんですよ。ええ、不安なんでしょう。証言をしなくちゃならないかもしれないと怖がっているんですわ。でも、わたしが思うに」とクラドック警部に青い瞳をまっすぐ向けた。そして、その男らしい体型とハンサムな顔を、いかにもヴィクトリア朝生まれの女性らしいつつましやかな賞賛を浮かべて見つめた。「あなたなら、きっとあの娘から話を聞きだすことができますわ」

クラドック警部は頬を染め、ヘンリー卿はクックックッと笑った。

「重要なことかもしれませんよ」マープルは言った。「あの男はそれが誰だったのか、ウェイトレスの子に話しているかもしれませんわ」

ライズデールがマープルを鋭く見た。

「それが誰だったのかとは、どういうことですか？」

「言い方が悪かったですわね。誰があの男にあんなことをさせたのか、という意味ですわ」

「つまり、何者かがけしかけたとお考えなのですか？」

マープルは驚いたように目を丸くした。

「あら、だけど、もちろん――つまり……ここに人好きのする若者がいます。あちこちでお金をちょっぴりくすねたり、少額の小切手を偽造したり、放りだしたままになっているちょっとした宝石を自分のポケットにしまいこんだり、貴重品保管箱から少額を盗んだり。どれも些細な盗みです。ところが突然その男が変身して、拳銃を手に部屋にいる人々を脅し、発砲する。そんな真似はそれまで一度もしたことがないんですよ、一度だって！　あの男はそういうタイプの人間ではないんです。筋が通りませんわ」

クラドックは鋭く息を吸いこんだ。それはまさにレティシア・ブラックロックが言ったことだった。牧師の妻もそう言っていた。クラドック自身もますます強くそう感じた。筋が通らない。そして今、ヘンリー卿の老嬢までが言っている、かぼそい老婦人らしい声に確信をこめて。

「では教えていただけますでしょうか、ミス・マープル」クラドックはいきなり挑戦的にたずねた。「実際には何が起きたのでしょう？」

マープルは驚いてクラドックを見た。

「だけど、どうしてわたしにそれがわかりますの？　新聞には記事が出ていました。でも、たいしたことは書かれていません。もちろん憶測はできますけど、正確な情報はまったくないんですのよ」

「ジョージ」ヘンリー卿がライズデールに言った。「ミス・マープルに、クラドック警部がチッピング・クレグホーンで聞きこみしたメモを読んでもらうのは、前例がないようなことかな？」

「確かに異例かもしれません」ライズデールは答えた。「だが、わたしはこれまで、ありきたりのことだけをしてきたわけではありません。お読みいただいてけっこうですよ。どう言っていただけるか、とても興味があります」

マープルはとてもきまり悪そうだった。

「みなさん、ヘンリー卿にすっかり丸めこまれてしまったようですわね。ヘンリー卿はいつも親切すぎるんです。過去にわたしが口にした意見を、実際以上に評価なさっているんですよ。本当のところ、わたしには才能なんてありません――まるっきり――ただ、おそらく人間性については多少知っているんだと思いますわ。わたしの見たところ、人間というのは目の前のことを簡単に信じてしまう傾向があるようですね。でも、わたしはいつも疑ってかかり、最悪の予想をします。うれしい癖《くせ》ではありません。でも、そのあとに起きる出来事で、しばしば、それが当たっていたことがわかりますの」

「これを読んでください」ライズデールはタイプされた書類を差しだした。「長くかからないでしょう。結局、この連中はあなたのお仲間だ――こういう人たちのことはよくご存じでしょう。われわれにはない見方ができるかもしれない。この事件は打ち切りにするところでしょう。事件から手を引く前に、アマチュアの方のご意見もお聞きしたいものだ。実は、ここにいるクラドックも納得していないんです。この男はあなた同様、筋が通らないと申してます」

マープルが読んでいるあいだ、座はしんと静まり返っていた。マープルはとうとうタイプされた書類を置いた。

「非常に興味深いわ」マープルはため息をついた。「みんな、ちがったことを言ったり、考えたりしていますわね。見たものも、見たと思ったものものもちがいます。しかも、とても複雑で、ほとんどすべてとるに足りないことに見えます。どれかが重要なことだとしても、それがどれなのかを見分けるのはとてもむずかしいわ。干し草の山で針を見つけるようなものです」

クラドックは激しい失望を感じた。わずかのあいだだが、この奇妙な老嬢についてヘンリー卿は正しいのかもしれない、と思ったのだ。老嬢は何かを教えてくれるかもしれないと。年寄りはしばしばとても鋭いことがあるものだ。たとえば、大伯母のエマには一切の隠し事ができなかった。しまいには大伯母は、クラドックが嘘をつこうとすると鼻がひくつくのだと教えてくれたが。

だが、ヘンリー卿が評価するマープルが口にしたのは、あいまいな一般論だけだ。クラドックはマープルにいらだち、かなりつっけんどんに言った。

「肝心なのは、事実がはっきりしているということです。どんなに矛盾することを口にしようと、全員がひとつのものを見ています。拳銃と懐中電灯を手にした覆面姿の男が、ドアを開け、手をあげさせた。『手をあげろ』か『金を出せ、さもないと命はないぞ』か、その人によってせりふは多少ちがいますが、ともかく全員が男を見たのはまちがいありません」

「でも、もちろん」とマープルが穏やかに言った。「みんな――実際には――何も見えたはずがないんですよ……」

クラドックは息をのんだ。この女性にはわかったんだ！　やはり頭が切れる人だ。クラドックは今の言葉でマープルを試そうとしたのだが、相手はひっかからなかった。だからといって、事実や起きたことにちがいができるわけではない。しかし、覆面をつけた男が拳銃を向けているのを見たと言う人々は、実際には男を見られたはずがないことに、クラドック同様マープルは気づいたのだ。

「わたしが正しく理解しているなら」マープルは頬をピンクに染め、子どものように目を楽しそうにきらめかせた。「外の廊下には明かりがついていませんでした——二階の踊り場も同じですね？」

「そうです」とクラドック。

「だとしたら、戸口に男が立ち、強力な懐中電灯を部屋に向けたら、目がくらんで何も見えないはずですよ、懐中電灯の光以外はね、そうでしょ？」

「ええ、そうです。試してみました」

「ですから、何人かが覆面をした男を見たと言いましたけれど、実はあとで見たものから再現していたんですよ。本人は気づいていないでしょうけれど。そうなると、すべてがぴったりあてはまりますわ。ルディ・シャーツがいわゆる〝フォールガイ（身代わり）〟だったという推測に。確か、そういう言葉でしたわね？」

ライズデールが仰天してマープルを見つめたので、老婦人はいっそう頬を赤くした。

「言葉がまちがっているかもしれませんけど」マープルはつぶやいた。「アメリカ英語にはあまり詳しくないんですの——それに、どんどん意味が変わりますからね。ダシール・ハメットの物語で知ったんですのよ（甥のレイモンドによれば、ハメットはいわゆるハードボイルドの分野では、三本の指に入る作家だと考えられているそうですね）。フォールガイというのは、わたしの理解が正しければ、じつは別の人間がやった犯罪の罪をきせられる人のことです。このルディ・シャーツはまさにそのタイプに思えますわ。あまり頭がよくなくて、貪欲で、とても信じやすい人間なんですよ」

ライズデールは辛抱強い笑みを浮かべながらたずねた。

「シャーツは何者かに、部屋にいる人々を銃で撃ってこいと命じられたのですか？　そんな命令にはふつう従わないでしょうが」

「シャーツはただのお遊びだと言われたのだと思います」マープルは言った。「もちろん、お金をもらったのでしょうね。だから、シャーツは新聞に広告を出して、わざわざ家を下見し、それから問題の夜に覆面と黒いマントを身につけて出かけていき、ドアを開けて懐中電灯で部屋を照らし、『手をあげろ』と叫んだのですわ」

「それから拳銃を発射した？」

「いえいえ」マープルは言った。「シャーツは拳銃なんて持っていませんでした」

「だが、全員が言ってます――」ライズデールは言いかけて、口を閉じた。

「そのとおり。たとえシャーツが拳銃を持っていても、誰にも見えたはずがないんです。それに、わたしは彼が拳銃を持っていたとは思いません。『手をあげろ』と叫んだあとで、何者かが暗闇ですばやく背後から近づき、肩越しに二発撃ったのだと思います。それでシャーツはびっくりした。あわてて振り返る。そのとたん何者かはシャーツを撃ち、拳銃をそのかたわらに落とす……」

三人の男はじっとマープルを見つめていた。ヘンリー卿が低くつぶやいた。

「その推理はありえるな」

「でも、暗闇で近づいてきた謎の人物は何者なのですか？」署長がたずねた。

マープルは咳払いした。

「ミス・ブラックロックを殺したがっている人物が誰なのか、当人から聞かなくてはならないでしょうね」

ドーラ・バナーの勝ちだ、とクラドックは思った。けっきょくは毎度、直感が知性に勝つんだ。

「では、ミス・ブラックロックの命を奪おうとした企《たくら》みだったと考えているんですね？」ライズデールが質問した。

「ええ、そう見えますわね」マープルは言った。「ただし、ひとつ、ふたつ、むずかしい問題がありますけど。実は不思議でならないのは、もっと手っ取り早い方法があったのではないかということなんです。これを計画した人間は、ルディ・シャーツを黙らせておくのに苦労したはずです。それでも、シャーツが誰かにしゃべったとしたら、あの娘、マーナ・ハリスでしょうね。もしかしたら、ただほのめかしただけかもしれませんけどね、この計画を提案した人物について」

「これからマーナに会ってきます」クラドックは立ち上がった。

マープルはうなずいた。

「ええ、そうなさって、クラドック警部。そうしてくださってうれしいわ。あなたに話せば、マーナはこれで自分の身が安全になったとわかるでしょうから」

「安全に？……ああ、なるほど」

警部は部屋を出ていった。署長は納得できない様子だったが、口ではこう言った。

「いや、ミス・マープル、おかげさまで検討するべき問題が出てきたようです」

3

「ごめんなさい、本当に」マーナ・ハリスは言った。「怒らずにいてくださるなんて、とってもやさしいんですね。でも、うちの主任はすごく騒ぎ立てる人間なんです。それに、まるであたしが——どういう言葉だったかしら——そう共犯者、事件の前から共犯者だったみたいに思われるかもしれない」マーナの口から言葉が次々にあふれだした。

「それに、あなたはあたしの言葉を真面目に受けとってくれないんじゃないかと思って。つまり、あたしはただの冗談だと思っていたんですよ」

クラドック警部は安心させる言葉を繰り返し、ようやくマーナの抵抗をうちくだいた。

「話します。すべてお話しします。でも、主任のこともあるから、あたしのことは黙っていてもらえますか？　なにもかもルディがデートの約束を破ったことから始まったんです。あたしたち、その夜、映画に行くことになっていたんです。そしたら、ルディが行けなくなったと断わってきたから、あたし、ちょっと冷たくしてやったんです――そもそも、あの人が言いだしたことだったし、外国人にデートをすっぽかされるなんて腹が立ったから。そうしたら、自分のせいじゃない、ってルディは弁解したんですよ。よくある話ね、と言い返したら、その夜はちょっとした仕事を頼まれたんだと言うんです。で、その仕事で現金が入りそうだから、腕時計はどう、って。だからあたしは訊いたんです、仕事ってどういうものなの？　するとルディは誰にもしゃべるなと念を押してから、どこかでパーティーがあって、偽の強盗を演じることになってるんだ、と教えてくれたんです。それから新聞に出した広告を見せてくれたので、あたしは思わず吹きだしました。あの人はその企画をちょっとばかにしていました。子どもだましだよ、とか。でも、いかにもイギリス人らしいって。イギリス人は大人にならないんだって。もちろん、あたしたちのことをそんなふうに言うって、どういうつもりと文句をつけました。ちょっと口論になりましたけど、仲直りしたんです。あなたならおわかりですよね、新聞で事件を読んだときの気持ち。まるっきり冗談なんかじゃなくて、ルディが誰かを撃ち、それから自分を撃ったことを知って、あたしはどうしたらいいかわからなかった。前もって知っていたと打ち明けたら、まるであたしが事件に関わっているみたいに疑われてしまうと心配になったんです。でも、ルディが話してくれたときは、本当にただのおふざけに思えたんですよ。あの人もそのつもりだったんだと誓えます。ルディが拳銃を持っていたのも知りませんでした。拳銃を持っていくなんて、ひとことも言ってませんでしたから」

クラドックは娘を慰め、それからもっとも重要な質問をした。

「そのパーティーを企画したのは誰だと、シャーツは言ってましたか？」

だが、当てははずれた。

「依頼した人物については、絶対に教えようとしませんでした。頼んだ人なんていなかったんじゃないかと思います。ルディ自身が企画したんじゃないかしら」

「名前を口にしませんでしたか？　男だとか、女だとかは？」

「すごく愉快な出来事になるだろう、としか言いませんでした。『連中の顔を見て笑ってやるよ』ルディはそう話してました」

笑うまで生きていられなかったのだ、とクラドックは思った。

4

「ただの推論だよ」メデナムから車で帰る途中、ライズデール署長は言った。「それを裏づけるような証拠は何もない、ひとつもね。老婦人の空想だとして放っておいたらどうだ？」

「できたらそうしたくないんですが、署長」

「とうてい考えられないよ。謎の人物がいきなり暗闇でスイス人の背後から近づいてくるなんて。そいつは、どこから現われたんだ？　何者だったんだ？　ずっと、どこに隠れていたんだ？」

「裏口から入ってきたのかもしれません」クラドックは言った。「スイス人と同じように。あるいは」警部は考えこみながら続けた。「キッチンから現われたのかもしれない」

「あの娘がキッチンから現われたのかもしれない、という意味かね？」

「ええ、そうです。ひとつの可能性です。あの娘の話にはずっと疑問を持っているんです。ゆがんだ性格の女のようだ。悲鳴もヒステリーも、演技だった可能性があります。この青年をたぶらかして、ちょうどいいタイミングで家に入れ、すべてを用意してから、青年を撃ち、すばやくダイニングに引き返して銀器とセーム革を手にとり、悲鳴の演技を始めた」

「ええと、誰だったかな、そう、エドマンド・スウェットナムが、カギはドアの外からかけられていたので、それを回して娘を外に出した、と断言した事実と反するぞ。家のそっちの部分に行けるようなドアが、他にもあるのかね？」

「ええ、裏階段に通じるドアがあります。キッチンはその階段の下にあるんですが、三週間前にドアのノブがとれてしまって、まだ修理していないようでした。今はそのドアは開けられません。その話はまちがいないように思えます。ノブが廊下の棚に置かれていて、ほこりが厚く積もっていました。もちろん、プロなら、そのドアだってちゃんと開けられるでしょうが」

「その娘の経歴をもっと調べてみたほうがいいな。いろいろな書類はきちんとしているかどうか。ただ、すべて理屈だけで、現実味がない気がするんだ」

またもや署長は部下を問いかけるように見た。クラドックは静かに答えた。

「わかってます。もちろん、署長が事件を終わりにするべきだとお考えなら、そうしなくてはなりません。ただ、あと少しだけ捜査を続けさせていただければ、ありがたいんですが」

意外にも、署長は穏やかな口調で感心したように言った。

「たいしたやつだ」

「拳銃についても調べなくてはなりません。もしこの推論が正しければ、あれはシャーツの拳銃ではありません。それに今のところ、シャーツが拳銃を持っていたとは断言できないのです」

「ドイツ製だね」

「承知しています。しかし、イギリスには大陸製の拳銃が大量に入ってきています。アメリカ人は大陸製のものを故国に持ち帰りますし、イギリスの人間も同じです。その点は見落とすわけにいきません」

「確かに。他には何を捜査するつもりだ？」

「動機がなくてはなりません。この推論が正しければ、先週の金曜の出来事はただの冗談ではなく、ありふれた強盗でもなく、冷血な殺人計画だったということになります。

何者かがミス・ブラックロックを殺そうとしたのです。だが、なぜか？　その答えを知っている人間がいるとしたら、ミス・ブラックロック本人でしょう」

「あの人はその考えを笑いとばした、と聞いたが」

「ルディ・シャーツがミス・ブラックロックを殺したがっている、という考えを笑いとばしたんです。それは正しかった。さらに、もうひとつあるんです、署長」

「なんだね？」

「その何者かはまたやるかもしれません」

「そうなったら、その推論の正しさを証明することになるな」署長は冷たく言った。

「ところで、ミス・マープルに気をつけろよ」

「ミス・マープルに？　どうしてですか？」

「どうやら彼女はチッピング・クレグホーンの牧師館に滞在して、メデナム・ウェルズに週に二度、湯治《とうじ》のために通うらしいんだ。牧師の奥さんはミス・マープルの古くからの友人の娘なんだよ。あの老婦人は狩猟本能が発達しているからな。いやはや、ふだんの生活には好奇心をかきたてられるようなことがないだろうから、殺人犯を嗅ぎ回って刺激を手に入れているんだよ」

「ミス・マープルがこちらに来なければよかったと思います」クラドックは真剣な口調

になった。

「邪魔になるからか？」

「そうじゃありません、あの人はすてきな人です。わたしはあの人の身に何か起きてほしくないんです。つまり、この推論は当たっているかもしれませんからね」

9 ドアについて

1

「またお邪魔してすみません、ミス・ブラックロック」

「あら、気になさらないで。検死審問が一週間延期になったから、もっと証拠を見つけようとしていらっしゃるのかしら?」

クラドック警部はうなずいた。

「まず最初に、ミス・ブラックロック、ルディ・シャーツはスイスのモントルーのオテル・デ・アルプの経営者の息子ではありませんでした。どうやら、最初はベルンの病院の掃除係として働いていたようです。当時、多数の患者がちょっとした宝石をなくしていました。います。別名で、小さなウィンタースポーツ施設のウェイターもしていました。そこでもっぱらやっていたのは、レストランで二重伝票をつけることでした。つまり、店用の伝票には書いていない注文を客の伝票につけていたんです。もちろん、差額はシャーツのポケットにおさまりました。その後、チューリッヒのデパートに就職しました。どうやら、万引きは必ずしも客の仕業ではなかったようです」

シャーツが働いているあいだ、万引きによる損失がぐんと高くなった。

「小さなものばかり盗む安っぽい泥棒だったんですね?」ミス・ブラックロックの口調には蔑《さげす》みがこもっていた。「では、あの男に会ったことがないと思ったのは、正しかったのかしら?」

「おっしゃるとおりです——ロイヤル・スパ・ホテルでシャーツはあなたに目をつけ、知っているふりをしたんです。スイス警察がシャーツに目を光らせるようになったので、非常に巧みに偽造した書類を用意し、こちらに渡ってきてロイヤル・スパで仕事にありついたんですよ」

「うってつけの稼ぎ場でしたね」ブラックロックは冷ややかに言った。「あそこはとても高級で、裕福な人たちが滞在しています。請求書に目を通そうとしない人もいたでしょうからね」

「ええ。おそらく荒稼ぎが期待できたでしょうな」

ブラックロックは眉をひそめた。

「そこまではわかります。だけど、どうしてチッピング・クレグホーンに来たのでしょう？　贅沢なロイヤル・スパ・ホテルよりも、ここのほうが金目のものを手に入れられると考えたのでしょうか？」

「あくまで、この家には特別に価値のあるものはないとおっしゃるんですね？」

「もちろん、ありません。主のわたしが申しているんですよ。保証します、警部さん、ここにはレンブラントの隠れた名画なんてものもありません」

「では、お友だちのミス・バナーが正しかったようですね？　シャーツはあなたを襲うためにやって来たのです」

「ほらね、レティ、言ったとおりでしょ？」

「まあ、そんなのナンセンスよ、ドーラ」

「しかし、ナンセンスでしょうか？」クラドックは反論した。「わたしはそれが真実だと考えています」

ブラックロックは食い入るように警部を見つめた。

「では、はっきりさせましょう。警部さんは、こう信じていらっしゃるんですね、あの青年がここに来たのは――村人の半数が特定の時間に興味津々で現われるように、前もって広告を出したうえで――」

「だけど、あんなことになると思っていなかったのよ」ミス・バナーが意気ごんで口をはさんだ。「ただの恐ろしい警告だったのかもしれないわ——あなたへのね、レティ——あのとき新聞で『殺人をお知らせします』っていう広告を読んで、心の底からぞーっとしたわ。でも、あなたを撃ってすぐに逃げる計画だったなら、誰が犯人なのかわからなかったでしょう？」

「それはそうね」ブラックロックは認めた。「でも——」

「あの広告は冗談なんかじゃないってわかってたわ、レティ。あたし、そう言ったでしょ。それに、ミッチだって。あの子も怯えてたわ！」

「なるほど」クラドックが口をはさんだ。「ミッチ。あの若い女性についてもう少し詳しく知りたいんですが」

「彼女の入国許可証も人物証明書なども、ちゃんとしています」

「それはそうでしょう」クラドックがそっけなく言った。「シャーツの書類だってすべてきちんとしていましたから」

「でも、どうしてルディ・シャーツがわたしを殺したがるんですか？　それについては説明なさろうとはしないんですね、クラドック警部」

「シャーツの背後に何者かがいたのかもしれません」クラドックは考えこみながら言っ

た。「その可能性について考えたことはありますか？」

クラドックは〝背後〟という言葉をたんなる比喩として使ったのだが、ミス・マープルの推論が正しければ、文字どおりの意味でそうだったのかもしれない、とふと思った。いずれにせよ、ブラックロックはあまり感心した様子もなく、相変わらず合点が行かない表情だった。

「いずれにせよ」ブラックロックは言った。「なぜわたしを殺したがるのか、ということが問題なのですね？」

「その答えはあなたの口からお聞きしたいのですが、ミス・ブラックロック」

「でも、お答えできないわ！　本当に、敵などいません。自分ではご近所ともずっといいおつきあいをしてきたと思っています。誰かの罪深い秘密を知っている、なんてこともありません。そんなことを考えるなんてお笑い草です！　それにミッチがこの事件に関係しているとおっしゃるなら、それも滑稽だわ。ミス・バナーがさっき言ったように、あの子は《ガゼット》の広告を見つけて、死ぬほど怯えていたんです。実際、荷物をまとめて、その場で辞めたがったほどなんです」

「それはあの娘の狡猾な手口だったのかもしれません。あなたが引きとめることを読んでいたんですよ」

「もちろん、あなたがそう思いこんでいらっしゃるなら、どんな理屈だってつけられるでしょうよ。でも、ミッチがわたしをなにかの理由で憎んでいるなら、食べ物にこっそり毒を入れるでしょう。絶対に、こんな手のこんだ面倒なことはしませんよ。ばかばかしいったらないわ。警察は外国人に偏見を持っているんですね。ミッチは嘘つきかもしれませんけど、冷酷な殺人者じゃありません。そうしたければ、あの子をいじめていらっしゃい。でも、あの子がかんかんになって家を出ていったり、わめきながら部屋に閉じこもってしまったりしたら、夕食はあなたに作ってもらいますよ。ハーモン夫人が今日の午後、牧師館に泊まっている老婦人を連れてくるというので、ミッチにケーキを焼いてもらうつもりだったんです。でも、あなたが行くと、あの子はすっかり動揺してしまうでしょうね。できたら別の人を疑っていただけないかしら?」

2

クラドックはキッチンに行った。ミッチに以前と同じ質問をすると、同じ答えが返ってきた。

そう、ミッチは四時過ぎに玄関のカギをかけた。いや、いつもそうするわけではないが、その午後は〝恐ろしい広告〟のせいで神経質になっていた。裏口にカギをかけるのは無意味だ。ミス・ブラックロックとミス・バナーがアヒルを閉じこめたりニワトリに餌をやるために、そのドアから出ていくし、ヘイムズ夫人はいつも仕事から帰ってくるときにそのドアを使うからだ。

「ヘイムズ夫人は五時半に入ってきたときに、ドアにカギをかけたと言っている」

「ふうん、あの人のことは信じてるんだね。ああ、そう、信じているんだ……」

「信じるべきじゃないと言うのかね？」

「あたしがどう考えようと関係ないでしょ。あたしのことなんて、あんた、信じようとしないんだから」

「そう決めつけないでもらえるとありがたいんだが。きみはヘイムズ夫人があのドアにカギをかけなかったと思っているのかい？」

「念には念を入れて、カギをかけないようにしたんだと思ってるわ」

「それはどういう意味かな？」

「あの若い男、一人でやったことじゃないわよ。だって、あの男はどこから入ってきたらいいか知ってたし、来たときにドアのカギがちゃんと開いていることも知っていた。

ほんと、都合よくドアが開いていたものよねえ！」

「何を言いたいんだね？」

「あたしが何を言ってもむだでしょ？　聞こうとしないんだから。嘘ばかりついている哀れな難民だと思ってるのよ。金髪のイギリス人女性、ああ、まさか、あの人なら嘘をつかないって。あの女性はイギリス人だから、とっても正直だって思ってる。だから、あの人を信じて、あたしを信じない。だけど、あたしは知っていることがあるの。ええ、そうよ、知っていることがあるのよ！」

　ミッチはガスレンジにフライパンをたたきつけるようにして置いた。

　腹立ちまぎれに言っているにすぎないことに注意を向けるべきだろうか、とクラドックは迷った。

「話してもらったことはすべてメモをとるよ」クラドックは言った。

「何も話すつもりはないわ。どうして話さなくちゃいけないの？　みんな同じよ。哀れな難民をいじめて軽蔑しているんでしょ。一週間前に、あの青年がミス・ブラックロックのところにお金をもらいにやって来て、耳の痛いことを言われて追い返された。そのあと、あの男がヘイムズ夫人としゃべっているのを聞いたと言ったら——ええ、そこの東屋《あずまや》でね、そう話したら、あたしがでっちあげたんだと考えるんでしょうよ！」

おそらく、そうなんだろう、とクラドックは思ったが、声に出してはこう言った。

「外の東屋でしゃべっていることは、ここまで聞こえないはずだよ」

「ほら、そこがまちがってるのよ」ミッチは勝ち誇ったように叫んだ。「あたしはイラクサを摘みに庭に出たの。とてもおいしい野菜料理になるのよ、イラクサは。イラクサだとみんな思わないし、あたしは料理に使っても教えてやらないの。それで、二人が東屋でしゃべっているのが聞こえてきた。男はこう言った。『だけどどこに隠れられるんだ？』するとヘイムズ夫人は『教えてあげる』それからこう言った。『六時十五分過ぎにね』だから、あたしは思ったのよ、あら、あきれた！　こういうふるまいをしてるのね、気取り屋さん！　仕事から帰ってくると、男に会いに出ていく。そして家に招き入れているんだ。ミス・ブラックロックは気に入らないでしょうね。きっと、あんたを追いだすわよ。じっと観察して、よく聞いておいて、あとでミス・ブラックロックに教えてあげよう。あたしはそう思った。だけど、勘違いだったとわかったわ。あの人が青年と計画を立てたのは愛のせいじゃなかった、強盗と殺人のためだったのよ。だけど、どうせ作り話だって言うんでしょうよ。悪いミッチ、って決めつけるんだわ。でも、あたしはあの女を刑務所にぶちこめるのよ」

クラドックは考えた。ミッチは作り話をしているのかもしれない。だが、もしかしたらそうではない可能性もある。用心深く質問した。

「ヘイムズ夫人がしゃべっていた相手は、ルディ・シャーツにまちがいないかね？」

「もちろんよ。出ていったばかりだったし、私道から東屋のほうに行くのを見かけたもの。それからすぐ」とミッチはけんか腰になって言った。「おいしそうな若いイラクサがないか庭に出ていったの」

十月においしそうな若いイラクサが生えているものだろうか、と警部は首をかしげた。だがミッチはたんに詮索をしていただけで、庭に出ていった理由を適当につけたのだろうと想像した。

「さっき話してくれた以上のことは聞かなかったんだね？」

ミッチは傷ついた表情になった。

「あのミス・バナーが、長い鼻をしたあの人があたしを何度も呼んだの。ミッチ！　ミッチ！　だから行かなくちゃならなかった。ああ、あの人にはいらいらさせられる。いつも邪魔をするし。料理を教えてあげるなんて言いだすのよ。あの人の料理ときたら！　何を作っても、水っぽい味なの！」

「このあいだはどうして話してくれなかったんだ？」クラドックは厳しくたずねた。

「思い出せなかったから——それに考えつかなかったの。少ししてから、あれはあのときに計画したんだって気づいたの。あの女とね」

「ヘイムズ夫人にまちがいないんだね？」

「ええ、そう、絶対よ。ええ、それは確かだわ。あの女は泥棒よ、ヘイムズ夫人は。泥棒だし仲間も泥棒。庭で働いてもらっているお金じゃ、お上品ぶったレディには足りなかったのよ。親切にしてくれたミス・ブラックロックから盗むしかなかった。ああ、なんて悪い、悪い人間なの、あの女は！」

「もしも」警部はミッチをじっと見つめた。「きみがルディ・シャーツと話しているのを見た、と誰かが言ったら、どうかね？」

そのほのめかしは期待していたほど効果がなかった。ミッチはただばかにしたように鼻を鳴らし、顎をぐいともたげた。

「あたしがあの男と話しているのを見たと言うなら、それは嘘よ、嘘、嘘、嘘」軽蔑をこめて言った。「誰かについて嘘を言うのは簡単よ。だけど、イギリスではそれが真実だと証明しなくちゃならない。ミス・ブラックロックはそう教えてくれたけど、それは本当なんでしょ？　あたし、殺人者や泥棒とは口をきいてないわ。だからイギリスの警察だって、あたしが口をきいたなんて言えない。だいたい、あなたがここにいて、べらべらしゃべっていたら、お昼ごはんを作れないじゃないの。お願いだからキッチンから出ていって。そろそろ、とても手のかかるソースにとりかかるんだから」

クラドックはおとなしく出ていった。ミッチに対する疑惑が少し揺らいでいた。ミッチはフィリッパ・ヘイムズについて、自信たっぷりに語った。ミッチは嘘つきかもしれない(それは見立てちがいではないと考えている)。しかし、この話に限っては真実に基づいているのかもしれない、と思った。その件についてフィリッパと話をしてみようと決心した。前に質問したとき、フィリッパは穏やかな育ちのいい若い女性に見えたので、クラドックはまったく疑いを抱かなかったのだ。

クラドックはぼんやりと廊下を突っ切り、まちがったドアを開けようとした。ミス・バナーが階段を下りてきて、あわててクラドックを止めた。

「いえ、そのドアじゃないわ。それは開かないの。左隣のドアですよ。とてもわかりにくいわよね？　あまりにもたくさんドアがあって」

「実にたくさんありますね」クラドックは狭い廊下を眺めた。

バナーは親切にひとつひとつ教えてくれた。

「最初のドアはお手洗い、次はコート用の戸棚、それからダイニング——それがあっち側ね。それからこちら側はあなたが開けようとした偽の開かずのドア、隣が陶器の食器用戸棚、鉢植えを保管する小さな部屋、突き当たりが裏口よ。とってもわかりにくいわ。

とりわけ、このふたつはすぐ近くにあるから。しょっちゅう、まちがって偽のドアを開けようとしてしまいます。以前は、ドアの前にテーブルを置いていたんです。でも、その壁ぎわに移動してしまったんですよ」

クラドックは開けようとしていたドアの羽目板に水平に薄く線が走っていることを、さっきぼんやりと目に留めていた。あれは置かれていたテーブルの跡だったのだ。なんとなく気になって、クラドックはたずねた。「移動した？　いつですか？」

幸いにも、ドーラ・バナーに質問するときには理由をあげる必要はなかった。どんな話題についてどんな質問をしようとも、おしゃべりなバナーにとっては当然のように感じられるらしく、些細なことでも喜んで情報を提供してくれた。

「ええといつだったかしら、つい最近だわ——十日か二週間ぐらい前ね」

「どうして移動したんですか？」

「よく覚えてないわ。お花と関係があったような気がするけど。フィリッパ・ヘイムズが大きな花びんに——あの人はとても上手にお花を活けるんです——秋の花をどっさり活けていたんです。木の枝なんかもあしらって。それがとても大きいので、通り過ぎるときに髪の毛にひっかかるの。それでフィリッパが言ったんですよ、『テーブルをあっちに移動したらどうかしら。ドアの羽目板の前よりも、何もない壁の前のほうが、お花も映えるし』って。〈ウォータールーの戦いのウェリントン将軍〉の版画をおろすだけでよかったしね。実はあまり好きな版画でもなかったんです。それは階段の下に移しました」

「じゃあ、実際は偽のドアじゃないんですね？」クラドックはドアを眺めながらたずねた。

「あら、ちがいます、本物のドアですよ、そういう意味なら。狭いほうの客間に通じているんですけど、部屋をひとつにしてから、ふたつもドアはいらないので片方を閉めきりにしてしまったんです」

「閉めきり？」クラドックはもう一度そっとドアのノブを試してみた。「釘《くぎ》付けにしたということですか？　それとも、ただカギをかけてあるだけですか？」

「ああ、カギをかけたんです、たぶん。かんぬきもさしてあります」

クラドックはドアの上部にかんぬきを見つけ、試してみた。かんぬきはするりとはずれた。とてもなめらかに……。

「最後にこのドアを開けたのはいつでしたか？」クラドックはバナーにたずねた。

「あら、何年も前でしょうね、おそらく。わたしがここに来てからは、一度も開けられていません。それは確かです」

「カギのある場所をご存じですか？」

「廊下の引き出しにカギがたくさん入ってます。たぶん、そこにあるんじゃないかしら」

クラドックはバナーのあとについていき、引き出しの奥に押しこまれた錆《さ》びついた古いカギの束を見た。ざっと眺めて、他のカギとちがうものを選びだすと、ドアに戻った。カギはぴたりと合い、簡単に回った。ドアを押すと、音もなく開いた。

「あら、気をつけて」バナーが叫んだ。「向こうで何かつっかえているかもしれないわ。一度も開けたことがないんですから」

「そうですか？」

いまや警部は顔をしかめていた。クラドックは言葉に力をこめた。

「このドアはつい最近開けられています、ミス・バナー。鍵穴と蝶番《ちょうつがい》に油が差されていますよ」

バナーはまぬけな顔で、ぽかんと警部を見つめた。

「でも、誰がそんなことをしたのかしら？」

「これからそれを見つけだすつもりです」クラドックはむっつりと答えた。腹の中で思った。「外から来た謎の人物X？　いや――Xはここにいた、この家の中に。Xはあの夜、客間にいたんだ」

10 ピップとエマ

1

ミス・ブラックロックは警部の話を前回よりも注意深く聞いてくれた。警部が考えていたとおり、ブラックロックは頭のいい女性で、こちらが告げようとする言外の意味まで汲《く》みとってくれた。

「そうですね」ブラックロックは静かに言った。「それで事情が変わってきますね……そのドアをいじる権利は誰にもありません。わたしの知るかぎりでは、誰もそういうことはしていません」

「それが何を意味するのかわかりますね」警部はたたみかけた。「あの晩、明かりが消えると、この部屋の中にいた誰かが、こっそりそのドアから出ていき、ルディ・シャーツの背後に近づいて、あなたを撃ったのです」

「姿を見られることも、足音を聞かれることも、気配に気づかれることもなく？」

「ええ、そのとおりです。明かりが消えて、みんなが動き回り、悲鳴をあげ、お互いにぶつかりあったことを思い出してください。そのあとで見えたのは、懐中電灯の目がくらむ光だけでした」

ブラックロックは考えこむように言った。「では、あなたはあの中の一人――ありふれたご近所の一人がこっそりと部屋を出ていき、わたしを殺そうとしたとおっしゃるんですか？ わたしを？ でもどうしてです？ お願いです、理由を教えてください」

「その質問の答えは、あなたが知っているにちがいないと思いますが、ミス・ブラックロック」

「でも、わからないわ、警部。誓います、本当に」

「では、順を追って考えてみましょう。あなたが死んだら誰がお金を相続するのですか？」

ブラックロックはしぶしぶ口を開いた。

「パトリックとジュリアです。この家の家具とささやかな年金はドーラに遺《のこ》しました。正直なところ、たいした財産もないんです。ほとんど価値がなくなってしまったドイツとイタリアの有価証券ぐらいですね。しかも税金も引かれています。それに、投資した資本から入るわずかな配当金かしら。本当に殺す価値なんてありませんよ——一年前に持ち金の大半を年金に入れてしまったんです」

「それでも、かなりの収入はおありになる、ミス・ブラックロック。そして、ご親戚の兄妹はそれを相続するわけですね」

「だから、パトリックとジュリアがわたしを殺そうと計画したのだと？　とうてい信じられません。二人ともそれほどお金に困っているようなことはありません」

「そのことは事実としてご存じなのですか？」

「いいえ。二人の話から推測しているだけです。でも、二人を疑おうとは思いません。いずれ、わたしにも殺す価値が出てくるかもしれませんけど、今はそんな価値はありません」

「どういう意味ですか、〝いずれ殺す価値が出てくる〟とは？」クラドック警部はその言葉を聞きとがめた。

「いつか——たぶんもうじきですけど、わたしはとても裕福になれるかもしれないんです」

「それは興味深いですね。説明していただけますか？」

「承知しました。ご存じないでしょうけど、わたしは二十年以上、ランダル・ゲドラーの秘書をつとめ、とても親しくさせていただきました」

クラドックは好奇心をくすぐられた。ランダル・ゲドラーは財界では有名人だ。その大胆な投機と、本人にまつわるかなり大げさな噂のせいで、ちょっとやそっとでは忘れられない人物だった。クラドックの記憶が正しければ、一九三七年か、三八年に亡くなっていた。

「あなたよりも一時代前の人間でしょうね」ブラックロックは言った。「でも、名前は聞いたことがおありでしょう」

「ええ、あります。億万長者だったのでしょう？」

「ええ、桁《けた》はずれの資産家でした。ただし資産は流動的でしたけど。いつも、儲けの大半を次の投機に注ぎこんでしまってたんです」

ブラックロックは思い出に目を輝かせ、生き生きとしゃべっていた。

「ともかく、亡くなったときはお金持ちでした。子どもはいませんでした。奥さんの生存中は奥さんのために財産を信託にし、奥さんの死後には、わたしにすべてを遺すという遺言を作ってくれたのです」

かすかな記憶が警部の頭によみがえった。

莫大な遺産が
忠実な秘書に

そんなような記事だ。

「この十二年ほど」ブラックロックはちょっとまばたきして続けた。「わたしにはゲドラー夫人を殺すのに完璧な動機がありました。ただし、それではあなたのお役には立ちませんね？」

「あの――こんな質問をして失礼ですが、ゲドラー夫人は夫が財産をあなたに譲ることを不満に感じていませんでしたか？」

ブラックロックはおもしろがっているようだった。「そんなに遠回しに言わなくても大丈夫ですよ。つまり、わたしがランダル・ゲドラーの愛人だったのか、とおっしゃりたいんでしょ？　いいえ、ちがいます。ランダルがわたしに恋心を抱いたことは一度もないと思いますし、わたしもまったくそういう気持ちはありませんでした。あの人はベルを、奥さんを愛していたんです。そして、死ぬまで愛し続けていました。ああいう遺言を作ったのは、感謝のしるしだと思っています。実はね、警部、まだ若い頃、ランダルがまだ不動の地位を築いていない時代に、あの人は破産しかけたことがあるんです。

現金でわずか数千ポンドの問題でした。大きな投機だったんです。とてもわくわくする投機でした。あの人の計画は、それはもう大胆不敵でした。ただ、それをやり遂げるためのわずかな現金の都合がつかなかったのです。わたしは援助を申し出ました。自分の貯金が少しあったので。ランダルを信じていました。ありったけのお金をかき集めて、ランダルに渡しました。それが功を奏しました。一週間後、ランダルはとてつもない大金持ちになっていました。

その後、ランダルはわたしを共同経営者に近い存在として扱ってくれました。ああ！すばらしく輝かしい日々でした」ブラックロックはため息をついた。「心ゆくまで仕事を楽しみましたわ。やがてわたしの父が亡くなり、たった一人の妹が重い病に冒されました。すべてを投げうって、妹の面倒を見るしかありませんでした。ランダルは二年後に亡くなりました。秘書をしていたあいだにかなりのお金を貯めていましたし、ランダルが何か遺してくれるとは期待していませんでした。でも、ベルがわたしよりも先に亡くなったら（奥さんはとても病弱な人で、長く生きられないだろうと言われていました）、ランダルの全財産を相続すると知ったときは、とても感動したし、誇りに感じました。率直に申し上げれば、気の毒なあの人は誰に遺したらいいのかわからなかったのだと思います。ベルはいい人で、それを喜んでくれました。それはもうやさしい人なのです。ベルはスコットランドで暮らしています。もう何年も会っていません。クリスマスにカードを送るぐらいで。わたしは戦争の直前に妹を連れて、スイスの療養所に行ったのです。妹は肺結核だったのですが、そこで亡くなりました」

しばらく黙りこんでから、先を続けた。

「一年ほど前にイギリスに戻ってきたばかりなんです」

「もうじき裕福になるとおっしゃいましたね……あと、どのぐらいで？」

「ベル・ゲドラーの面倒を見ている付き添い看護師から、ベルが急に弱ってきていると連絡を受けました。ほんの――数週間の命かもしれません」

ブラックロックは悲しげにつけくわえた。

「お金はわたしにとってあまり重要ではないのです。こういう質素な暮らしでしたら、今の収入で充分です。以前は、また株の取引を楽しめたら、とも思っていましたけれど。もう今では……ええ、そうです、人は老いるのです。それでも、ねえ、警部さん、パトリックとジュリアが経済的な理由でわたしを殺したかったら、あと数週間、待たないわけがないでしょう？」

「ええ、ミス・ブラックロック、しかし、あなたがゲドラー夫人よりも先に亡くなったらどうなるんですか？　誰にお金が行くんですか？」

「あら、よく考えたことがなかったわ。ピップとエマかしら、たぶん……」

クラドックは目を丸くし、ブラックロックはにっこりした。

「奇妙に思えます？　わたしがベルよりも早く死んだら、お金は法的な血縁者、まあ呼び方はどうあれ、ようするにランダルのたった一人の妹、ソニアが相続するんだと思います。ランダルは妹とけんかしてしまったんです。ランダルに言わせれば、妹が詐欺師の悪党と結婚したせいです」

「そして、実際、悪人だったのですか？」

「ええ、もちろん、そのとおりでした。でも、女にとってはとても魅力的な男だったのですよ。その男はギリシャ人かルーマニア人かで——なんという名前だったかしら——スタンフォーディス、ドミトリ・スタンフォーディスといいました」

「ランダル・ゲドラーは遺言から妹をはずしたのですね、その男と結婚したときに？」

「でも、ソニアは自由に使えるお金をたくさん持っていました。ランダルがすでに多額のお金を与えていたんです。ただし夫には一ペニーたりとも自由にさせないようなやり方でね。でも、わたしがベルよりも先に死んだ場合、誰かに遺産を譲るように弁護士に勧められて、ランダルはしぶしぶながらソニアの子どもたちを指名したのだと思います。他に誰も思いつかなかったでしょうし、慈善事業に寄付するような人ではありませんから」

「では、その結婚では子どもがいたんですね？」

「そう、ピップとエマです」ブラックロックは笑った。「おかしな名前でしょう。ソニアは結婚したあとでベルに手紙をよこして、自分はとても幸せで、双子が生まれたので、ピップとエマと呼ぶことにしたと、兄に伝えてくれと言ってきたそうです。わたしの知るかぎり、それっきり手紙は来なかったようです。でも、ベルならもっと詳しく知っているかもしれません」

ブラックロックは自分の話を楽しんでいたが、警部は楽しそうな顔ではなかった。

「となると、先日の夜、あなたが殺されていたら、おそらく二人の人間が多額の遺産を相続することになった。あなたの死を願う人間は誰もいないとおっしゃったが、まちがっていますよ、ミス・ブラックロック。少なくとも二人の人間がいます、きわめて大きな利害関係のある人間が。この兄妹は何歳ぐらいなのですか？」

ブラックロックは眉をひそめた。「ええと、一九二二年に……いえ、思い出すのはむずかしいわ……たぶん二十五、六歳じゃないかと思います」その顔は真剣だった。「でも、まさかあなたは――」

「何者かがあなたを殺そうとして銃撃したのだと思います。同じ一人または複数の人間は、もう一度あなたを殺そうとする可能性があります。できたら用心に用心を重ねていただきたいんです、ミス・ブラックロック。一度殺人が企てられて、うまくいかなかった。じきに新たな殺人が計画される可能性があると思います」

2

フィリッパ・ヘイムズは背筋を伸ばし、汗ばんだ額にかかる髪をかきあげた。花壇を掃除しているところだった。

「なんでしょう、警部?」

問いかけるように警部を見つめた。クラドックのほうも、以前よりはもう少しじっくりと相手を観察した。そう、きれいな顔立ちの女性だ、淡い灰色がかったブロンドと面長のところが、いかにもイギリス人らしい。顎と口は頑固そうだ。どこか本音を抑えつけているようなところ、自分に厳しいところが感じられた。目はブルーで、その落ち着きはらった視線からは何も読みとれなかった。秘密を巧みに隠しておける女性だ、と警部は判断した。

「いつも仕事中にお邪魔して申し訳ありません、ヘイムズ夫人。でも昼食に家に戻られるまで待てなかったのです。それに、リトル・パドックスの外でお話ししたほうが気楽かと思いまして」

「どういうご用件でしょう、警部？」

その声にはまったく感情がこもってなかったし、関心もほとんど感じられなかった。だが、かすかに警戒する響きがあった。それとも、クラドックの想像だろうか？

「今朝、ある証言を入手しました。あなたについての証言です」

フィリッパはかすかに眉をつりあげた。

「あなたはこうおっしゃっていましたね、ヘイムズ夫人、ルディ・シャーツのことはまったく知らないと？」

「ええ」

「あそこで死んでいるとき、初めてあの男を目にしたと。そうなのですか？」

「そのとおりです。それまで一度も会ったことがありませんでした」

「たとえば、リトル・パドックスの東屋で、あの男と話をしたことはありませんでしたか？」

「東屋で？」

その声には恐怖がにじんでいる、とクラドックはほぼ確信した。

「ええ」

「誰がそんなことを言ったんですか？」

「あなたはこの男、ルディ・シャーッと話をしていた、そしてシャーッはどこに隠れていたらいいのかとたずね、あなたは教えてあげると答え、六時十五分過ぎという時刻がはっきり口にされた。そう聞いています。強盗の夜、シャーッがバス停からここに着いたのが、およそ六時十五分でした」

一瞬、沈黙が広がった。それからフィリッパは鼻で笑った。おもしろがっているようだ。

「あなたにそう言ったのが誰だか知りませんけど、少なくとも推測はつきます。まったくくだらない作り話だわ——しかも悪意に満ちている。なぜか、ミッチは誰よりも、わたしを嫌っているんです」

「その話を否定するんですか？」

「もちろん事実ではありません。ルディ・シャーッとはこれまで会ったことも見かけたこともありません。それに、あの朝は家の近くにいませんでした。ここで仕事をしていました」

クラドック警部はとても静かに訊いた。

「どの朝ですか？」

一瞬、間《ま》があいた。フィリッパ・ヘイムズのまぶたがぴくぴくひきつった。「毎朝ですよ。毎朝、ここに来ています。一時までここを離れません」

フィリッパはせせら笑うようにつけくわえた。

「ミッチの話に耳を貸さないほうがいいですよ。あの子はしょっちゅう嘘をついてますから」

3

「さて、これでおしまいだ」クラドックはフレッチャー部長刑事と引き返しながら言った。「二人の若い女性の話はまったく食い違ってるな。どっちを信じるべきだろう？」

「誰だって、あのメイドが大嘘をついたと思うでしょうね」フレッチャーは言った。「ああいう手合いを相手にしてきた経験だと、連中は本当のことを言うより嘘をつくことのほうが多いですからね。あの娘がヘイムズ夫人に恨みをもっているのは確実なようです」

「では、きみがわたしだったら、ヘイムズ夫人を信じるんだね？」

「他の考え方ができるような材料が出てこなければ」

実際のところ、クラドックにはそんなものはなかった――ただ、やけに平静なブルーの瞳と、すらすらと口にした「あの朝」という言葉以外には。クラドックが記憶しているかぎり、東屋で話をしていたのが朝だとか午後だとかは、口にしていなかったはずだ。

ただし、ミス・ブラックロックかミス・バナーが、若い外国人がスイスまでの旅費をねだりに家に来たことを話したのかもしれない。それでフィリッパ・ヘイムズは、その日の朝に会話が交わされたのだろうと、推測したことは考えられる。

だが、それでもクラドックは、フィリッパがこうたずねたとき、その声に恐怖がにじんでいた気がしてならなかった。

「東屋で？」

4

この問題については決めつけず、柔軟に対応しようと心に決めた。

牧師館の庭はとても居心地がよかった。このところイギリスじゅうで、いつになく暖かい秋の日々が続いている。クラドック警部はこういう天候を聖マルティヌス日和というのか、聖ルカ日和というのか思い出せなかったが、どっちにしても、とても気持ちがよく、緊張を和らげることができた。ちょうど母親の会に出かけるところだった元気いっぱいのハーモン夫人が持ってきてくれたデッキチェアに、警部はすわりこんだ。その隣では、ショールで肩をおおい、大きな膝掛けをかけて、ミス・マープルが編み物をしている。陽射し、平穏、マープルの編み棒が立てるカチカチという規則的な音、すべてがひとつになって警部に眠気を催させた。それでも、心の奥には悪夢に似た感覚があった。物陰に潜んでいた恐ろしいものがどんどん大きくなっていき、ついに安らぎが恐怖に変わるという、おなじみの悪夢さながらの感覚だ。

警部はいきなり言いだした。「あなたは、ここにいてはいけませんよ」

マープルの編み棒の動きが一瞬止まった。穏やかな緑がかった青い目がしげしげと警部を見た。

「おっしゃりたいことはわかります。あなたはとても良心的な方ですね。でも、まったく心配ご無用よ。バンチのお父さん（わたしたちの教区の牧師さんで、とてもすばらしい学者でした）とお母さん（これがまた驚くような女性で——本物の霊感があるの）は、わたしの昔からのお友だちなの。ですから、メデナムに来るときは、バンチのところにしばらく滞在するのは、当然すぎるほど当然なことなんですよ」

「ああ、そうですね。でも、あまり詮索して回らないほうがいいですよ……なんとなく悪い予感がするんです。あなたの身に危険がふりかかるような気がするんですよ、本当に」

マープルはかすかに微笑んだ。

「でも、年寄りの女性というのは、あちこちに顔を出すものですよ。もしそうしなければ、かえって妙だし、注目を集めるでしょう。世界のさまざまな土地に散らばっている共通の友人についてたずねあったり、昔、こんなことがあったのを覚えているかしらとか、レディなんとかの娘さんが結婚したのは誰だったかしらとか。そうしたすべてが役に立つものですよ、そうでしょう？」

「役に立つ？」警部はぽかんとして訊き返した。

「誰かが噂どおりの人かどうか見抜くのに役立つんですよ」マープルは答えた。

そして続けた。

「だって、それでお困りなんでしょう？　しかも、戦争があってから、世の中がすっかり変わりましたからね。たとえば、チッピング・クレグホーンを例にとってみましょうか。ここはわたしが住んでいるセント・メアリ・ミード村とそっくりなんですの。十五年前なら、住人全員を知っていました。大きな屋敷のバントリー家、ハートネル家、プライス・リドリー家、ウェザビー家……その人たちの父母と祖父母、それに伯父伯母もずっとそこに住んでいたのです。誰かが新しく引っ越してくるにしても、紹介状を持っているとか、すでに住んでいる誰かと同じ連隊にいたり同じ船に乗り組んでいたりという人たちばかりでした。もし新しい人、完全な新入りで、まったくのよそ者がやって来たら、ものすごく目立つでしょう。全住民が、あれは何者だろうと知りたがり、すべてを探りだすまで落ち着かないでしょうね」

マープルはそっとうなずいた。

「でも、もうそんな時代ではありません。どの村も、どの小さな田舎町も、まったく縁もゆかりもないのに引っ越してきて住みついた人たちばかりですから。大きな屋敷は売られ、コテージは改造されています。そして、よそ者がやって来る。その人についてわかっているのは、本人が言っていることだけです。そういう人たちは世界じゅうのいたるところからやって来ます。インド、香港、中国から来た人々、かつてフランスやイタリアでうらぶれた町や辺鄙《へんぴ》な島に住んでいた人々。小金を貯めて、引退する余裕ができた人々。でも、その人たちが何者なのか、真実は誰も知らないのです。インドのヴァーラーナシーの真鍮《しんちゅう》製品は誰だって手に入れられるし、インドの食事について話題にすることもできますわ――シチリア島のタオルミーナの写真だって用意できるし、イギリス人の教会や図書館について話すこともできます――ミス・ヒンチクリフとミス・マーガトロイドみたいにね。南フランス出身だと説明することもできるし、アジアでずっと過ごしていたとも言えます。本人の言ったことが、そのままその人の評価になるんです。誰それはとても愉快な人で、以前からの知り合いだ、と保証してくれる友人からの手紙が届かなくても、みんな、いそいそと新入りの人を訪ねていくんですわ」

それがまさに自分を悩ませていることだ、とクラドックは思った。クラドックは何も知らなかったのだ。知らない顔と人柄が存在していて、人々は配給証と身分証明書で確認されるだけだ。身分証明書は番号が記されているだけで、写真も指紋もついていなかった。手間をかければ、誰だって適当な身分証明書を手に入れることができる。それもあって、イギリスの田舎の社交生活を支えていた微妙なつながりがばらばらになってしまったのだ。町ではそもそも隣人について知ろうとしない。いまや田舎でも、隣人を本当には知らないのだが、知っていると思いこんでいるのだ……。

油が差されたドアのおかげで、レティシア・ブラックロックの客間に、愛想のいい田舎の隣人になりすましていた人間がまぎれこんでいたことをクラドックは知った。

そして、そのせいで、か弱く、年をとっていて、いろいろなことに気づくマープルの身が気づかわれた。

クラドックは言った。「ある程度まで、こうした人々について調べることはできます」ただし、それが簡単ではないことは承知していた。インドと中国と香港と南フランス……十五年前とは比較できないほどむずかしい仕事になるだろう。偽の身分で国じゅうを移動している連中がいることは、いやというほど知っていた。都会の〝事故〟で突然亡くなった人々から借りてきた身分で。身分証明書を買い集めている組織もあり、そこでは身分証明書や配給証を偽造する。そうした何百という小さな組織が次々に新しく作られている。調べることはできるが、時間がかかるだろう。クラドックには時間がなかった。ランダル・ゲドラーの未亡人は死にかけているからだ。

そこで不安と疲労にさいなまれ、陽射しのせいで気がゆるんだクラドックは、マープルにランダル・ゲドラーとピップとエマについて話した。

「名前がふたつだけなんです。それもあだなです！　二人は存在してないかもしれない。ヨーロッパのどこかで暮らしている尊敬すべき市民かもしれない。あるいは、片方が、あるいは両方ともが、ここチッピング・クレグホーンにいる可能性もあります」

たぶん二十五歳ぐらい――それにあてはまるのは誰だろう？

「ミス・ブラックロックの甥と姪、いや、またいとこの子どもだったかな……彼女はあの二人と何年ぶりに再会したのだろう？」クラドックは考えを声に出した。

マープルが穏やかに言った。「わたしが見つけだしてあげますよ」

「いえ、そんな、ミス・マープル、どうか――」

「あら、とても簡単ですわ、警部さん。心配する必要はありませんよ。それに、わたしだったら目立ちません、おわかりでしょ、正式な捜査ではありませんから。まずいことが起きて、相手を警戒させたくないでしょ」

ピップとエマ、ピップとエマ？　とクラドックは思った。クラドックはピップとエマにとりつかれていた。あの魅力的ないたずらな青年、冷たいまなざしのきれいな娘……。

クラドックは言った。「この四十八時間で、二人のことがもう少しわかるかもしれません。スコットランドに行くつもりなんです。ゲドラー夫人が二人について、もっと詳しく知っているかもしれません、まだ話すことができればですが」

「それはとても賢明な行動だと思うわ」マープルはためらってからつぶやいた。「ミス・ブラックロックに用心するように警告してあげたのなら、いいんですけど」

「ええ、警告しましたよ。それから、警戒の目を光らせておけるように、警官も一人つけておくことにします」

クラドックはマープルの視線を避けた。その目は警官が目を光らせていても、危険な人物が家族の中にいるのなら、あまり役に立たないでしょうに、とはっきり語っていた。

「それから、覚えておいてください」クラドックはまっすぐ老婦人を見つめた。「あなたにも警告しましたよ」

「大丈夫ですよ、警部さん」マープルは言った。「自分のことは自分で気をつけられますから」

11　ミス・マープルがお茶にやって来る

1

ハーモン夫人が牧師館に滞在中のお客、ミス・マープルを連れてお茶にやって来たとき、レティシア・ブラックロックは少しぼんやりしているように見えた。マープルはミス・ブラックロックに会うのは初めてだったので、それにほとんど気づかないようだったが。

老婦人は穏やかな人柄で話好きらしく、とても魅力的だった。泥棒のことに日頃から関心を持っているのだということが、すぐにわかった。

「どこにでも入るんですのよね」老婦人は女主人にきっぱりと言った。「最近では、もう手当たり次第に。それもまた、新しいアメリカ流のやり方なんでしょう。わたし自身はとても旧式な仕掛けを信用していますの。ただの掛け金ですわ。泥棒はカギを開けたり、かんぬきを引き抜くことはできますけど、真鍮の掛け金がかけてあったら手も足も出ません。試してごらんになったことはおありかしら？」

「残念ながら、かんぬきのことは詳しくないんですの」ブラックロックは陽気に言った。「盗まれるようなものもありませんし」

「玄関ドアにチェーンをおつけなさいな」マープルがアドバイスした。「そうすればメイドはドアを少しだけ開けて、外に誰がいるのか確認できますから、押し入られることもありませんわ」

「ミッチなら大喜びするでしょうね、なにしろ、中部ヨーロッパの出身ですから」

「銃を突きつけられて、さぞ怖かったでしょうね。このバンチからさんざん話を聞かされました」マープルは言った。

「あたし、怖くて身動きできませんでした」とハーモン夫人。

「ええ、それはもう怖い経験でした」ブラックロックは認めた。

「男がつまずいて自分を撃ってしまうなんて、神のご意志でしょうね。最近は泥棒がとても凶暴になってますもの。その男はどうやって家に入りこんだんでしょう？」マープルはたずねた。

「ああ、ドアにちゃんとカギをかけていなかったようなのです」

「ああ、レティ」ミス・バナーがいきなり叫んだ。「言うのを忘れていたけど、今朝、警部さんはとっても妙だったのよ。どうしても第二のドアを開けてくれと言うの。ほら——開けたことのないドア——あそこのドアよ。警部さんはカギを探してきて、ドアに油が差してあると言ってたわ。でも、おかしいわよね、どうして——」

ようやくブラックロックの〝黙って〟という合図に気づき、バナーは口を開けたまま言葉を切った。

「ああ、ロティ、ごめん——ごめんなさい——いえ、ああ、本当に悪かったわ、レティ。ああ、いやだ、なんてわたしってばかなのかしら」

「大丈夫よ」ブラックロックは答えたが、いらだっているようだった。「ただ、クラドック警部はそれについてべらべらしゃべってもらいたくないだろうと思ったの。警部が実験をしているあいだ、あなたがその場にいたなんて知らなかったわ、ドーラ。事情をおわかりになっていただけるかしら、ハーモン夫人？」

「ええ、もちろん」バンチは言った。「ひとことも外にもらしませんわ、ねえ、ジェーンおばさん。だけど、どうして警部さんは——」

ハーモン夫人はそこで考えこんでしまった。バナーは気をもみながら悲しげな顔をしていたが、ついにわっと泣きだした。「わたし、いつも迷惑になるようなことばかり言って。ああ、レティ、わたし、あなたにとってただのお荷物よね」

ブラックロックは急いで言った。「いいえ、あなたにはいつも力づけてもらっているのよ、ドーラ。どっちみち、チッピング・クレグホーンみたいな狭い土地では、秘密なんて存在しないようなものだし」

「ええ、まったくそのとおりですわね」マープルがうなずいた。「残念ながら、噂は驚くような速さで伝わりますわ。もちろん使用人の口からもありますけど、それだけじゃありません。最近は、めったに使用人を雇えませんし。それでも、通いのお手伝いさんがいますでしょ。もしかしたらそういう人たちのほうが厄介かもしれませんわね。だって、順番にいろいろな家に行って、噂を広めますもの」

「ああ！」バンチ・ハーモンがいきなり叫んだ。「わかったわ！　もちろん、そのドアも開くなら、ここにいた誰かが暗闇に出ていって銃で脅したのかもしれないわ。ただし、そうじゃなかったのよね。だって、犯人はロイヤル・スパ・ホテルの従業員だったのでしょ？　それともちがうのかしら？　あら、やっぱりよくわからないわ……」バンチは眉をひそめた。

「では、すべてはこの部屋で起きたんですの？」マープルが言って、申し訳なさそうにつけくわえた。「ずいぶん好奇心が強いと思われるかもしれませんけどね、ミス・ブラックロック――でも、とても興奮することなんですもの。まるで新聞で読む事件みたいだわ。ぜひともすっかり聞かせていただいて、頭の中で想像してみたいんですの、わたしの言う意味はおわかりかしら――」

たちまちマープルは、ごちゃごちゃした長ったらしい説明をバンチとバナーから受けた。ブラックロックは、ときおり修正や訂正をはさんだ。

その最中にパトリックが部屋に入ってきて、にぎやかな話の場にすんなり溶けこむと、ルディ・シャーツの役までみずから買ってでた。

「そしてレティ伯母さんはそこにいた、通路のわきに……そこに立ってみてください、レティ伯母さん」

ブラックロックが実演し、マープルは実際の銃弾の跡を見せてもらった。

「まあ、奇跡的な幸運のおかげで難を逃れたんですね」マープルは息をのんだ。

「ちょうど、お客さまにタバコを勧めようとしていたんです――」ブラックロックはテーブルの上の大きな銀製の箱を示した。

「タバコを吸っているときは、みなさん、とても不注意になるんです」バナーが憤慨したように言った。「最近は上等な家具を大切にしないんですよ。誰かがタバコを置いたせいで、この美しいテーブルについた醜い焦げ跡を見てください。恥ずかしいふるまいだわ」

ブラックロックはため息をついた。

「ときどき、あなた、ずいぶん物にこだわるのね」

「でも、こんなにきれいなテーブルなのよ、レティ」

バナーは友人の持ち物を、まるで自分の物のように熱烈に愛しているのだった。以前からバンチ・ハーモンは、それをバナーのとてもやさしい性格の表われだと思っていた。おまけにバナーはうらやましがる気配をまったく見せなかった。

「きれいなテーブルですね」マープルは礼儀正しく言った。「それに、その上の陶器のスタンドはなんてかわいらしいのでしょう」

またもや、その賞賛に応じたのはバナーだった。まるでスタンドの所有者がブラックロックではなく、自分であるかのように。

「すてきでしょ？　マイセン焼きなんです。ペアになってるんですよ。もうひとつは予備の部屋に置いてあります、たぶんね」

「あなたったら、この家のすべてのものがどこにあるのか知っているのね、ドーラ。少なくとも、知っているつもりでいるようね」ブラックロックが機嫌よく言った。「わたしよりもずっと、家のものを大切にしているわ」

バナーは頬を赤くした。

「すてきなものは好きに決まってるわ」その声は反抗的でもあり、物欲しげでもあった。

「白状しますとね」とマープルが言った。「わたしも自分の数少ない持ち物をとても大切にしていますの。たくさんの思い出がありますでしょ。写真も同じです。最近の人たちは身近にほとんど写真を置いていませんけど。わたしは甥や姪たちの赤ん坊時代――次に子ども時代――とすべての写真をとっておきたいですわ」

「あたしが三つのときのひどい写真をお持ちでしょ」バンチが言った。「フォックステリアを抱いて、目を半分つぶっている写真」

「伯母さまもあなたの写真をたくさん持っているんでしょうね」マープルはパトリックに話しかけた。

「ああ、でもぼくたちは遠い親戚にすぎませんから」パトリックは答えた。

「確かエリノアは、あなたが赤ん坊のときの写真を送ってくれたはずよ、パトリック」ブラックロックが言った。「でも、なくしてしまったんじゃないかしら。あなたたち二人をここに下宿させることについてエリノアから手紙をもらうまで、実は子どもが何人いて、なんという名前だったのかも忘れていたのよ」

「それも時代の特徴ですわね」マープルが言った。「最近は自分よりも若い親戚について、まったく知らないことがよくありますわ。昔は親戚一同が集まる大きな親睦会がありましたから、そんなことはありえなかったのですけど」

「わたしが最後にパトリックとジュリアのお母さんに会ったのは、三十年前の結婚式だったわ」ブラックロックが言った。「とてもきれいな娘さんだった」

「だから、こんなにきれいな子どもたちができたんですよ」パトリックはにやりとした。

「驚くほど古いアルバムをお持ちでしょ」ジュリアが言った。「覚えていらっしゃる、レティ伯母さん、このあいだアルバムを見たときのこと。あの帽子ったら！」

「しかも、当時はあれがとてもスマートだと思っていたんですからね」ブラックロックがため息をついた。

「気にしないで、レティ伯母さん」パトリックが言った。「三十年もしたら、今度はジュリアが自分の写真を見つけますよ。で、まるで男みたいだと思うでしょうね！」

2

「わざとなさったんですか？」帰り道に、バンチはミス・マープルにたずねた。「写真の話を持ちだしたことですけど」

「ええ、あなた、ミス・ブラックロックが二人の若い親戚の外見を知らなかったというのは興味深いわね。ええ——クラドック警部がこれを聞いたら膝を打つわよ」

12　チッピング・クレグホーンの朝の様子

1

エドマンド・スウェットナムは庭用のローラーに不安定な姿勢で腰をおろした。

「おはよう、フィリッパ」

「どうも」

「とても忙しい？」

「そこそこ」

「何をしているの？」

「わからないの？」

「うん。ぼくは庭師じゃないからね。土いじりをしているように見えるけど」

「レタスの苗を植え替え《プリッキング》しているのよ」

「プリッキングだって？　妙な言葉だな！　〝突《ピンキング》く〟みたいだ。ピンキングって言葉知ってる？　ぼくはこのあいだ知ったばかりなんだ。それまでは決闘のことかと思っていた」

「何かご用なの？」フィリッパは冷たくたずねた。

「うん、きみに会いたいと思って」

フィリッパはちらっとエドマンドを見た。

「こんなふうにここに来てもらいたくないわ、ルーカス夫人がいやがるの」

「きみに信奉者ができることを許さないのかい？」

「ふざけないで」

「信奉者。これもいい言葉だ。ぼくの態度を完璧に言い表わしている。尊敬の念を抱き――距離を置いていて――だが、あくまでつきまとう」

「どうかあっちに行って、エドマンド。ここには用がないでしょ」

「ところが、ちがうんだ」エドマンドは得意そうだった。「用があるんだよ。ルーカス夫人が今朝おふくろに電話をよこして、カボチャがたくさん採れたと言ってきたんだ」

「大量にね」

「だから、カボチャ一、二個と、ハチミツひとびんを交換しないかって」

「それは公平な交換じゃないわ！　今の時期、カボチャは全然売り物にならないもの――どこのうちでも、どっさりあるから」

「もちろん。だからルーカス夫人は電話してきたのさ。前回は、ぼくの記憶が正しければ、交換の品として提案されたのはスキムミルクだった。いいかい、スキムミルクだ。レタスと交換でね。レタスにはまだ早い時期だったんだ。ひとつ一シリングぐらいしていた」

フィリッパは黙っていた。

エドマンドはポケットを探って、ハチミツのびんをとりだした。

「ほら、これがぼくのアリバイだ。おおざっぱな意味でだが。ルーカス夫人が園芸用品小屋の入り口でいらいらして待っていても、ぼくはここにカボチャのためにやって来たんだ。いちゃついているなんて言わせない」

「そう」

「テニスンの詩は読んだことがある？」エドマンドが愛想よく訊いた。

「ほとんどないわ」

「読むべきだよ。テニスンはじきにまた大流行するからね。夜、ラジオをつければ、『国王牧歌』が聞こえてくるだろう。うんざりするほど長いトロロープの小説はもう聞かなくてすむよ。前々から、トロロープは耐えがたいほど気どっていると思っていたんだ。まあ、多少かじるのはいいけど、のめりこむ必要はないよ。だが、テニスンと言えば、『モード』を読んだことはある？」

「一度だけ、かなり昔に」

「重要な一節があるんだ」エドマンドは低い声で引用した。

傷がないのが欠点で
冷たいほど整っていて
目がくらむほど美しい無表情

「まさにきみのことだ、フィリッパ」

「お世辞にもならないわ！」

「うん、そんなつもりじゃなかったから。モードも哀れな男の心を虜《とりこ》にしたんだろうね。きみがぼくの心を虜にしたように」

「ばかなこと言わないで、エドマンド」

「ああ、ちくしょう、どうしてそういうふうなんだ？　非の打ち所がないほど整ったその顔の陰には、何があるんだ？　何を考えているんだ？　何を感じているんだ？　幸せなのか、みじめなのか、怯えているのか？　何かあるはずだ」

　フィリッパは静かに言った。

「わたしが感じていることは、あなたには関係ないでしょ」

「ぼくにも関係あるさ。きみに話してもらいたいんだよ。きみが頭の中でひっそりと何を考えているのか知りたいんだ。ぼくには知る権利がある。本当に。ぼくはきみと恋に落ちたくなんてなかった。静かに、自分の本を執筆していたかった。とてもすてきな本なんだ、どんなに世の中がみじめかっていう本だよ。世の中がどんなにみじめかについて、利口ぶったことを言うのはすごく簡単だ。しかも、それはすっかり習慣になっている。うん、急にそのことに気づいたんだよ。エドワード・バーン＝ジョーンズの伝記を読んでから」

　フィリッパはレタスを植え替える手を止めて、困惑し、眉をひそめてエドマンドを見上げた。

「画家のバーン＝ジョーンズとどういう関係があるの？」

「何もかもだ。彼らラファエル前派の画家についての本を残らず読めば、どういう流行だったのかがわかるよ。あの連中は猛烈に快活で、派手で、陽気で、よく笑い、冗談を言った。すべてが繊細ですばらしかった。それが流行だったんだ。ただし、連中はぼくたちよりもずっと幸福で元気いっぱいだったわけじゃないよ。それに、ぼくたちはあの連中よりも悲惨でもない。たんに流行にすぎないんだ、まちがいなく。最後の戦争以来、ぼくたちは男女関係にばかり関心を示している。そして欲求不満だらけだ。いや、そんなことはどうでもいい。どうしてこんな話をしているんだろう？　ぼくたち二人のことについて話したかったのに。ただ、ぼくは怖《お》じ気《け》づいて、弱気になってしまったんだ。きみが助けてくれそうもないからだよ」

「わたしに何をしてほしいの？」

「話して！　いろいろなことをしゃべって。ご主人のせいなの？　ご主人を心から愛していたのに亡くなってしまったから、貝みたいに口を閉ざしちゃったの？　それが理由なのかい？　わかった、きみはご主人を深く愛していて、ご主人は亡くなった。でも、他の女性たちの夫だって亡くなっている――たくさんの夫たちがね――なかには夫を愛していた女性だっていた。たとえば、そういう女性はバーで男にそんな話をして、酔っぱらうとちょっぴり泣く。それから相手ともっと親密になろうとする。それで気分が少しよくなるからさ。それも苦しみを克服するひとつの方法だと思うよ。きみだって乗り越えなくちゃ、フィリッパ。きみは若いんだ。それにとてもきれいだ――ぼくはきみに夢中だ。ねえ、きみのご主人について話して、お願いだから、話してほしい」

「話すことなんてないわ。出会って結婚しただけ」

「とても若かったんだろうね」

「若すぎたわ」

「じゃあ、ご主人といっしょで幸せじゃなかったの？　教えて、フィリッパ」

「教えるようなことはないわ。わたしたちは結婚した。大半の人と同じように幸せだったと思うわ。ハリーが生まれた。ロナルドは海外に行った。あの人は――イタリアで戦死したの」

「そして、今はハリーがいる？」

「ええ、ハリーがいるわ」

「ハリーのことは好きだよ。とてもいい子だね。ハリーもぼくのことを好いてくれている。うまくやっていけるよ。どうかな、フィリッパ？　結婚しないか？　きみは庭仕事を続け、ぼくは本の執筆を続け、休暇には仕事を休んで楽しもう。うまくやれば、おふくろといっしょに暮らさなくてもやっていけるよ。かわいい息子を養うために、おふくろが多少はお金を出してくれるだろう。ぼくは親のすねをかじっていて、くだらない本を書き、ものすごい近視で、おしゃべりだ。最悪だな。どう、結婚してみない？」

フィリッパはエドマンドを見た。長身の真面目そうな青年が大きなメガネをかけ、思いつめた顔つきをしているのを眺めた。赤毛の髪はくしゃくしゃで、安心させるような親しみのこもったまなざしでこちらを見つめている。

「だめよ」フィリッパは答えた。

「絶対に──だめ？」

「絶対にだめ」

「どうして？」

「あなたはわたしのことを、まったく知らないもの」

「それだけ？」

「いいえ、あなたはどんなことでも、何も知らないから」

エドマンドは考えこんだ。

「たぶんそうかもしれない」と認めた。「だけど知っている人間がいるかな？　フィリッパ、いとしい人──」エドマンドは言葉をのみこんだ。

甲高く間延びしたキャンキャンいう鳴き声がどんどん近づいてきたのだ。

大きなお屋敷のペキニーズちゃん（エドマンドが言った）

もう日が暮れた（まだ午前十一時だったが）
フィル、フィル、フィル、フィル、フィル
みんな呼んでる、叫んでる

「きみの名前はリズムに乗りにくいね？　万年筆に捧げる詩みたいだ。別の名前はないの？」

「ジョーンよ。どうかもう行って。あれはルーカス夫人よ」

「ジョーン、ジョーン、ジョーン、ジョーン。こっちのほうがましだが、まだだめだ。『油まみれのジョーン、滑ってお鍋をひっくり返し——』これはすてきな結婚生活とは言えないね——」

「ルーカス夫人が——」

「ああ、ちくしょう　いまいましいカボチャをもらいに行くか」

2

フレッチャー部長刑事はリトル・パドックスの家で一人きりだった。

今日はミッチは休みだった。休みの日、ミッチはいつも十一時のバスでメデナム・ウェルズに行った。ミス・ブラックロックに頼んで、フレッチャー部長刑事は家を調べることにしたのだ。ブラックロックとドーラ・バナーは村に出かけていた。

フレッチャーは手早く仕事をした。家の中の誰かがあのドアに油を差して準備をしたのだ。それをした人間が誰にしろ、明かりが消えたとたん、客間を気づかれずに抜け出るのが狙いだった。となると、そのドアを使う必要のないミッチは除外された。

誰が残るのだろう？　近所の人間は除外してもいいかもしれない、とフレッチャーは思った。油を差してドアを準備する機会を見つけられるとは思えなかった。すると残りはパトリックとジュリア・シモンズ、フィリッパ・ヘイムズ、そしてドーラ・バナーだ。若いシモンズ兄妹はミルチェスターにいた。フィリッパ・ヘイムズは仕事をしていた。フレッチャー部長刑事は自由に秘密を探ることができた。ただし、家はがっかりするほど不審なところがなかった。電気の専門家であるフレッチャーでも、電気設備の配線や付属装置にヒューズが飛ぶような仕掛けを見つけることはできなかった。寝室をざっと眺めても、いらだたしいほどありふれていた。フィリッパ・ヘイムズの部屋には、真面目そうな顔つきの小さな男の子の写真がたくさんあった。さらに、同じ子どものもっと幼いときの写真が一枚、子どもの手紙の束、劇場のプログラム一、二冊。ジュリアの部屋には南フランスの写真がぎっしり詰まった引き出しがあった。海水浴の写真、ミモザの中に建つ別荘。パトリックは海軍時代の記念をいくつかとってあった。ドーラ・バナーの部屋にも個人的なものがあったが、どれも無害に見えた。

それでも、家の中の誰かがあのドアに油を差したにちがいない、とフレッチャーは思った。

階段の下で物音がして、考えが途切れた。すばやく踊り場まで行くと、下をのぞく。スウェットナム夫人が廊下を歩いていた。夫人は腕にバスケットをぶらさげている。客間をのぞき、廊下を突っ切り、ダイニングに入っていった。夫人が出てきたときバスケットはなくなっていた。

フレッチャーはかすかな物音を立てた。足元の床板が思いがけずきしんだのだ。夫人は振り返って叫んだ。

「あなたなの、ミス・ブラックロック？」

「いいえ、スウェットナム夫人。わたしです」フレッチャーは答えた。

スウェットナム夫人は小さな悲鳴をあげた。

「ああ！　驚いたわ。また泥棒かと思った」

フレッチャーは階段を下りていった。

「この家は泥棒にあまり用心していないようですね。誰でも好きなときに入ったり出たりできるんですか？」

「わたしはマルメロの実を持ってきただけです」スウェットナム夫人は説明した。「ミス・ブラックロックがマルメロの実でジャムを作りたがっているんですけど、ここにはマルメロの木があんまりないんですよ。ダイニングに置いてきたわ」

そしてにっこりした。

「ああ、そう、どうやって入ったかという意味ね？　あのね、裏口から入ってきたのよ。ご近所の家はお互いにそうやって出入りしているんですよ、部長刑事さん。暗くなるまでドアにカギをかけるなんてことは、誰も考えないわ。だって、何か持ってきたのに、それを中に入って置いていけなかったら、とても不便でしょう？　呼び鈴を鳴らせばいつでも使用人が出てきた時代とはちがうんですもの」スウェットナム夫人はため息をついた。「今でも覚えてますけど、インドでは」と悲しげに言った。「十八人の使用人がいたんです――十八人よ。乳母は入れずに。それが当たり前でした。そして少女時代、実家にはいつも三人の使用人がいました。それでも、母はいつも料理人を手伝うメイドを雇えないので、なんて貧乏なのかしらと愚痴《ぐち》っていましたけど。はっきり申し上げて、最近の生活はまったくおかしくなってますよ、部長刑事さん。でも、文句を言ってはいけないわね。しょっちゅうオウム病にかかる鉱山労働者のほうが、はるかにひどい目にあっているんですから。病気で鉱山を離れるしかなくて庭師になろうとするけれど、あの人たちは雑草とホウレンソウの区別もつかないんです」

夫人はドアのほうに歩きながらつけくわえた。「お引きとめしちゃいけないわね。とてもお忙しいでしょうから。もう何も起きないですわね？」

「どうしてですか？」

「ただちょっと思っただけです、あなたがここにいるのを見て。ギャングがまた現われたのかと思って。ミス・ブラックロックにマルメロのことを伝えておいていただけます？」

スウェットナム夫人は立ち去った。フレッチャーは思いがけない一撃を食らったような気分だった。ドアに油を差したのは家に住む誰かにちがいないと確信していたのだ。それが今、まちがっていたことがわかった。その何者かは、ミッチがバスで出かけ、レティシア・ブラックロックとドーラ・バナーが二人とも出かけるのを待ってさえいればよかったのだ。そして、そういう機会は難なく手に入るだろう。すなわち、あの夜、客間にいた人間は一人も除外できないということだった。

3

「マーガトロイド！」

「なあに、ヒンチ？」

「ちょっと考えていたの」

「あらそうなの、ヒンチ？」

「ええ、偉大なる脳細胞が活躍しているところ。ねえ、マーガトロイド、このあいだの晩の強盗事件は明らかに怪しいわよ」

「怪しい？」

「ええ。髪の毛をちゃんとヘアネットに入れて、マーガトロイド。で、このスコップを持って。これが拳銃だと思ってちょうだい」

「あら」ミス・マーガトロイドは不安そうだった。

「けっこう。スコップは嚙みつきやしないわよ。さあ、キッチンのドアのほうに来て。あなたは強盗になるの。ここに立つ。これから、うすのろたちを脅そうとキッチンに入っていくところ。懐中電灯を持って。スイッチを入れて」

「でも真っ昼間じゃないの！」

「想像力を働かせてよ、マーガトロイド。スイッチを入れて」

マーガトロイドは言われたとおりにした。いささか不器用に、スコップを片方のわきにはさみ、スイッチを入れる。

「それから、前に進みでる。女性協会で《夏の夜の夢》のハーミアを演じたときのことを思い出すのよ。さあ、始めて。覚えているとおりにやってみて。『手をあげろ！』があなたのせりふよ——『あげてください』なんて言ってぶちこわしにしないでね」

おとなしく、マーガトロイドは懐中電灯を持ち上げ、スコップをつかむとキッチンのドアに近づいていった。

懐中電灯を右手に移すと、すばやくドアのノブを回し、また懐中電灯を左手に持ちかえて進みでた。

「手をあげろ！」か細い声で言った。それから怒ったようにつけくわえた。「ねえ、これってすごくむずかしいわ、ヒンチ」

「どうして？」

「ドアよ。スウィングドアでしょ。すぐ戻ってきちゃうの。でも、わたしは両手がふさがっているのよ」

「そのとおりよ」ミス・ヒンチクリフが大声で叫んだ。「それに、リトル・パドックスの客間のドアも自然に戻るようになってる。こういうスウィングドアじゃないけど、ずっと開きっぱなしにはならないわ。だからレティ・ブラックロックは、ハイストリートのエリオットの店であのとびっきりすてきな、大きなガラス製ドアストッパーを買ったのよ。はっきり言って、あの人がわたしの鼻先であれをかっさらってしまったこと、絶対に許さないわ。わたしはあの老いぼれ相手にうまく値切っていたところだったのよ。八ポンドから六ポンド十シリングまで値引きしてくれた。そこにミス・ブラックロックがやって来て、あれを買っちゃったの。あんなにすてきなドアストッパーは見たことがなかったわ。あれほど大きなサイズで、ああいうガラスの気泡があるものはめったにお目にかかれないのよ」

「もしかしたら強盗はドアを開けておくために、そのドアストッパーを使ったのかもしれないわ」マーガトロイドが推測した。

「常識を働かせてよ、マーガトロイド。どういうふうにやるの？　ドアを開け、『ちょっと失礼』とか言って、かがんでストッパーをちょうどいい場所に置いて、それから『手をあげろ』と続きをするわけ？　ちょっと、肩でドアを支えるようにしてみて」

「それでも、とっても不安定だわ」マーガトロイドが文句を言った。

「でしょうとも」ヒンチクリフは言った。「拳銃、懐中電灯、押さえていなくてはならないドア——負担が多すぎるわ、そうじゃない？　となると答えは？」

マーガトロイドは答えを返そうとはしなかった。有能な友だちを賞賛の目で眺めながら、答えが提示されるのを待った。

「あの男が拳銃を持っていたことはわかっている。発砲したからよ」ヒンチクリフは言った。「そして懐中電灯も目にしたから、それも確かだわ。全員がインドのロープの手品みたいに、集団催眠にかかったんじゃなければね（老イースターブルック大佐のインドの話ってまったく退屈ったらないわ）。すると、誰かが強盗のためにドアを支えていたのかしら？」

「だけど、誰にそんなことができるの？」

「そうね、あなたならできるわよ、マーガトロイド。わたしの記憶では、電気が消えたとき、ドアの陰に立っていたでしょ」ヒンチクリフは上機嫌でげらげら笑った。「あなた、すごく怪しい人物ってことにならない、マーガトロイド？　だけど、あなたを見て、そう思う人なんていないわよね？　ねえ、そのスコップを貸して——これが本物の拳銃じゃなくてよかった。これが本物だったら、あなた、自分を撃ってたところよ！」

4

「これは驚いた」イースターブルック大佐がつぶやいた。「まったく驚いたな。ローラ」

「はい、あなた」

「ちょっとわたしの部屋に来てくれ」

「何なの、あなた？」

イースターブルック夫人は開いた戸口から顔をのぞかせた。

「わたしの拳銃を見せたことを覚えているかい？」

「ああ、覚えてるわ、アーチー。ぞっとするような黒い銃でしょ？」

「そうだ。ドイツ兵の形見なんだ。この引き出しに入れてあっただろう？」

「ええ、そうね」

「だが、ここにないんだ」

「アーチー、なんて妙なんでしょう！」

「きみは動かしたりしてないよね？」

「あら、まさか、あんな恐ろしいものには触りたくもないわ」

「あのなんとかいう年寄りの家政婦が触ったと思う？」

「まあ、それはないと思うわ。バット夫人はそういうことをしそうにない人よ。でも訊いてみましょうか？」

「いや——いや、訊かないほうがいいだろう。いろいろ噂を流されるのはかなわない。ねえ、あれをきみに見せたのはいつだったか、覚えているかい？」

「ああ、一週間ぐらい前よ。あなたは襟《カラー》と洗濯屋について文句を言ってらしたのよ。この引き出しが大きく開いていて、あれが奥に入っているのが見えたから、それは何ですか、ってたずねたんだわ」

「そうか、そうだった。一週間ぐらい前か。正確な日にちは覚えているかな？」

イースターブルック夫人は目を閉じ、必死に頭を働かせて考えこんだ。

「そうよ、土曜日だったわ。映画に行く予定だった日よ、でも行かなかった」

「ふうむ——その前じゃなかったのは確かだね？　水曜とか？　木曜とか、あるいは前の週ってことはないかな？」

「いいえ、あなた」イースターブルック夫人は言った。「とてもはっきりと覚えているわ。三十日の土曜日だったわ。あれからいろいろあったから、ずいぶん昔のように感じられるけど。そうそう、どうして覚えているのか、お教えするわね。ミス・ブラックロックのところで強盗事件があった翌日だったからよ。あなたの拳銃を見て、前の晩に銃が発射されたときのことを思い出したの」

「なるほど」イースターブルック大佐は言った。「それを聞いて心からほっとしたよ」

「あら、アーチー、どうして？」

「強盗の前に拳銃がなくなっていたら——そう、あのスイス人がわたしの拳銃を盗んだ可能性だって考えられるからね」

「だけど、あなたが拳銃を持っていることなんて、あの人にわからないでしょう？」

「こういうギャングっていうのは、驚くべき情報網を持っているものなんだよ。ある家のことも、そこに住んでいる人間のことも、すべて知っているんだ」

「あなたっていろいろなことをご存じなのね、アーチー」

「はは。まあね。いろいろ経験してきたからな。きみが、強盗事件のあとでわたしの拳銃を見たと、はっきり覚えているなら——うん、それで一件落着だ。スイス人が使った拳銃がわたしのものであるはずがない、そうだろ？」

「もちろんよ」

「安心したよ。警察に行かねばならないところだった。そうしたら、さんざん質問攻めにされただろう。絶対にな。白状すると、許可証をとうとうとらずじまいだったんだ。戦後は平和なときの規則を忘れてしまいがちでね。あれは武器じゃなくて、戦争の記念品だと思っていたんだよ」

「ええ、そうでしょうね、もちろん」

「だがやはり——それにしても、あれはどこに行ったんだろう？」

「もしかしたらバット夫人がとったのかもしれないわ。いつもとても正直そうに見えるけど、強盗事件のあとで不安になって、たぶん自分の家に拳銃を置いておきたいと思ったのよ。もちろん、そんなことをしたとは認めないでしょうね。夫人にたずねてみるつもりはないわ。腹を立てるに決まってるし、そんなことになったら困るわ。こんな大きな家で——あたし一人じゃ何もできないし——」

「そうとも」イースターブルック大佐は賛成した。「何も言わないほうがいいね」

13　チッピング・クレグホーンの朝の様子（続き）

ミス・マープルは牧師館の門を出ると、メインストリートに通じている小道を歩きはじめた。

ジュリアン・ハーモン牧師の頑丈なトネリコのステッキの助けで、かなりきびきびと歩いていた。

居酒屋と肉屋の前を通り過ぎ、ミスター・エリオットのアンティークショップの前で、ほんのわずか足を止めてウィンドウをのぞきこんだ。このウィンドウは都合のいいことに、ブルーバード・カフェと隣りあわせになっている。おかげで、自動車で来た裕福な客はおいしいお茶と、〝自家製ケーキ〟というあいまいな名前をつけられた鮮やかなサフラン色のケーキでくつろいだあとで、エリオットが抜け目なく飾りつけたショーウィンドウに目が吸い寄せられるという仕掛けだった。

この古風なショーウィンドウに、エリオットはあらゆる好みを満たす品を飾っていた。

見事なワインクーラーの上に置かれた二脚のウォーターフォードのグラス。さまざまな小物が置かれたクルミ材のたんすには、〝お買い得〟と札が貼られている。テーブルには、安物のドアノッカー、奇妙な妖精の人形、少し欠けているドレスデン製陶器、地味な色合いのビーズのネックレス、〝ターンブリッジ・ウェルズみやげ〟とケント州の町の名前が書かれたマグカップ、ヴィクトリア朝時代の細々《こまごま》した銀器といったものが見映えよく並べられていた。

マープルがうっとりとウィンドウを眺めていると、年寄りの太ったクモみたいなエリオットが、新しいハエがかかる可能性があるか見定めようとして自分のクモの巣からのぞいた。

だが、〝ターンブリッジ・ウェルズみやげ〟の魅力は牧師館に滞在している女性には（当然ながら、他の住人たちと同じく、エリオットもこの女性が誰なのかを知っていた）手に余りそうだ、という判断に落ち着いた。そのとき、ドーラ・バナーがブルーバード・カフェに入っていく姿がマープルの目の隅をよぎった。すぐさまマープルは、冷たい風にはおいしい朝のコーヒーがおあつらえむきだと考えた。

すでに四、五人の女性たちが、朝の買い物を中断してお茶を楽しんでいた。マープルがブルーバード・カフェの薄暗がりでちょっとまばたきしながら、さりげなくたたずんでいると、すぐわきからドーラ・バナーが声をかけてきた。

「あら、おはようございます、ミス・マープル。ここにどうぞ。一人ですから」

「ありがとう」

マープルはお礼を言って、ブルーバード・カフェならではの四角い小さな青い肘掛け椅子にすわった。

「凍てつくような風ですものね」マープルは嘆いた。「それに、リウマチの脚のせいであまり速く歩けないんですの」

「まあ、わかります。わたしも一年ぐらい、座骨神経痛をわずらっていましたから——もうずっと痛くて痛くて」

二人の婦人はリウマチ、座骨神経痛、神経炎についてしばらく熱心にしゃべりあった。胸に青い鳥が飛んでいるピンクの上着を着た無愛想な女の子が、しびれを切らした様子であくびを嚙み殺しながらやって来て、二人のコーヒーとケーキの注文をとった。

「ケーキですけどね」とミス・バナーが内緒話をするようにささやいた。「ここのケーキはとってもおいしいんですよ」

「このあいだミス・ブラックロックの家からの帰り道に、とてもきれいな女性に会って興味をそそられましたの」マープルは切りだした。「確か庭仕事をしているとか。それとも、あそこに住んでいる方なのかしら？　ハインズ——というお名前でしたかしら？」

「ああ、それはフィリッパ・ヘイムズです。うちの〝下宿人〟って呼んでます」バナーは笑いながら言った。「とても物静かな女性です。レディですね、おわかりになるかしら」

「それは不思議ですわね。わたし、ヘイムズ大佐を知っていました。インドの騎兵隊にいらしたんですの。あの方のお父さまかもしれないわ」

「結婚してヘイムズ夫人になったんですよ。未亡人です。ご主人はシチリアだったか、イタリアで亡くなったんです。ヘイムズ大佐は、ご主人のお父さまかもしれないわ」

「もしかしたらロマンスが生まれかけているのかもしれない、って思いましたのよ」マープルはいたずらっぽく言った。「あの長身の青年と」

「パトリックとですか？　あら、まさか——」

「いいえ、メガネをかけた青年の方ですよ。近くで見かけましたの」

「ああ、なるほど、エドマンド・スウェットナムね。しいっ！　あそこにお母さんがいるわ、スウェットナム夫人が、ほら、あの隅に。さあ、どうなのかしら、よくわからないわ。エドマンドがヘイムズ夫人に思いを寄せているとお考えですの？　とても風変わりな青年なんですよ。ときどき、とても気に障ることを口にしますし。頭がいいと思われているようですけどね」バナーは明らかにちがう意見らしかった。

「頭がいいことがすべてではありませんわ」マープルは首を振りながら言った。「あら、コーヒーが来たわ」

愛想のない女の子はカチャカチャいわせながらカップをテーブルに置いた。マープルとバナーはケーキを互いに勧めあった。

「あなたがミス・ブラックロックと同じ学校だったとうかがって、とても興味を持ちましたのよ。ずいぶん昔からのお友だちなんですのね」

「ええ、そうなんです」バナーはため息をついた。「ミス・ブラックロックのように昔の友情に忠実な方って、めったにいないわ。ああ、本当に、あのころがはるか昔に思えます。とてもきれいな女性で人生を楽しんでいたんです。何もかも、なんて悲しいのでしょう」

マープルには何がそんなに悲しいのかさっぱりわからなかったが、バナーにあわせて、ため息をついて首を振った。

「人生は確かに辛いものです」マープルはつぶやいた。

「『みじめな苦難を勇敢に耐えて』」バナーは目に涙をにじませながらつぶやいた。「いつもこの詩を思い浮かべるんです。真の忍耐。あれほどの勇気や忍耐は報いられなくちゃなりません、わたしはそう思います。ミス・ブラックロックにはどんな報いでも大きすぎるってことはありませんわ。どれほどすばらしいものが与えられても、それにふさわしい人ですもの」

「お金は」とマープルは言った。「辛い人生の道をかなり楽にしてくれますわね」

こういう意見を口にしてもかまわないと思った。というのも、今、バナーはミス・ブラックロックが将来的に裕福になる見込みについて語っているにちがいない、と思ったからだ。

だが、その意見はバナーにちがうことを考えさせたようだった。

「お金ですって！」苦々しげに叫んだ。「実際にお金の苦労をしないかぎり、お金がどういうものか、いえ、お金がないとはどういうことなのか、理解できないと思います」

マープルは白髪頭を共感するようにうなずかせた。

バナーは興奮して顔を赤くし、早口にまくしたてた。

「よくこういうことを申しますでしょ。『花も飾らずに食事をするぐらいなら、テーブルに花だけあったほうがましだ』でも、その人たちは食事にありつけなかったことがあるのかしら？　それがどういうことか知らないんですよ。経験しなければ、誰にもわからないんです――本当の空腹は。いいですか、パン、肉のペーストひとびん、マーガリンひと切れ、それだけしかないんです。来る日も来る日も、肉と野菜二種類がのったおいしい皿を夢見て過ごすんです。それに、あのみすぼらしさ。服のほころびを繕《つくろ》っては、それが人にわかりませんようにと祈る。そして、仕事に応募しても、決まって年をとりすぎていると言われてしまう。おまけに仕事につけても、結局、それだけの体力がないんです。一度でも気絶したら、また無職に逆戻り。しかも家賃――いつも家賃を払わなくてはならない。さもないと、通りに放りだされてしまいます。それにこのご時世では、貯金なんてほとんどできません。老齢年金もたいした額ではないわ――まったくねえ」

「わかりますわ」マープルは穏やかに相槌を打つと、バナーのひきつった顔をやさしく見た。

「わたし、レティに手紙を書いたんです。たまたま新聞で名前を見かけたので。ミルチェスター病院を援助する昼食会の記事でした。その白黒写真に、レティシア・ブラックロックが写っていたんです。たちまち過去のことが思い出されました。わたしたち、何年も連絡をとっていませんでした。ミス・ブラックロックは、あのとてもお金持ちの男性、ゲドラーの秘書をずっとしていたんです。昔から頭のいい少女でした。世の中をうまく渡っていけるようなタイプですね。外見はそうでもなかったけど――人柄にくらべれば。もしかしたらわたしを覚えているかもしれない、そう思って。彼女にならささやかな援助を頼めそうでした。だって少女のころから知っている人だし——いっしょに学校に通って。ええ、向こうはちゃんとわたしの性格を知っているはずです、やたらにおねだりの手紙を書くような人間じゃないってことも——」

ドーラ・バナーの目から涙があふれだした。

「そうしたらロティはやって来て、わたしを家に連れていってくれたんです。手伝ってくれる人が必要だからって。もちろん、とても驚きました、それはもう驚いたわ。でも、新聞だってまちがうことはあるんですよね。あの人はとっても親切でした。それに心から同情してくれて。しかも昔のことも、とてもよく覚えていたんですよ……わたしはレティのためなら、どんなことだってするつもりでした。本気でそう思ってます。ですから、一生懸命やっているんですけど、ときどき、迷惑をかけてしまうんです。頭がよく働かなくて、ミスをしてしまったり。それに、つい忘れて、ばかなことを口走ったり。ミス・ブラックロックはとても辛抱強いんです。わたしが役に立っているっていうふりをいつもしてくれるなんて、とても思いやり深いですよね。それって、真のやさしさじゃありません?」

マープルは思いやりをこめて言った。「ええ、そうですよ」

「ずっと心配していたんです、リトル・パドックスに来てからも——もし——もしミス・ブラックロックに何かあったら、わたしはどうなるのかしらって。だって、事故はしょっちゅうあるし、自動車がスピードを出して走り回っているし、何が起きるかわかりませんよね？　でも、もちろん何も言いませんでした。だけど、彼女はわかってくれていたんです。いきなりある日、遺言であなたに年金を遺した、って言われたんです。それに、わたしが何よりも大切にしている美しい家具を。心から感動しました。わたしほど大切にしてくれる人はいないから、と言ってくれたんですよ。実際にそのとおりなんです。美しい陶器が割れたり、濡れたグラスをテーブルに置いて染みをつけてしまうのは見たくありませんもの。わたしは本当に彼女の家具を大切にしているんですよ。なかには、とってもいいかげんな人がいるんです。不注意じゃすまないほどに！

わたし、見かけほどばかじゃないんです」バナーは無邪気に続けた。「だって、レティが悩んでいるときはわかります。誰とは名前をあげませんけど、彼女につけこむ人もいるんです。レティは少し人を信用しすぎるんですよ」

マープルはうなずいた。

「それはいけませんね」

「ええ、そうです。あなたもわたしも、ねえミス・マープル、世間っていうものを知っていますものね。でもミス・ブラックロックは――」バナーは頭を振った。

マープルは、大投資家の秘書をしていたなら、ブラックロックも世間を知っているだろうに、と思った。だがドーラ・バナーは、レティ・ブラックロックが何不自由なく暮らしてきたので、人間性の底に潜む恐ろしいものについて知らないのだ、と言わんとしているのだろう。

「あのパトリックときたら！」バナーはいきなり、マープルが飛び上がりそうになるほど荒々しい口調で言いだした。「わたしの知るかぎり、少なくとも二度も、ミス・ブラックロックにお金をせびっているんです。お金に困っているふりをして。借金でもしたんでしょ。きっと、そんなところですよ。あの人は気前がよすぎますよ。わたしが忠告したら、こう言ったんです。『あの子はまだ若いのよ、ドーラ。若いときは軽はずみなことをするものですよ』」

「ええ、確かにそうですわね」マープルは言った。「しかも、あんなにハンサムな青年ですし」

「見た目よりも心」ドーラ・バナーは言った。「あの子は人をばかにしすぎるわ。それに、しょっちゅう女の子と遊び回っているみたいだし。あの子にとって、わたしはただの笑いものなんでしょうよ、それだけの存在でしかないのよ。人にも感情があるということを、彼は知らないみたいね」

「若い人はそういうことに無神経なものですよ」マープルはとりなした。

バナーはいきなり打ち明け話をするように体を近づけた。

「ここだけの話にしてくださるかしら？」バナーは頼んだ。「パトリックが今回の恐ろしい事件に関わっているんじゃないか、という気がしてならないんです。あの青年をパトリックは知っていたんだと思います。あるいはジュリアが。ミス・ブラックロックにはとても言えなかったんですけど──ほのめかしたら、きっぱりと否定されました。ええ、もちろん気まずかったです。パトリックは甥だか、遠い親戚だかですもの。スイス人青年が自殺したなら、パトリックは道義的に責任があるんじゃないかしら、ちがいます？　パトリックがやらせたのなら、という意味ですよ。何もかもよくわからないことだらけです。みんな、客間のもうひとつのドアのことで大騒ぎしているでしょう。そのことで、わたし、悩んでいるんです。刑事さんは油が差してあるって言ったでしょ。でもね、わたし見たんです──」

バナーはいきなり口をつぐんだ。

マープルは言葉を選ぼうとして、しばらく黙っていた。

「あなたにとってはむずかしい立場ですね」マープルは同情をこめて言った。「もちろん、警察に告げ口するような真似はしたくないでしょうし」

「そのとおりなんです」ドーラ・バナーは叫んだ。「夜中に心配で眠れなくて――だって、このあいだ庭の茂みのところでパトリックにばったり会ったんですよ。わたしは卵を探していたんです、メンドリが産んだのを。すると、パトリックが羽根とコップを手に立っていたんです。油の入ったコップです。わたしを見ると、うしろめたそうにぎくりとして『どうしてこんなものがここに置いてあるんだろうね、不思議だよ』と言うんです。ええ、あの子は頭の回転が速いですからね。わたしがいきなり現われたので、あわてて考えついた言い訳なのでしょう。そもそも、探してもいないのに、茂みであんなものを見つけるはずがありませんものね。そこにあると、ちゃんと知っていたからでしょう？　もちろん、わたしは何も言いませんでしたよ」

「ええ、そうでしょうとも」

「でも、じろりとにらみつけてやったんです。おわかりかしら」

ドーラ・バナーは手を伸ばして、毒々しいピンク色のケーキを心ここにあらずの様子で口に運んだ。

「それに、別の日に、ジュリアと、とってもおかしな会話を交わしているのを小耳にはさんだんです。二人はちょっとけんかをしているみたいでした。パトリックはこう言ってたわ。『まさか、そんなことに関わっているなんて！』するとジュリアは（あの子はいつも冷静なんですけど）『あら、そう、でもあなただったらどうした？』そのとき、あいにくなことに、必ずきしむ床板を踏んでしまったんです。で、二人はわたしに気づきました。だから、とても明るくこうたずねたんです。『あなたたち、けんかでもしているの？』するとパトリックは答えました。『ジュリアに不法な闇市なんかに行かないように注意していたんですよ』ええ、まったくよどみなく。でも、そんなことをしゃべっていたなんて信じてません！　それに、はっきり言って、パトリックは客間のあのスタンドに何か仕掛けをしたんじゃないかと思います――電気を消すためにね。だって、はっきり覚えているんですよ、あれが男の羊飼いのスタンドじゃなくて、女の羊飼いだったって。でも翌日になると――」

バナーは顔を赤くして言葉を切った。マープルが振り返ると、二人の後ろにブラックロックが立っていた。たった今入ってきたらしかった。

「コーヒーと噂話なの、ドーラ？」ブラックロックが少し非難がましい口調で訊いた。

「おはようございます、ミス・マープル。寒いですわね？」

チリンという音がしてドアが開き、バンチ・ハーモンがせかせかとブルーバード・カフェに入ってきた。

「おはようございます」バンチは言った。「コーヒーにはもう遅すぎたかしら?」

「いいえ、大丈夫よ」マープルは言った。「すわってお飲みなさいな」

「わたしたちは、もう家に帰らなくては」ブラックロックは言った。「買い物は終わったの、ドーラ?」

口調はまたやさしくなっていたが、目にはわずかにとがめるような色があった。

「え――ええ、ありがとう、レティ。あとはただ薬局にちょっと寄って、アスピリンとウオノメ用の絆創膏を買うだけよ」

二人が出ていきブルーバード・カフェのドアが閉まると、バンチはたずねた。

「何をしていらしたんですか?」

マープルはすぐには答えなかった。バンチが注文をするまで待って、口を開いた。

「一族の結束というのはとても強いものだわね。驚くほどに。ある有名な事件を覚えているかしら――わたしも実はうろ覚えなのだけど。夫が妻を毒殺したという事件なの。ワインに毒を入れてね。そうしたら裁判で、娘が母親のグラスのワインを半分飲んだと証言したの。おかげで裁判の流れが変わり、父親を有罪にできなくなってしまった。噂だと――ただし、ただの噂ですけどね、娘は二度と父親と口をきかなかったし、いっしょに暮らすこともなかったようね。もちろん、父親の場合と、甥や遠い親戚では話がちがってくるでしょう。でも、やはり——自分の一族の誰かを絞首刑にはしたくないものだわ、そうじゃない？」

「ええ」バンチは考えこみながら答えた。「そうだと思います」

マープルは椅子に寄りかかると、小声でつぶやいた。「人はみんな似たり寄ったりね、どこの土地でも」

「あたし、誰かに似ていますか？」

「そうねえ、はっきり言って、あなたはあなたにとてもよく似ているわ。これと言って、誰かを思い出させることはないけど。ただし——」

「ほら、話してください」

「わたしのメイドのことを考えていたのよ」

「メイド？　あたしはひどいメイドになりそうだわ」

「ええ、まさにそうだったの。お給仕もまったくだめだったわ。テーブルをセットしても曲がっているし、キッチンのナイフとお食事用のナイフをごちゃごちゃにしてしまうし、メイド用の帽子は（昔の話なのよ）いつだって曲がっていたわ」

バンチは思わず自分の帽子を直した。

「他には？」バンチは心配そうにたずねた。

「わたしがその子を雇い続けていたのは、家でとっても楽しそうに働いていたからよ。それに、わたしを笑わせてくれたし、率直にものを言うのも気に入っていたの。ある日わたしのところにやって来てこんなふうに言ったわ。『もちろん、あたしはものを知りませんよ、奥さま。でも、フローリーったら、あのすわり方は結婚している身重の女みたいですよ』そのとおり、気の毒なフローリーは厄介なことになっていたの。床屋で働いている一見、紳士に見える助手とね。幸い、頃合いをみはからって、わたしはその男性と話ができたので、二人はとてもすてきな結婚式をあげ、幸せな家庭を作ったわ。フローリーはいい子だったけど、紳士らしい外見に引っかかりやすいところがあったのね」

「人殺しはしなかったんでしょう?」バンチがたずねた。「そのだめなメイドのことですけど?」

「いえ、まさか。そのメイドはバプテスト教会の牧師と結婚して、子どもを三人産んだわ」

「あたしに似てますね」バンチは言った。「でも、あたしにはまだエドワードとスーザンしかいないけど」

しばらくしてから、バンチはたずねた。

「誰のことを考えていらっしゃるの、ジェーンおばさん？」

「いろんな人のことですよ、とってもたくさんの人たちのこと」マープルは言葉を濁した。

「セント・メアリ・ミードの？」

「まあね……実はエラートン看護師のことを考えていたのよ。本当に親切な女性だった。ある老婦人のお世話をしていて、心からその人を好いているように見えたの。やがて老婦人は亡くなった。彼女は次に別の女性の世話をして、その人も亡くなった。モルヒネでね。すべてが明るみに出たのよ。いちばん楽な死に方で殺したのね。ショックだったのは、その看護師が悪いことをしたと思っていないことだった。いずれにせよ長く生きられなかったし、一人はガンをわずらっていてひどく苦しんでいた、と言ってたわ」

「つまり――安楽死ってことなんですか？」

「いいえ、ちがうの。二人とも、お金をその看護師に遺していたのよ。その人はお金が好きだったの、わかるでしょ……。

それにね、その看護師には定期船に乗っている若い男がいたの――新聞店のピュージー夫人、その甥よ。男は盗んだ品物を持ち帰っては、その看護師に売らせていたの。外国から持ち帰った品だと嘘をついてね。看護師はその話を信じこんでいたのよ。やがて、警察が聞きこみを始めると、男は看護師の頭を殴ろうとした。何も警察にしゃべれないようにね。いい人間とは言えないわね——でも、とてもハンサムだった。二人もの女性がその男に夢中になっていたの。男のほうは、もう片方の女に大金を注ぎこんでいたのよ」

「なんて悪い人間なのかしら」

「ええ、そうね。それから、毛糸店のクレイ夫人がいるわ。息子を溺愛《できあい》して、甘やかしていたの。当然、息子はおかしな仲間とつきあうようになった。それからジョーン・クロフトという女性を覚えている、バンチ？」

「うーん、覚えていないと思います」

「わたしを訪ねてきてくれたときに、彼女を見かけたかと思っていたわ。葉巻やパイプをふかしながら、よく歩き回っていたものよ。あるとき銀行強盗があってね。ジョーン・クロフトはそのとき銀行にいたの。ジョーンは犯人を殴り倒し、拳銃を奪いとった。法廷では勇敢だとほめられたわ」

バンチは熱心に聞きいっていた。ひとこと残らず暗記しようとしているかのようだった。

「それから？」バンチは先をうながした。

「その夏、サン・ジャン・デ・コリーヌで会った女の子のことだけど。とても物静かな娘だったわ――いえ、物静かというより無口だったわね。誰もが好感を持ったけど、その娘のことをよく知ることはできなかった。あとから、夫が偽造犯だったと聞いたわ。そのせいで、その子は世間から切り離されているように感じていたのよ。結局、少し変わり者になってしまったの。物思いにふけってばかりいると、そうなるものなのよ」

「おばさんの思い出話には、インド駐在の軍人さんは出てくるんですか？」

「もちろんよ。ラーチズにはボーン少佐、シムラ・ロッジにはライト大佐がいたわ。どちらもまったく問題はなかったの。だけど、銀行の頭取のミスター・ホジソンが船旅に出かけて、娘と言ってもいいぐらいのお嬢さんと結婚したことは覚えているわ。その女性はどこの出身なのか全然わからなかったのよ。もちろん、ミスター・ホジソンに説明したこと以外にはね」

「で、それは本当のことじゃなかったんですね？」

「ええ、まるっきりでたらめだったわ」

「おもしろいですね」バンチは言いながら、指を折って数え上げた。「この土地にもいるわ。献身的なドーラ、ハンサムなパトリック、スウェットナム夫人とエドマンド、フィリッパ・ヘイムズ、イースターブルック大佐とその夫人――ええ、あたしの意見を言わせてもらえれば、イースターブルック夫人についてはおっしゃるとおりだと思います。でも、あの人がレティ・ブラックロックを殺す理由はなさそうですけど」

「もちろん、ミス・ブラックロックは、あの人が知られたくないような何かを知ったのかもしれないわ」

「ああ、タンカレーがどうのっていう古い噂のこと？　でも、ずいぶん昔の話でしょうに」

「どうかしら。ねえ、バンチ、あなたは人々にどう思われているか気にしないタイプでしょ」

「おっしゃることはわかります」バンチはいきなり言いだした。「もしある人がお金に困っていて、そうね、寒さに震えている捨て猫みたいだったとして、家とミルクと撫《な》でてくれる温かい手を見つけて、かわいい猫ちゃんと呼ばれ、とても大切にされていたら……それを守るためにはどんなことだってするでしょうね。まあ、おばさんったら、関係者を一人残らずあげてみせたんですね」

「全員じゃないわよ」マープルは穏やかに言った。

「そうかしら？　どこで見落としたのかしら？　ジュリアかしら？　〝ジュリア、かわいいジュリアは特別《ピキュリア》〟ってわけなんですね」

「三シリング六ペンスです」不愛想なウェイトレスがいきなり現われた。

「それから」青い鳥がついた胸をぐっとそらして、つけくわえた。「ハーモン夫人、どうしてあたしをピキュリアって呼ぶんですか？　祈りで病気を治すとかいうピキュリア・ピープル派に入っている伯母はいますけど、あたしはずっと英国国教会です。亡くなったホプキンズ牧師が、よくご存じです」

「あら、悪かったわ」バンチは言った。「ただ歌詞を引用しただけなの。あなたのことを言ったわけじゃないのよ。あなたの名前がジュリアだってことも知らなかったわ」

「じゃ、まったく偶然の一致なんですね」ウェイトレスは急に陽気になった。「いえ、怒ってませんよ。でも自分の名前が口にされるのを聞いて、そんなふうに思ってしまって。誰かが自分のことを話していたら、耳を澄ますのがふつうですよね。あ、ありがとうございます」

ウェイトレスはチップをもらって去っていった。

「ジェーンおばさん」バンチは言った。「そんなにあわてないでくださいな。どうかしたんですか？」

「でも、確かにそうだわ」マープルはぶつぶつ言った。「まさかそんなことが。理由がないわ——」

「ジェーンおばさん！」

マープルはため息をつくと、明るく微笑んだ。

「なんでもないのよ」

「殺したのが誰なのかわかったんですか？」バンチはたずねた。「誰なんですの？」

「全然わからないわ」マープルは言った。「一瞬、ある考えが閃《ひらめ》いたの――でも消えてしまったわ。ちゃんとわかっていたのなら、いいんですけど。時間が迫ってきているわ。恐ろしいほど時間がないのよ」

「時間がないって、どういう意味なんですか？」

「スコットランドの婦人がいまにも死にそうなのよ」

バンチは目を瞠《みは》った。

「じゃあ、ピップとエマの話を信じていらっしゃるんですね？　犯人はその二人だと――だから、またやろうとすると考えているんですね？」

「もちろん、また試みるでしょうね」マープルは、何かに気をとられているようだった。「一度やったのだから、またやるでしょう。いったん人を殺そうと決意したら、一度目がうまくいかなかったからといって、あきらめませんよ。とりわけ、疑われていないという確信があれば」

「だけどピップとエマなら、その可能性のある人間は二人しかいないわ。パトリックとジュリアに決まっています。二人は兄と妹だし、その年齢にあてはまるのは、あの二人だけです」

「それほど単純じゃないのよ。さまざまな問題と組み合わせがあるんです。結婚していれば、ピップの妻、あるいはエマの夫かもしれない。母親かもしれないわ――直接相続しなくても、利害関係はありますからね。レティ・ブラックロックと三十年も会っていなければ、もう顔もわからないでしょう。年配の女性は見分けがつきませんからね。ワザースプーン夫人が自分とバートレット夫人の老齢年金を引き出していたことを覚えているかしら？　バートレット夫人はとっくに亡くなっていたのに。それに、ミス・ブラックロックは近眼です。目を細めて人を見ることに気づかなかった？　それから双子の父親も存在します。明らかに、悪い人間だったでしょ」

「ええ、でも外国人ですよ」

「生まれはね。だからといって訛《なま》りのある英語で派手な身振り手振りをしながらしゃべるとは限らないわ。インド駐在のイギリス人大佐の役だって――誰よりも上手に演じられるかもしれませんよ」

「そうお考えなんですか？」

「いいえ。ちがうの、そうは思っていません。ただ、大金がからんでいると考えているだけですよ。莫大なお金がね。人間は大金を手に入れるためなら、とんでもなく恐ろしいことをするとよく知っているから、怖いんですよ」

「そうかもしれませんね」バンチは言った。「でも、得をすることってないんじゃないかしら？　最終的には？」

「そうね――でも、それを、よく知らないんでしょうね」

「わかります」いきなりバンチはにっこりした。やさしいが、ちょっと苦々しげな笑みだった。「自分だけはちがうと考えたがるものなんですよ。あたしだって、そう感じますもの」バンチは白状した。「たくさんのお金があれば、いろいろと善行をほどこせるって自分をだまそうとするんです。いろいろな計画を思い描く……捨てられた子どもたちや……疲れた母親のための家……仕事に疲れた年配の女性たちには、どこか海外に保養所とか……」

バンチの顔は憂鬱《ゆううつ》そうになり、その目はふいに悲しげに陰った。

「おばさんの考えていらっしゃることはわかります。あたしを最低の人間だと思っていらっしゃるんでしょ。自分をだましているから。お金を利己的な理由で手に入れようとしたら、それだけでどういう人間かわかります。でも、そのお金でいいことをするというふりを始めたら、自分を納得させられるかもしれない、誰かを殺してもたいしたことじゃないって……」

とたんに目から陰りが消えた。

「でも、あたしはそんなことをしない。あたしは人を殺したりしないわ。年とって、病気で、世間の厄介者だとしても。脅迫者や極悪人でも」バンチはコーヒーの飲み残しに落ちたハエを慎重にすくいあげ、羽根を乾かせるようにテーブルの上に置いてやった。「だって人間は生きたがるものだからです、そうでしょう？ ハエだってそうです。年とって体のあちこちが痛くて、ひなたぼっこしかできなくても。かえってそういう人たちは、健康で若い人間よりも生きたい気持ちがずっと強いんだ、とジュリアンは言っているわ。生きるために必死に戦っている人ほど、死を恐れているんですって。あたしも生きたいと願っています――ただ幸せに楽しく、愉快に暮らすだけじゃない。生きているっていうのは、目を覚まして、全身で、自分がそこに存在するのを感じることなんです。一瞬一瞬を味わうことなんですよ」

バンチはハエにそっと息を吹きかけた。ハエは脚を震わせると、よろよろと飛び去った。

「大丈夫です、ジェーンおばさん。あたしは絶対に人殺しはしないわ」

14　過去への旅

列車でひと晩過ごし、クラドック警部はスコットランド北部地方にある小さな駅に降り立った。

裕福な病人のゲドラー夫人が、おしゃれな界隈《かいわい》にあるロンドンの家でも、ハンプシャーの屋敷でも、南フランスの別荘でもなく、この辺鄙なスコットランドの家を住まいに選んだのは奇妙に感じられた。友人たちとも会えないし、気晴らしとも無縁だろう。孤独な生活にちがいなかった――それとも、病気が進んで、周囲の環境など、どうでもよくなっているのだろうか？

一台の車が迎えに来ていた。大きな古めかしいダイムラーで、年配の運転手が運転していた。晴れた朝で、警部は三十キロ以上あるドライブを楽しんだが、これほど人里離れたところに住んでいることに、改めて驚きを覚えた。運転手にさりげなくたずねてみると、理由のひとつがわかった。

「ここは奥さまが少女時代を過ごした土地なんです。ええ、奥さまは一族の最後の人間なんですよ。それに、奥さまとミスター・ゲドラーはどこにいるときよりも、ここで幸せに過ごされたんです。ご主人さまがロンドンを離れられる機会はめったになかったのですが、こちらに来ると、お二人は子どものようにはしゃいでおられました」

古い要塞のような建物の灰色の壁が見えてくると、クラドックは過去にタイムスリップしたような気がした。年とった執事が出迎えてくれた。洗面とひげ剃《そ》りをすませて案内された部屋には、暖炉で勢いよく火が燃えていて、ここで朝食が出された。

朝食がすむと、看護師の制服を着た長身の中年女性が、感じのいい有能な態度で部屋に入ってきて、マクレランドだと自己紹介した。

「患者の準備が整いました、ミスター・クラドック。奥さまはあなたにお会いするのをとても楽しみにしていらっしゃいますよ」

「できるだけ興奮させないようにします」クラドックは約束した。

「状況をご説明しておいたほうがいいですね。ゲドラー夫人はごくふつうに見えるでしょう。ちゃんと話すこともできます。でも楽しげにおしゃべりしている最中に、いきなり力が抜けてがっくりきてしまうんです。そうなったらすぐにこちらへ戻ってきて、わたしを呼んでください。奥さまはモルヒネに頼っている状態なのです。ほぼ一日じゅう、うつらうつらしています。あなたがいらっしゃるので、強い興奮性の薬を打ちました。その効果が薄れてくると、半ば意識のない状態に戻ってしまうでしょう」

「よくわかりました、ミス・マクレランド。ゲドラー夫人の容態は、はっきり言ってどうなのでしょうか、教えていただけますか？」

「ええ、ミスター・クラドック、奥さまはもう危篤状態です。あと数週間ももたないでしょう。もう何年も前に亡くなっていてもおかしくないと申し上げたら、意外に思われるかもしれませんが、本当なのです。ゲドラー夫人を支えてきたのは、生きることに対する深い喜びと愛なのです。長年にわたって病をわずらい、この十五年は家を一歩も離れていない人間について、そんなふうに説明したら、たぶん奇妙に聞こえるかもしれませんね。でもそれが真実なのです。ゲドラー夫人は若いときから病弱でした。でも、生きたいという意欲は驚くほど強かったのです」看護師は微笑みながらつけくわえた。「お会いになればおわかりでしょうけど、とても魅力的な女性でもあるのです」

クラドックは大きな寝室に案内された。そこでは暖炉で火が燃えさかり、大きな天蓋《てんがい》つきのベッドに老婦人が横になっていた。レティシア・ブラックロックより七、八歳しか年上ではなかったが、体が弱いせいで実際の年齢よりもはるかに老けて見えた。

白い髪はきれいに整えられ、ふんわりした淡いブルーの毛糸で編んだものが首と肩を覆っている。顔には苦痛による皺も刻まれていたが、笑い皺もあった。そして不思議なことに、その淡いブルーの瞳には、いたずらっぽいとしか形容できない輝きが宿っていると、クラドックは思った。

「ねえ、興味津々ですのよ」ゲドラー夫人は言った。「警察の訪問なんてめったに受けませんから。レティシア・ブラックロックが襲われたそうですけど、たいした傷ではなかったんですの？　ブラッキーはどうしているんでしょう？」

「とてもお元気ですよ、ゲドラー夫人。あなたによろしくと言っていました」

「長いあいだ会ってないわ……もう何年も、クリスマスにカードを交換するだけで。妹のシャーロットが亡くなってイギリスに戻ってきたときに、こっちに来るように誘ったのですけど、こんなに月日がたったあとでは気まずいだけでしょうと言って。たぶん、そのとおりだったのでしょうね。ブラッキーはとても分別のある人でしたから。一年ほど前に学校時代の友人が訪ねてきてくれたんです。そうしたら、なんとまあ！」夫人はにっこりした。「わたしたち、すっかり退屈してしまって。『あれ覚えている？』と言いあったあとには、何も話すことがなくなってしまったんです。ほとほと困ってしまったわ」

クラドックは質問を始めるまで、夫人にしゃべらせておくことにした。いわば、過去に遡《さかのぼ》りたかったのだ。そして、ゲドラーとブラックロックの関係について知りたかった。

「きっと」ベル・ゲドラーが気を遣って言いだした。「お金についてお訊きになりたいんでしょうね？　わたしの死後、ランダルはすべてをブラッキーに遺すことにしたんです。正直なところ、わたしのほうが主人よりも長生きするとはまったく思っていなかったんです。あの人は大きくて頑丈で、病気で寝こんだこともなかったのです。かたや、わたしときたら、しょっちゅうあちこち痛くて、具合《コンプレイント》が悪くなり、医者が沈痛な顔で通ってきていました」

「文句《コンプレイント》というのは、当たっていないのではないですか？」

老婦人はクスクス笑った。

「いえ、文句を言ったという意味ではなく、いろいろな病気が出たという意味で使ったんですよ。自分をひどく哀れだと思ったことはありません。でも、体が弱いので、当然真っ先に死ぬと思われていました。そうはならなかったのですけど。ええ、思ったとおりにはならなかった……」

「どうしてご主人は、ああいうふうにお金を遺すことにしたんですか？」

「つまり、どうしてブラッキーに遺したかってこと？　たぶん考えていらっしゃるような理由からじゃありませんよ」瞳のいたずらっぽいきらめきが、はっきりと見てとれた。「警察の人の考えることといったら！　ランダルはブラッキーに恋心を抱いたことはまったくないし、向こうも同じでした。レティシアは男みたいな心の持ち主だったんです。女らしい感情とか弱さは一切持ちあわせていませんでした。男性に恋をしたことだって、一度もないんじゃないかと思います。とりたてて器量よしじゃないし、服にもかまわなかった。習慣にしたがって少しお化粧はしていましたが、きれいに見せるつもりもなかったのでしょうね」老いた声には憐れみがにじんでいた。「女でいることの喜びをとうとう味わわなかったと思います」

クラドックは大きなベッドに寝ている弱々しい小柄な体を興味深く眺めた。ベル・ゲドラーは女であることを楽しんできて、今もまだ楽しんでいる。ベル・ゲドラーはまばたきした。

「わたしは男に生まれていたら、とても退屈に感じたでしょうね」

それから考えこみながら続けた。

「ランダルはブラッキーを弟のように思っていたんじゃないかと思います。ブラッキーのはずれたことのない判断力をいつも頼りにしていました。あの人は一度ならず、主人が窮地に陥るのを防いでくれたんです」

「一度、お金を立て替えてご主人を助けたことがあると言っていましたが？」

「ああ、そうね。でも、それだけじゃないんです。もう昔のことですから、本当のことを話してもかまいませんわね。ランダルはよいことと悪いことの区別ができなかったのです。あの人の良心はあまり厳しくなかった。かわいそうに、主人はただ抜け目のないことと、不正直なことのちがいがわからなかった。ブラッキーは常に主人を正しい道に引き戻してくれました。レティシア・ブラックロックはまさにそういう人間なのです、常にまっすぐで、不正直なことは絶対にしようとしない。すばらしい人間ですわ。わたしはずっとあの人を賞賛してきました。あの姉妹はひどい少女時代を送ったのです。お父さんは田舎医者で——とてつもなく頑固で心が狭かった。一家の独裁者でしたわ。レティシアは家を飛びだしてロンドンに来て、公認会計士の勉強をしました。妹のほうは病弱で、一種の障害者だったので、人に会ったり外出したりすることが一切ありませんでした。それで父親が亡くなると、レティシアはすべてを投げうって家に戻り、妹の面倒を見たのです。ランダルは怒り狂いました——でも、彼女は決心を変えなかった。レティシアはそれが自分の義務だと信じたら、あくまでそれを果たす人なのです。そうなったら、あの人の心を変えることは不可能です」

「それは、ご主人が亡くなるどのぐらい前のことだったのですか？」

「二年前です。ランダルはレティシアが会社を辞める前に遺言を作っていました。それを変更しなかったのです。主人はこう言ってましたわ。『われわれには肉親がいないからね』（息子は亡くなったんです、二歳のときに）『われわれが死んだあとは、ブラッキーが金を相続したほうがいいだろう。あの人ならそれで株の取引をして、うまく運用するだろう』って。おわかりかしら」ベルは言葉を続けた。「ランダルは金儲けのゲームを心から楽しんでいたんです。お金を儲けるためだけではなく、冒険、危険、興奮といったもののせいです。そして、ブラッキーもそれが大好きでした。あの人もランダルと同じ冒険心、同じ判断力を持っていました。気の毒に、ふつうの楽しみはとうとう味わえませんでしたけど。恋をして、男心をもてあそんだり、恋人をからかったりすることもなかった。家庭を作り子どもを産むという、人生の真の楽しみを味わうこともなかったのです」

クラドックは、この女性が抱いている心からの憐れみと優越感を奇妙に感じた。この女性は、たった一人の子どもを亡くし、夫にも先立たれ、孤独な未亡人生活を送り、何十年も回復の見こみのない病の床《とこ》についているのだ。

夫人は警部に向かってうなずきかけた。

「お考えになっていることは想像がつきます。でも、わたしは人生における価値ある経験をすべてしました。奪われてしまったかもしれませんが、ちゃんと経験はしたのです。かわいらしい少女時代は陽気に過ごし、愛する男性と結婚し、夫も死ぬまでわたしを愛し続けてくれました。子どもは亡くなりましたが、かけがえのない二年間をともに過ごせました。肉体的な苦痛はひどいものですが、痛みを知っているからこそ、痛みが止《や》んでいるときの喜びがこのうえなくすばらしく感じられるのです。そしてみんなが親切にしてくれます……わたしはとても幸せな女ですわ」

クラドックはさっきの夫人の言葉について追及した。

「さっき、ミスター・ゲドラーには他に肉親がいなかったのでミス・ブラックロックに遺産を遺した、とおっしゃいましたね？　でも、それは正確に言うと正しくないでしょう？　ご主人には妹さんがおありだ」

「ああ、ソニアね。でも、二人はかなり前にけんかして、縁を切ってしまったんですの」

「妹さんの結婚に、ご主人は反対だったんですね？」

「ええ。ソニアが結婚したのは――ええと、なんという名前だったかしら？」

「スタンフォーディス」

「そうです。ドミトリ・スタンフォーディスです。ランダルは、あいつはろくでなしだ、とずっと言っていました。最初から二人はお互いに嫌いあっていたんです。でもソニアはドミトリに夢中で、どうしても結婚すると固く決意していた。それに、わたしには結婚してはいけない理由がわかりませんでしたわ。男性には結婚に対してこだわりがあるみたいですけど。ソニアは子どもではありませんでした。二十五歳で、自分のやっていることがちゃんとわかっていたんです。ドミトリはろくでなしでした、あえて申し上げますけど。筋金入りの悪人でした。前科もあるにちがいないと思います。ランダルはこちらで使っている名前も偽名にちがいない、と疑っていました。ソニアはそういうことをすべて承知していました。ようするに、ランダルには納得できないでしょうけど、ドミトリは女にとって猛烈に魅力的だったのです。それに、ソニアに負けないぐらい、ソニアを愛していました。あいつはソニアの金めあてで結婚するんだとランダルは主張していましたわ。でも、それはちがいます。ソニアはとても美しかったし、溌剌《はつらつ》としていました。もし結婚がうまくいかなかったら、もしドミトリがソニアにやさしくしなかったり、裏切ったりしたら、さっさと結婚を解消してドミトリのもとを去ったでしょう。ソニアには自分の財産があるし、好きなように人生を送ることができたのですから」

「兄妹二人の関係はとうとう修復されなかった？」

「ええ。ランダルとソニアはとうとう仲直りしませんでした。ランダルが結婚を止めようとしたことを恨んでいたんです。ソニアは言いました。『よくわかりました。まったくあきれた人ね！　もうこれっきり会わないわ！』」

「しかし、あなたはその後、ソニアから連絡を受けたのですね？」

ベルはにっこりした。

「ええ、それから一年半ほどして手紙をもらいました。ハンガリーのブダペストから寄こしたのですけど、住所は書かれていませんでした。自分がこのうえなく幸せで、双子を産んだことをランダルに伝えてほしいと書かれていました」

「そして、双子の名前は書いてあった？」

またもベルは微笑んだ。「お昼過ぎに生まれたそうなんです。ですから、午後という意味の言葉〝ピップ・エマ〟をもじって、ピップとエマと呼ぶつもりだと書いてありました。もちろん、ただの冗談だったのかもしれませんけど」

「その後、連絡はありましたか？」

「いいえ。夫と赤ん坊としばらくアメリカに滞在するつもりだ、と書いてありました。それっきり音信不通です」

「もしかして、その手紙をとってありますか？」

「いいえ、残念ながら。ランダルに読んであげますと、ただむっつりとこう言っただけでした。『いつか、あんな男と結婚したことを後悔するぞ』妹について口にしたのはそれが最後でした。それからは、ソニアのことはすっかり忘れていました。わたしたちの人生から完全に消えてしまったんです」

「それでもミスター・ゲドラーは、ミス・ブラックロックがあなたより先に亡くなった場合、遺産を妹の子どもたちに遺すことにしたんですね？」

「ああ、あれはわたしの勧めだったんです。主人が遺言の話を持ち出したときに、こうたずねましたの。『じゃあ、ブラッキーがわたしよりも先に亡くなったらどうなるの？』主人はとても驚いたようでした。わたしは言いました。『あら、ブラッキーはとても健康だし、わたしは病弱だとわかっているけど、事故ということもあるでしょ。元気な人が意外にも突然亡くなることもあるわ……』すると主人は言いました。『誰もいないな――まったく誰も』ですから言ったんです。『ソニアがいるわ』すると、主人はすぐに反論しました。『あのろくでなしにわたしの金をやるのか？　まさか――とんでもない！』それで提案しました。『じゃあ、ソニアの子どもたちにすればいいわ。ピップとエマ。今はもっと増えているかもしれませんけど』そして主人はぶつぶつ言いながらも、それを遺言に加えたんです」

「そしてその日から今まで」クラドックは考えこみながら言った。「妹さんからも、その子どもたちからも、一切連絡がないんですね？」

「ええ、一切。亡くなっているのかもしれません。あるいは、どこかで元気に暮らしているのかも」

チッピング・クレグホーンにいるのかもしれない、とクラドックは思った。

その考えを読みとったかのように、ベル・ゲドラーの目に警戒の色が浮かんだ。「ブラッキーの身が危険にさらされないようにしてくださいね。ブラッキーはいい人です、心の底から善良で。どうか危害を加えさせないで――」

声がふいにとぎれた。クラドックはベル・ゲドラーの口と目のまわりが灰色にくすんでいるのに気づいた。

「お疲れですね。失礼しますよ」

夫人はうなずいた。

「ミス・マクレランドを寄こしてください」とささやいた。「ええ、疲れました……」

ベルは片手で弱々しい仕草をした。「ブラッキーを頼みます……何も起きないようにしてね……あの人をお願い……」

「全力を尽くしますよ、ゲドラー夫人」クラドックは立ち上がると、ドアに向かった。

ベルの声が細くかすかに追ってきた。

「もう長くありません……わたしが死ぬまで……それまで危険なことが起きないように……気をつけて……」

クラドックはマクレランドとすれちがった。警部は不安そうに言った。

「お体に障ったのではないかと心配です」

「あら、そんなことありませんわ、ミスター・クラドック。突然エネルギーが切れてしまうと申し上げておいたでしょ」

あとで、警部は看護師にたずねた。

「たったひとつ、ゲドラー夫人に訊き忘れたのですが、古い写真をお持ちでしょうか？もしできたら――」

看護師は警部を遮った。

「残念ながら、そういうものはまったく残っていませんの。ロンドンの家にあった夫人の個人的な手紙や所持品は、戦争が始まると、家具といっしょに倉庫に預けたんです。当時、ゲドラー夫人の病気はとても重かったのです。やがて、倉庫が空襲でめちゃめちゃになりました。ゲドラー夫人は個人的な記念品や家族の手紙がすっかり失われたことで、とても動揺していました。残念ながら、もうひとつも残っていないのです」

では、どうしようもない、とクラドックはあきらめた。

だが、この旅はまったくのむだ足ではなかった。ピップとエマ、その双子の幽霊は、ただの幽霊ではなかったのだ。

　クラドックは思った。「ヨーロッパのどこかで兄と妹は育ったのだ。結婚した当時、ソニア・ゲドラーは裕福だった。だが、ヨーロッパではそのお金もあまり長くはもたなかっただろう。二度の戦争のあいだに、貨幣価値がすっかり下がってしまったからな。そして二人の若者、前科のある男の息子と娘が、無一文でイギリスに渡ってきたとしたら、どうするだろう？　裕福な親戚を見つけようとする。だが莫大な財産を持っていた伯父は死んでいる。おそらく、最初に伯父の遺言を調べるだろう。もしかしたら自分たちか母親に、金が遺されていないかを確認するだろう。そこで遺言を閲覧できるサマセット・ハウスの公文書館に行き、遺言の内容を調べ、当然、レティシア・ブラックロックの存在を知るだろう。さらに、ランダル・ゲドラーの未亡人について問い合わせる。病人でスコットランドで暮らしていて、もう長くないことを知る。このレティシア・ブラックロックが未亡人よりも先に死ねば、二人は莫大な財産を手に入れることができる。それを知ったら、どうするだろう？」

　クラドックは思った。「スコットランドには行かないだろう。レティシア・ブラックロックが今どこに住んでいるかを、突き止めるだろう。そして、そこに行く――だが、本人としてではない。二人はいっしょに行くだろうか、それともばらばらに？　エマ……もしかしたら？……ピップとエマ……賭けてもいいが、ピップかエマ、あるいは二人ともが、今、チッピング・クレグホーンにいるはずだ」

15 美味なる死《デリシャス・デス》

1

リトル・パドックスのキッチンで、ミス・ブラックロックはミッチに指示を出していた。

「トマトだけじゃなくて、サーディンのサンドウィッチもお願いね。それから、あなたがとても上手に焼くスコーンも。それと、お得意の特別なケーキも焼いてもらいたいんだけど」

「ではパーティーなんですか、それだけのものを用意するって?」

「ミス・バナーのお誕生日なの。お客さまをお茶にお招きしたのよ」

「あの歳で誕生日なんて祝いたくないでしょう。忘れたほうがいいですよ」

「あら、あの人は忘れたくないのよ。プレゼントを持ってきてくれる人もいるし。それに、ささやかなパーティーを開くのは楽しいものよ」

「このあいだそうおっしゃって――何が起きたか覚えてますよね！」

ブラックロックは怒りを抑えつけた。

「大丈夫、今度はそんなことは起きないわ」

「この家では何が起きるかわからないですよ。あたしは一日じゅうびくついているし、夜は部屋にカギをかけてます。クロゼットに誰か隠れているんじゃないかと思ってのぞいたり」

「あら、そこまですれば安心でしょ」ブラックロックは冷たく言った。

「作ってほしいというケーキですけど」ミッチはブラックロックのイギリス人の耳には、シュウィッツブザールとかなんとか、猫がお互いにフウッとうなりあうような音に聞こえる単語を口にした。

「それよ。うっとりするようなケーキをお願い」

「ええ。まちがいなく、うっとりします。でも材料が全然ないんです！　そんなケーキ、作れません。チョコレートとバターがどっさり必要だし、お砂糖もレーズンも」

「アメリカから送られてきた缶入りバターを使っていいわ。それに、クリスマスのためにとっておいたレーズンがあるし、板チョコとお砂糖一ポンドならあるわよ」

　ミッチは急ににこにこしはじめた。

「じゃあ、とってもとってもおいしいのを作ります」ミッチは有頂天で叫んだ。「こってりしていて、濃厚で、舌でとろけてしまいそうなのを！　それからケーキをきれいに飾ります——チョコレートで、とってもすてきに。〝おめでとう〟って書きます。イギリス人は砂みたいな味のケーキを食べてますけど、絶対、絶対、このケーキはちがいますよ。とってもおいしいんです、美味なんです——」

　ミッチの顔が、また曇った。

「ミスター・パトリックは、〝美味なる死《デリシャス・デス》〟って呼ぶんですよ、あたしのケーキを！　そんなふうに呼ばれたくありません！」

「ほめているのよ」ブラックロックはなだめた。「こんなおいしいケーキを食べられるなら死んでもいいぐらいだ、って言いたいのよ」

　ミッチは女主人を疑わしげに見た。

「でも、あんな言葉——〝死〟なんて気に入りません。あたしのケーキを食べて死んでもいいなんて。それどころか、ずっとずっと、いい気分になるんです……」

「ええ、そうでしょうとも」

　ブラックロックは背中を向けて、話がうまく運んだのでほっとしながらキッチンを出ていった。ミッチが相手だと、何を言いだすかわからなかった。

外でドーラ・バナーとばったり会った。

「ああ、レティ、ミッチにサンドウィッチの切り方を教えてこようかと思ったんだけど」

「いいの」ブラックロックは、友人をぐんぐん廊下にひっぱっていった。「今、あの子はご機嫌がいいから、そっとしておいてちょうだい」

「でも、ちょっと教えておかないと――」

「お願いだから、あの子に何かを教えようなんて考えないで、ドーラ。ああいう中部ヨーロッパの人間は教えられるのをいやがるのよ。大嫌いなの」

ドーラは納得がいかない様子で友人を見た。それから、急に笑顔になった。

「エドマンド・スウェットナムがたった今、電話してきたの。わたしにおめでとうと言ってくれて、午後にプレゼントとしてハチミツを持ってきてくれるんですって。親切じゃない？　どうしてわたしの誕生日だってわかったのかしら？」

「みんな知っているみたいよ。自分でしゃべったんじゃないかしら、ドーラ」

「そうねえ、今日で五十九歳になるってたまたま口にしたけど」

「あなた、六十四歳でしょ」ブラックロックはいたずらっぽく言った。

「そうしたら、ミス・ヒンチクリフがこう言ったのよ。『あら、そうは見えないわ。わたし、いくつだと思う？』返事に困ったわ。彼女はかなり風変わりだから、いくつだか見当がつかないもの。そうそう、ミス・ヒンチクリフは卵を持ってきてくれるんですって。最近、うちのメンドリはあまり卵を産まないってぼやいたからよ」

「あなたのお誕生日のおかげで、なかなか豪勢ね。ハチミツ、卵、ジュリアがくれたりっぱな箱入りのチョコレート――」

「どこであんなものを手に入れたのかしら」

「訊かないほうがいいわよ。おそらく、違法な手段に決まってるもの」

「それから、あなたのくれたすてきなブローチ」バナーは胸に留めた小さな葉っぱの形をしたダイヤを得意げに見下ろした。

「気に入ったの？　よかった。わたしは宝石って興味がないから」

「とっても気に入ったわ」

「うれしいわ。さあ、アヒルに餌をあげに行きましょう」

2

「ほう」パトリックが芝居がかって叫んだ。みんながダイニングのテーブルを囲んで席についたところだった。「これはなんだ？　なんと〝美味なる死〟だ」

「しいっ」ミス・ブラックロックが注意した。「ミッチに聞かれないようにして。あなたのそのケーキの呼び名、あの子は気に入らないみたいよ」

「それでも、〝美味なる死〟だ！　これはドーラの誕生ケーキですね？」

「ええ、そうよ」とミス・バナー。「最高にすてきなお誕生日だわ」

バナーの頬は興奮で赤くなっていた。イースターブルック大佐がお菓子の小さな箱を手渡し、お辞儀をして「うっとりするような女性に、うっとりするようなお菓子を」と挨拶してから、ずっと頬は火照ったままだった。

ジュリアは笑いをこらえてすばやく顔をそむけたので、ブラックロックににらまれた。お茶のテーブルに並べられたごちそうをおなかいっぱい食べ、ビスケットがひと回りすると、みんなは席を立った。

「少し胸がむかつくわ」ジュリアが言った。「あのケーキのせいよ。前に食べたときもそうだったわ」

「その価値はあるよ」とパトリック。

「外国人というのは確かにお菓子には詳しいわね」ミス・ヒンチクリフが言った。「ただし、あっさりした蒸しプディングは作れないのよ」

全員が礼儀正しく黙っていたが、パトリックの口から、あっさりした蒸しプディングを食べたがる人なんているんですかね、という言葉が飛びだしてくるのではないかとひやひやしているようだった。

「新しい庭師を雇ったんですか?」客間に戻りながら、ヒンチクリフがブラックロックにたずねた。

「いいえ、どうして?」

「ニワトリ小屋をのぞいている男がいたの。きちんとした軍人タイプの男だったわ」

「ああ、あの人」ジュリアが言った。「あれは刑事さんよ」

イースターブルック夫人がハンドバッグを落とした。

「刑事?」夫人は叫んだ。「でも――でも――どうして?」

「知らないわ」とジュリア。「うろうろして、家を見張っているのよ。レティ伯母さんを守ろうとしているんじゃないかしら、たぶん」

「ばかばかしいったらないわ」ブラックロックが言った。「わたしは自分の身ぐらい守れますよ、おかげさまで」

「でも、もうすべて終わったんでしょ」イースターブルック夫人が叫んだ。「お訊きしようと思ってたんですけど、どうして検死審問が延期になったんですの？」

「警察は満足していないんだよ」夫が言った。「それが理由だろう」

「だけど、何に満足していないのかしら？」

イースターブルック大佐は、その気になればいくらでも答えられるが、と言いたげに首を振った。大佐を嫌っているエドマンド・スウェットナムが口を出した。「本当のところ、ぼくたち全員が容疑をかけられているからですよ」

「でも、なんの容疑なの？」イースターブルック夫人が繰り返した。

「気にすることないよ、子猫ちゃん」夫がなだめた。

「またもや犯行を企んでいるんじゃないかという容疑ですよ」エドマンドが言った。

「機会がありしだい誰かを殺そうと狙っているんじゃないかって」

「あら、やめて、お願い、そんなこと言わないでください、ミスター・スウェットナム」ドーラ・バナーが泣きだした。「ここにいる誰も、大切なレティを殺そうなんて思っているわけがないわ」

ひどく気まずい一瞬だった。エドマンドは顔を赤らめ、ぼそぼそと弁解した。「ただの冗談ですよ」フィリッパが高く明るい声で、六時のニュースを聞きましょうと言ったので、全員が飛びつくようにそれに賛成した。

パトリックはジュリアにささやいた。「ハーモン夫人がここにいたらよかったのにな。絶対にあの無邪気な声で言ったぞ、『でも、まだ何者かがあなたを殺そうと、チャンスをうかがっていると思いますよ、ミス・ブラックロック』って」

「夫人とあの年寄りのミス・マープルが来られなくてよかったわ」ジュリアが言った。「あの老婦人は詮索好きよ。それに、何を考えているのかよくわからなくて不気味だわ。まさにヴィクトリア朝時代の人間ね」

ニュースを聞いているうちに、核戦争の恐怖に対する当たり障りのない話題に変わった。イースターブルック大佐は文明に対する本物の脅威は、まちがいなくロシアだと述べた。エドマンドは魅力的なロシア人の友人が何人かいる、と反論した――その告白は冷ややかに受けとめられた。

女主人にお礼の言葉を繰り返して、パーティーはお開きになった。

「楽しかった、ドーラ?」ブラックロックは最後のお客を送りだすとたずねた。

「ええ、とっても。でも、ひどい頭痛がするの。興奮のせいね」

「ケーキのせいですよ」パトリックが言った。「ぼくもちょっと胸焼けがします。それに、あなたは朝からずっとチョコレートをかじっていたでしょう」

「上に行って横になるわ」バナーが言った。「アスピリンを二錠服《の》んで、ぐっすり眠ることにするわ」

「それがいいわ」ブラックロックが言った。

バナーは二階に行った。

「アヒル小屋を閉めてきましょうか、レティ伯母さん？」

ブラックロックはパトリックを厳しく見つめた。

「ちゃんとドアに掛け金をかけるなら」

「かけます。誓ってかけますよ」

「シェリーを一杯いかが、レティ伯母さん」ジュリアが声をかけた。「年とったばあやがよく言ってました、『胃袋が落ち着きますよ』って。下品な言い回しだけど、こんなときにはぴったりですね」

「ええ、それは効きそうだわ。ようするに、みんなこってりした食べ物に慣れていないってことね。あら、ドーラ、びっくりするじゃないの。どうかしたの？」

「アスピリンが見つからないの」バナーがしょんぼりして言った。

「そう、じゃあ、わたしのを服んでちょうだい、ベッドのわきにあるわ」

「わたしの化粧台の上にもびんがあるわよ」フィリッパが口を添えた。

「ありがとう――本当にありがとう。わたしのものが見つからなければいただくわ。だけど、どこかにあるはずなのよ。買ったばかりのびんなの。どこに置いたのかしら？」「バスルームにどっさりあるわよ」ジュリアがうんざりしたように言った。「この家はアスピリンだらけだわ」

「こんなに不注意でしょっちゅう置き忘れるなんて、困っちゃうわ」バナーはぼやくと、階段をまた上がっていった。

「かわいそうなドーラ」ジュリアが言って、グラスを傾けた。「シェリーを持っていってあげたほうがいいかしら？」

「やめておいたほうがいいわ」ブラックロックが止めた。「今日はもう充分すぎるほど興奮したわ。興奮は体のためによくないのよ。明日になったら具合が悪くなっているんじゃないかと心配だわ。でも、おおいに楽しんでいたのはまちがいないわね！」

「とても喜んでいましたよ」フィリッパが言った。

「ミッチにシェリーをごちそうしましょうよ」ジュリアが言いだした。「ねえ、パトリック」裏口から戻ってくる音を聞きつけて、声をかけた。「ミッチを連れてきて」そこでミッチが入ってくると、ジュリアはシェリーをグラスに注いだ。

「世界一の料理人に」パトリックが言った。

ミッチはうれしそうだった。ただし、ひとこと釘を刺すべきだと感じたようだ。

「でもそうじゃないんです。あたし、本当は料理人じゃありません。国では、知的な仕事をしていました」

「じゃあ、才能をむだにしていたんだ」パトリックが言った。「〝美味なる死〟のような傑作を超える知的仕事なんてあるかな？」

「ああ――その名前は気に入らないと申し上げたのに――」

「きみの好き嫌いは気にしなくていいよ」パトリックは言った。「これはぼくがつけた名前なんだし、それに乾杯だ。さあ、みんな、〝美味なる死〟に乾杯して、胃もたれを吹き飛ばそう」

3

「フィリッパ、ねえ、ちょっと話したいことがあるの」

「はい、ミス・ブラックロック？」

フィリッパ・ヘイムズは少し驚いたようだった。

「あなた、何かで悩んでいるんじゃないわね？」

「悩んで？」

「最近、悩んでいる様子に気づいていたの。困ったことはないんでしょう、どうなの？」

「あら、いいえ、ミス・ブラックロック。どうしてそんなことを？」

「いえ——ちょっと思ったのよ。もしかしたら、あなたパトリックと——？」

「パトリック？」フィリッパは心から驚いたようだった。

「じゃあ、そうじゃないのね。立ち入ったことを言ってごめんなさい。でも、あなたたち、よくいっしょにいるから。パトリックはわたしのまたいとこの子どもだけど、ちゃんとした夫になるタイプじゃないと思うの。ともかく、あと数年はね」

フィリッパの顔は凍りついたように無表情になった。

「わたしは二度と結婚しません」

「あら、そう、でもいつかするわよ。若いんですもの。でも、そのことを話し合う必要はないわ。他に悩みはないのね。たとえば——お金のことで悩んでいるんじゃないわね？」

「いいえ、ちゃんとやっています」

「息子さんの教育のことでときどき心を痛めているのは知っているわ。それで、ちょっと言っておきたいことがあるの。今日の午後、弁護士のミスター・ベディングフェルドに会いにミルチェスターまで車で行ってきたの。このところいろいろあったし、新しい遺言を作りたいと思ったのよ――思いがけない事態に備えてね。ドーラの遺贈分は別にして、残りはすべてあなたに譲るつもりよ、フィリッパ」

「なんですって？」フィリッパはくるりと振り返った。その目は丸くなっていた。困惑し、怯えているように見えた。

「でも、わたし、そんなことは望んでいません。本当に。いえ、けっこうです……それに、どうしてですか？　なぜわたしに？」

「たぶん」ミス・ブラックロックはいつもとちがう口調になった。「他には誰もいないからよ」

「でも、パトリックとジュリアがいます」

「ええ、パトリックとジュリアはいるわね」ブラックロックの声には妙な響きがあった。

「あなたのご親戚でしょう」

「とても遠い親戚なの。あの二人にはわたしの遺産に対する権利はないわ」

「だけど、わ、わたしだってありません。何をお考えなのかわからないわ……ああ、遺産なんてほしくありません」

その視線には感謝よりも敵意がこもっていた。その態度には恐怖に近いものが感じられた。

「ちゃんと承知してやっていることなのよ、フィリッパ。あなたのことが好きになったの——それに息子さんがいるでしょ。もし今わたしが死んだら、たいしたお金は入らないでしょう。でも、数週間後には事情が変わってくるわ」

ブラックロックの視線がフィリッパの視線とぶつかりあった。

「でも、あなたは死なないでしょ！」フィリッパが反論した。

「用心して死を避けることができればね」

「用心？」

「ええ。考えてみて……それから、もう心配しないでね」

ブラックロックはいきなり部屋を出ていった。廊下でジュリアと話している声が聞こえてきた。

ジュリアはまもなく客間に入ってきた。

その目は鋼《はがね》のように冷たく光っていた。

「ずいぶんうまくやったわね、フィリッパ？　目立たないようにこっそり動くタイプなんでしょ……ダークホースってわけね」

「じゃあ、聞いてたの？」

「ええ、聞いたわよ。わざと、あたしに聞かせようとしたんだと思うわ」

「どういう意味？」

「レティはばかじゃないわ。まあ、ともかく、あなたはこれで安心よ、フィリッパ。大金持ちになったのよ、でしょ？」

「まあ、ジュリア――そんなつもりじゃなかったのよ。全然そんな――」

「あらそうなの？　もちろん、そのつもりだったんでしょ。あなた、困ったことになっているんじゃない？　お金がなくて。でも、これは覚えておいて。もし今レティおばさんの身に何かあったら、あなたが第一容疑者になるってこと」

「だけど、そんなことするわけないでしょ。今、ミス・ブラックロックを殺すなんてばかみたいよ――待っていれば――」

「あら、じゃあ、スコットランドで死にかけているなんとか夫人のことを知ってるのね？　不思議ねえ……フィリッパ、あなた、まさにダークホースだという気がしてきたわ」

「あなたとパトリックの権利を奪うような真似はしたくないわ」

「あらそうなの?　悪いけど——あたしは信じない」

16 クラドック警部、戻る

クラドック警部は帰りの旅で、眠れぬ夜を過ごした。夢は悪夢に近かった。何度も何度も、警部は古い城の灰色の通路を走っていた。どこかに行こうとして、あるいは何かを手遅れにならないうちに防ごうとして、必死に走っているのだ。とうとう、目が覚める夢を見た。大きな安心感に包まれた。すると列車の個室のドアがゆっくりと開いて、レティシア・ブラックロックが顔から血を流しながらのぞきこみ、とがめるように言った。「どうして助けてくださらなかったんですか？　その気になれば助けられたのに」

今度こそ、本当に目が覚めた。

ようやくミルチェスターに着いたので、警部はうれしかった。報告をするためにまっすぐライズデール署長のところに行くと、署長は熱心に耳を傾けた。

「さほど進展はなかったな」署長は言った。「だが、ミス・ブラックロックが言ったことは裏づけられた。ピップとエマか――ふうむ、なるほど」

「パトリックとジュリア・シモンズがその年齢です。ミス・ブラックロックが子どものときから二人に会っていないことがはっきりすれば――」

署長はかすかな笑い声をあげた。「われわれの味方、ミス・マープルがそれを確認してくれたよ。実際、ミス・ブラックロックはふた月前まで、どちらにも会ったことがなかったんだ」

「では、きっと――」

「それほど簡単にはいかないよ、クラドック。問い合わせをしてみたんだよ。その結果、パトリックとジュリアはまったく無関係のようだ。パトリックの海軍の記録は本物だった。とてもきちんとした記録だから、文句のつけようがない。フランスのカンヌにも問い合わせをした。すると、シモンズ夫人は憤慨して、息子と娘はチッピング・クレグホーン在住のまたいとこ、レティシア・ブラックロックに預けてある、と言った。それで一件落着だ！」

「そしてシモンズ夫人は、本物のシモンズ夫人なのですか？」

「長いあいだシモンズ夫人で通っている。それしかわからないな」ライズデールは淡々と言った。

「それはまちがいないのでしょう。ただ――あの二人はぴったりなんです。年齢も。ミス・ブラックロックはこれまで二人に会ったことがなかった。ピップとエマを探すなら、ええ、あの二人ですよ」

署長は考えこみながらうなずいた。それから、クラドックのほうに一枚の紙を押しやった。

「イースターブルック夫人について探りだしたことだ」

警部はそれを読んで眉をつりあげた。

「実におもしろい。あの老人をよくもだましたものですね？　しかしこの事件とは関係がなさそうですが、わたしの見るところでは」

「どうやらそのようだな。それから、これがヘイムズ夫人についてわかったことだ」

またもやクラドックの眉がつりあがった。

「もう一度あの女性と話してみるつもりです」

「この情報が関連していると思うのかね？」

「その可能性はあると思います。もちろん、あまり見こみはないかもしれませんが……」

二人の男は少し黙りこんだ。

「フレッチャーはどうしてましたか？」

「非常に行動的だったよ。ミス・ブラックロックの了解をもらって、家をひととおり捜索した。だが、重要なものは何も見つけられなかった。そこで、あのドアに油を差す機会があったのは誰かを調べている。あの外国人の娘が出かけている日に、誰が家に来たのかを調べているようだ。思っていたよりもややこしいみたいだな。あの娘はたいてい午後になると散歩に出かけているんだ。いつも村に行き、ブルーバード・カフェでコーヒーを飲んでいる。それから、ミス・ブラックロックとミス・バナーはたいてい午後になると、クロイチゴ摘みに行っている。するとその間、あの家には誰の目もないわけだ」

「そして、ドアにはいつもカギがかかっていないんですね？」

「これまではね。今はどうだかわからないが」

「フレッチャーの成果はどうだったのです？　家が留守のときに、誰か来たことがわかったのですか？」

「実際には、あの連中全員だ」

ライズデールは目の前の紙をのぞいた。

「ミス・マーガトロイドは卵を抱くメンドリを連れてやって来た（ややこしいが、そう言ったんだ）。非常に狼狽《ろうばい》し、言うことも支離滅裂だったが、フレッチャーは一時的なものでﾞ、罪の意識の表われではないと考えている」

「そうでしょう」クラドックは認めた。「あの女性は興奮しやすいから」

「それから、スウェットナム夫人は、ミス・ブラックロックがキッチンのテーブルに置いておいた馬肉をとりにやって来た。その日、ミス・ブラックロックはミルチェスターに車で出かけたんだ。いつも、スウェットナム夫人のために馬肉を買ってくるらしい。どう思うかね？」

クラドックは考えこんだ。

「どうしてミス・ブラックロックは、ミルチェスターの帰り道にスウェットナム夫人の家に寄って、馬肉を置いてこなかったのでしょう？」

「わからないが、とにかくそうしなかったんだ。スウェットナム夫人によれば、馬肉はいつもキッチンのテーブルに置いておくことになっているそうだ。そして、ミッチがとても失礼な態度をとることがあるので、彼女が留守のときにとりに行くようにしている、と説明している」

「すべて筋が通っていますね。そして次は？」

「ミス・ヒンチクリフだ。最近はまったく足を向けていないと言った。しかし実は行っていたんだ。ミス・ヒンチクリフが裏口から出てくるのをミッチが見かけたことがあるし、バット夫人とやら（地元の人間の一人だ）も見かけている。そう指摘すると、ミス・ヒンチクリフは、行ったかもしれないが忘れていたと認めた。どういう用で行ったのかは覚えていない、たぶん、ちょっと顔を出しただけじゃないかと言うんだがね」

「かなり怪しいですね」

「明らかに態度もおかしかった。それからイースターブルック夫人だ。そっちの方向に犬を散歩させていたので、編み物の型紙を貸してくれるかどうかミス・ブラックロックに訊こうと思って寄ったそうだ。だが、ミス・ブラックロックは留守だった。家で少し待っていたと言っている」

「うまい説明だ。あちこち嗅ぎ回ったかもしれませんね。あるいは、ドアに油を差したかもしれない。そして大佐は？」

「ミス・ブラックロックが読みたいと言っていたインドについての本を持って、一度、訪ねたとか」

「読みたがっていたんですか？」

「読まずにすませたかったが、断われなかったとミス・ブラックロックは言っている」

「そうでしょうね」クラドックはため息をついた。「誰かが本気で本を貸したがっていたら、断わることはできませんよ！」

「エドマンド・スウェットナムが行ったかどうかは、はっきりしない。非常にあいまいなんだ。母親の使いでよく立ち寄るが、最近は行ってないと思うと言っているとか」

「実際、いずれも決定的ではありませんね」

「そうだ」それから、ライズデールはかすかににやりとした。「ミス・マープルも活躍してくれている。フレッチャーの報告によれば、ブルーバード・カフェで朝のコーヒーを飲んだ。ミス・ヒンチクリフたちのところでは、シェリー酒を。リトル・パドックスではお茶に招かれた。スウェットナム夫人の庭を賞賛し、イースターブルック大佐のインドの骨董品を見せてもらいに立ち寄った」

「イースターブルック大佐が本物の大佐かどうか、教えてくれるかもしれませんね」

「そうだな、あの人ならわかるだろう。でも、本物じゃないかな。確実な身元は極東局に問い合わせなくてはならないだろう」

「そのあいだ」――クラドックは言葉を切った――「ミス・ブラックロックは姿を消すことに同意するでしょうか？」

「チッピング・クレグホーンを出るということか？」

「ええ。忠実なミス・バナーといっしょに、誰も知らない場所に行くんです。スコットランドに行って、ベル・ゲドラーと過ごしたらどうでしょう？ あそこはよそ者が近づけないような場所でした」

「そこに滞在して、未亡人が亡くなるのを待つのか？　ミス・ブラックロックは承知しそうもないよ。思いやりのある女性だったら、その提案には気が進まないだろうな」

「自分の命がかかっていても――」

「いいかい、クラドック、誰かを殺すのは、きみが考えているほど簡単ではない」

「そうでしょうか？」

「まあ――ある意味では――確かに、簡単かもしれない。いろいろな方法があるからな。除草剤を飲ませる。家禽《かきん》を小屋に閉じこめているときに頭を殴りつける。生け垣に隠れて至近距離から撃つ。どれも、雑作もないことだ。しかし、人を殺しておいて、その疑いをかけられないでいることは、それほどたやすくはない。それに、今では全員が、自分たちが監視されていることを承知しているだろう。最初の慎重に立てられた計画は失敗した。正体不明の殺人者は他の計画を考えなくてはならない」

「それはわかっています。しかし、時間が差し迫っていることを考慮しなくてはなりません。ゲドラー夫人は死にかけているのです。いつ息をひきとるかわかりません。つまり、殺人者にはぐずぐずしている時間がないのです」

「確かに」

「それに、もうひとつあります。その犯人の男――または女は、警察が全員の身元を調べているのを知っているにちがいありません」

「ただし、それには時間がかかる」ライズデールはため息をついた。「インドにも照会しているからな。時間のかかる退屈な作業だ」

「ですから、それも急がなくてはならない、もうひとつの理由ですよ。危険が差し迫っているんです、署長。莫大な金がかかっていますからね。もしベル・ゲドラーが亡くなったら――」

巡査が入ってきたので言葉を切った。

「チッピング・クレグホーンにいるレッグ巡査から電話です」

「つなぎたまえ」

クラドック警部は、署長の顔がこわばり、ひきつっていくのを見守っていた。

「よくわかった」ライズデールは怒鳴った。「クラドック警部がすぐにそっちに向かう」

署長は受話器を置いた。

「まさか――？」クラドックは言いかけた。

ライズデールは首を振った。

「いや。ドーラ・バナーだった。アスピリンをほしがっていたんだ。どうやらレティシア・ブラックロックのベッドわきにあったびんの薬を服んだらしい。びんには少ししか薬が残っていなかった。ドーラは二錠服み、一錠残っていた。医者がそれを回収して、分析するために鑑識に送った。明らかにアスピリンではなかったらしい」

「亡くなったのですか？」

「ああ、今朝、ベッドで亡くなっているのが見つかった。眠っているうちに死んだ、と医者は言っている。健康状態は悪かったが、自然死ではないという診断だ。麻薬中毒ではないかと推測している。今夜、検死が行なわれる」

「レティシア・ブラックロックのベッドわきに置いてあったアスピリンの錠剤。なんて頭のいいやつなんだ。ミス・ブラックロックはボトルに半分入っていたシェリー酒を捨てたと、パトリックは言っていました。そして新しいボトルを開けたんです。使いかけのアスピリンのびんまでは、捨てようと考えなかったのでしょう。今回は誰が家にいたんですか、きのうと、今日のあいだに？　錠剤はそれほど前からあったはずがありません」

ライズデールは警部を見た。

「きのう、あの全員がいたんだ。ミス・バナーのバースデーパーティーだったんだよ。

誰でもこっそり二階に上がって、すばやく薬を交換できただろう。あるいは、家に住んでいる人間ならいつだってそれが可能だった」

17　アルバム

暖かく着ぶくれしたミス・マープルは、牧師館の門のわきでバンチから手紙を受けとった。

「ミス・ブラックロックに伝えてください」バンチは言った。「ジュリアンがうかがえなくて、心から申し訳ないと言っているって。ロック村の教区の人が亡くなったんです。ミス・ブラックロックが会いたいとおっしゃるなら、ジュリアンは昼食後にお訪ねします。手紙は葬儀の手配についてなんです。検死審問が火曜日なら、水曜はどうかと提案しています。かわいそうなドーラ。でもなんだかあの人らしいわ、他人の毒入りアスピリンを服んでしまうなんて。気をつけて、おばさん。歩いていってお体に障らなければいいんですけど。あたしは子どもをすぐに病院に連れていかなくてはいけないので」

ミス・ブラックロックを待っているあいだ、マープルは客間を見回しながら、このあいだの朝、ブルーバード・カフェでドーラ・バナーは何を言いたかったのだろう、と考えた。パトリックが「電気を消すために」「スタンドに何か仕掛けをした」と言っていたが。どのスタンドのことだろう？　そしてどんな〝仕掛け〟をしたのか？

通路わきのテーブルにある小さなスタンドにちがいない、とマープルは思った。女の羊飼いだか男の羊飼いのことで何か言っていた。そのスタンドはとても繊細なマイセン焼きで、青い上着とピンクの半ズボンの羊飼いが、もともとはロウソク立てを抱えていたのだが、今は電球がとりつけてあった。シェードは無地の羊皮紙でできていて、少し大きかったので、羊飼いの姿をほとんど隠してしまっている。他にドーラ・バナーは何を言っていたのだっけ？「はっきり覚えているんですよ、あれが男の羊飼いのスタンドじゃなくて、女の羊飼いだったって。でも翌日になると――」確かに、今は男の羊飼いだった。

マープルはバンチとお茶に呼ばれたときのことを思い出した。ドーラ・バナーは置かれているスタンドがペアの片方だと言っていた。当然、男女の羊飼いのペアだ。そして強盗事件の日は、女の羊飼いだった。そして翌朝にはもう片方のスタンドになっていた――今ここにあるスタンド、男の羊飼いのほうに。夜のあいだにスタンドが交換されたのだ。そしてドーラ・バナーには、交換したのがパトリックだと信じる理由があった（あるいは理由もなく信じていた）。

どうしてか？　もともとあったスタンドが調べられたら、パトリックが「電気を消すために」仕掛けをしたことがわかってしまうからだ。どんな細工をしたのだろう？　マープルは目の前のスタンドをしげしげと観察した。コードがテーブルの上をのびて端を越え、壁のコンセントに差しこまれている。コードの途中には小さな梨型のスイッチがある。それを見ても、電気についてほとんど知らないマープルには何もわからなかった。

女の羊飼いのスタンドはどこにあるのだろう？　「予備の部屋」か、捨てられたか——パトリック・シモンズが羽根と油の入ったコップを持っているのをドーラ・バナーが見かけた場所はどこだったのか？　茂み？　マープルはそのすべてをクラドック警部に伝えることにした。

最初ブラックロックは、広告を出したのはパトリックにちがいない、と考えた。そういう直感にはしばしば根拠があるものなのだ。マープルはそう信じている。なぜなら相手の人柄をよく知っていたら、どういうことを考えつきそうなものか見当がつくからだ。

パトリック・シモンズ……。

ハンサムな青年。将来有望な青年。女性に好かれる青年だ、若い女性にも年配の女性にも。おそらくランダル・ゲドラーの妹が結婚したのは、こういう男性だったのだろう。パトリック・シモンズが〝ピップ〟だという可能性はあるだろうか？　だが戦争中、パトリックは海軍にいた。じきに警察はそれについて確認できるだろうが。

ただ、ときとして、じつに巧みに別人になりすましていることがある。

それだけの度胸があれば、大胆なことをやってのけられるものだ……。

ドアが開いてブラックロックが入ってきた。何歳も老けたように見える、とマープルは思った。生気とエネルギーが消え失せていた。

「こんなふうにお邪魔して、本当にごめんなさいね」マープルは詫びた。「でも、牧師さんは教区の人が亡くなったし、バンチは病気のお子さんを急いで病院に連れていかなくてはならなくて。牧師さんがあなたに手紙を書いたんですの」

手紙を差しだすと、ブラックロックは受けとって開いた。

「どうぞすわってください、ミス・マープル。わざわざ届けてくださって、ご親切に感謝します」

ブラックロックは手紙に目を通した。「牧師さんはとてもよくわかった方ですね」ブラックロックは静かに言った。「そらぞらしいお悔やみなんてひとこともおっしゃらない……この手配でけっこうです、とお伝えください。あの人の――いちばん好きだった賛美歌は〝たえなる道しるべの光よ〟でした」

その声がいきなりひび割れた。

マープルは心をこめて言った。

「わたしは赤の他人にすぎませんけど、心の底からお気の毒に存じます」

するといきなりこらえきれなくなったように、レティシア・ブラックロックはすすり泣きはじめた。哀れを誘う胸も張り裂けるような悲しみで、そこには絶望に近いものがにじんでいた。マープルは身じろぎもせずにすわっていた。

ようやくブラックロックは落ち着きをとり戻した。その顔は泣きはらし、涙の跡がついていた。

「ごめんなさい。つい耐えられなくなってしまったんです。自分が失ったものを考えて。あの人だけが、過去とわたしをつなぐものでした。たった一人の——昔を覚えている人間だったんです。ドーラがいなくなって、わたしは一人きりになりました」

「おっしゃることはわかりますよ。過去を覚えている最後の人間がいなくなると、人は一人っきりになるんです。わたしには甥や姪や親切な友人たちがいます。でも、わたしの少女時代を覚えている人はもう誰もいません。かつてともに過ごした人はもう誰も。わたしは長いあいだ一人ぼっちですわ」

二人はしばらく黙りこくってすわっていた。

「とてもよくわかっていらっしゃるんですね」レティシア・ブラックロックは立ち上が

るとデスクに近づいた。「牧師さんにご返事を書かなくては」ぎこちない手つきでペンをとりあげると、ゆっくりと書きはじめた。

「リウマチなんです」と説明した。「まったく文字が書けないこともあります」

封筒に封をすると、宛名を書いた。

「もしこれを届けていただけたら、とてもありがたいのですけど」

廊下で男性の声がすると、ブラックロックはすぐに言った。

「クラドック警部だわ」

ブラックロックは暖炉の上にかけた鏡の前に行き、顔におしろいを軽くはたきつけた。

クラドックはむっつりした怒った顔で入ってきた。

マープルを非難がましく見た。

「ほう。あなたがここにいるとは」

ブラックロックはマントルピースの前から振り返った。

「ミス・マープルはご親切にも、牧師さんからの手紙を届けてくださったんですよ」

マープルは、うろたえたように言った。

「もうお暇《いとま》しようとしていましたの――ちょうど今。お仕事のお邪魔はいたしませんわ」

「きのうの午後のバースデーパーティーには出席されたんですか？」

マープルは不安そうに答えた。

「いえ――いえ、おりませんでした。バンチの運転する車で、何人か友人を訪ねていましたから」

「では、あなたからお訊きすることはありませんね」クラドックがとげとげしい態度でドアを支えているので、マープルはどぎまぎしたように急いで外に出ていった。

「詮索好きなんですよ、ああいう老婦人は」クラドックは言った。

「ミス・マープルにちょっと失礼ですよ」ブラックロックはたしなめた。「本当に牧師さんの手紙を持ってきてくださったんです」

「でしょうとも」

「くだらない好奇心ではないと思います」

「まあ、あなたのおっしゃるとおりなのでしょう、ミス・ブラックロック。しかし、わたしの意見では、彼女はひどい詮索病にかかっているんですよ」

「あの人はまったく悪気のないお年寄りですよ」

「あんたは知らないだろうが、ガラガラヘビのように危険なんだ」と警部は内心ひそかに思った。だが、不用意に自分の考えを教えるつもりはなかった。殺人犯が野放しになっている以上、できるだけ口を閉じているほうが利口だ。次に襲われるのがジェーン・マープルであってほしくなかった。

どこかに殺人者がいる……どこに？

「お悔やみを申し上げて時間をむだにしたくありません、ミス・ブラックロック。正直なところ、ミス・バナーの死は無念でなりません。防ぐことができたはずなのです」

「あなたに何かできたとは思えませんけど」

「ええまあ——簡単ではなかったでしょう。でも、これからはすばやく行動しなくてはなりません。誰がこんな真似をしているのでしょう、ミス・ブラックロック？　誰かがあなたを二度も殺そうとし、おそらくこちらが手を打たなければ、また命を狙おうとするでしょう。それは何者なのでしょうか？」

レティシア・ブラックロックは体を震わせた。「わかりません、警部さん。まったく見当もつきません！」

「ゲドラー夫人に話を聞いてきました。できるかぎり助けてくださいましたが、たいしたことはわかりませんでした。あなたの死によって利益を得るのは、ごく限られた人たちだけです。まずピップとエマ。パトリックとジュリア・シモンズは同じ年頃です。しかし、二人の身元は問題ないようなのです。ともあれ、この二人だけに目を光らせているわけにはいきません。どうでしょう、ミス・ブラックロック、もし実際に会ったらソニア・ゲドラーだとわかりますか？」

「ソニアがわかるか？　ええ、もちろん——」ブラックロックはいきなり言葉を切った。「いいえ」のろのろと答えた。「わかるとは思えないわ。ずいぶん昔のことですもの。三十年も前……ソニアはもう年配の女性になっているでしょう」

「ご記憶ではどんな外見でしたか？」

「ソニアですか？」ブラックロックはしばらく考えこんだ。「どちらかと言うと小柄で、黒髪で……」

「何か特徴は？　癖は？」

「い——いいえ、思いつきません。陽気でした、とても明るい女性でした」

「今はそれほど陽気ではないでしょうな」警部は言った。「ソニアの写真をお持ちですか？」

「ソニアの写真？　ええと、ちゃんとしたものはなかったですけど。スナップ写真なら何枚か、どこかに置いてあるアルバムに——確か一枚ぐらいは彼女の写真があったと思います」

「なるほど。拝見できますか？」

「ええ、もちろん。さて、アルバムをどこにしまったかしら？」

「どうでしょう、ミス・ブラックロック、スウェットナム夫人がソニア・ゲドラーだという可能性は少しでも考えられませんか？」

「スウェットナム夫人ですって？」ブラックロックはすっかり度肝を抜かれたように警部を見つめた。「でも、あの人のご主人は政府のお役人だったんですよ。最初はインドで、たぶん次に香港にいたと思います」

「つまり、夫人がそう話していたということですね。法廷での質問みたいですが、あなたが実際、その当時のことを知っているわけではないんですね？」

「ええ」ブラックロックはゆっくりと答えた。「そういう言い方をするなら、知りません。でも、スウェットナム夫人が？　まあ、ばかげてるわ！」

「ソニア・ゲドラーは芝居をしていませんでしたか？　アマチュア劇団のようなことを？」

「ええ、確かに。いい役者でした」

「そこですよ！　もうひとつある、スウェットナム夫人はかつらをつけています。というか」警部は訂正した。「ハーモン夫人がそう言っています」

「ああ――そうですね、たぶんかつらかもしれないと思います。きれいな灰色の小さなカールですから。でも、やっぱりとんでもない想像だと思います。あの方はとてもいい人だし、すごくひょうきんなところもあるんですよ」

「では、ミス・ヒンチクリフとミス・マーガトロイドがいる。どちらかがソニア・ゲドラーだという可能性はありませんか？」

「ミス・ヒンチクリフは背が高すぎます。男性ぐらいの身長がありますもの」

「ではミス・マーガトロイドは？」

「ああ、でも――いいえ、ミス・マーガトロイドは絶対にソニアじゃないと思います」

「あなたは目がよく見えないでしょう、ミス・ブラックロック？」

「ええ、近眼です。そういう意味ですか？」

「ええ。ソニア・ゲドラーのスナップ写真を拝見したいですな。たとえ昔のものであって、現在は面影がほとんどないとしても。われわれは訓練を受けているので、ふつうの人にはできない方法で類似点を見つけだせるんです」

「では探してみましょう」

「今すぐ？」

「まあ、すぐにですか？」

「できたら、そのほうがありがたいんですが」

「わかりました。ええと、ちょっと待ってください。棚の本を整理しているときに、あのアルバムを見たんです。ジュリアが手伝ってくれていました。そうそう、あの子は笑ったんだわ、わたしたちが当時着ていた服を見て。本は客間の棚にしまったけれど、アルバムと〈アートジャーナル〉の分厚い束はどこにしまったかしら？　まったく忘れっぽくて！　たぶんジュリアなら覚えているでしょう。今日は家にいますわ」

「見つけてきます」

警部は探しにでかけた。階下の部屋のどこにもジュリアはいなかった。ミス・シモンズはどこにいるかとたずねられたミッチは、あたしには関係がない、とぷりぷりしながら答えた。

「あたしは、キッチンでお昼を作っているところなのよ！　それに、自分で作ったものじゃなければ、食べませんよ。絶対に、わかった？」

警部は階段の下から呼びかけた。「ミス・シモンズ」答えがなかったので、二階に上がっていった。

踊り場の角を曲がったところで、ジュリアとばったり出会った。ジュリアはドアから出てきたところで、その奥には小さな曲がりくねった階段が延びていた。

「屋根裏にいたんです」ジュリアは説明した。「何かご用ですか？」

クラドックは説明した。

「あの古い写真のアルバムですか？　ええ、よく覚えてます。書斎の大きな棚にしまったと思います。探してみますね」

ジュリアは先に立って階段を下り、書斎のドアを開けた。窓ぎわに大きな棚があった。

「がらくたばっかり」ジュリアは扉を開けて、さまざまな品物をひっぱりだした。「すべてがらくたです。でも年とった人は物を捨てられないんですよ」

警部は膝をつき、いちばん下の段から二冊の古めかしいアルバムをとりだした。

「これですか？」

「そうだわ」

ブラックロックが部屋に入ってきて、二人に加わった。

「あら、じゃあ、そこにしまったのね。思い出せなかったわ」

クラドックはテーブルにアルバムを置き、ページをめくりはじめた。

つばの広い帽子をかぶった女性たち、とうてい歩けそうもないほど、足元がすぼまっているドレスを着ている女性たち。写真の下には几帳面な文字で説明が書きこまれているが、インクは古く色褪《あ》せていた。

「この中だわ」ブラックロックが言った。「三分の二あたりよ。もう一冊は、ソニアが結婚していなくなってからのものだから」ブラックロックはページをめくった。「このあたりにあったはずよ」手が止まった。

そのページにはいくつか空《あ》いた場所があった。クラドックはかがんで、色褪せた書きこみを解読した。「ソニア……わたし……R・G」少し先には「ソニアとベルと海辺にて」さらに反対のページには「ピクニック、スケインにて」クラドックは別のページをめくった。「シャーロット、わたし、ソニア、R・G」

クラドックは立ち上がった。唇が苦々しげにひき結ばれていた。

「何者かが写真をはがしたんです、最近になってからですね、おそらく」

「このあいだアルバムを見たときには、空いているところはありませんでした。そうよね、ジュリア？」

「あまりよく見なかったけど、ドレスしか。でも、ええ……そのとおりよ、レティ伯母さん。空いている場所はなかったわ」

クラドックはさらに不機嫌な顔つきになった。

「何者かが、ソニア・ゲドラーの写真を一枚残らずアルバムからはがしたのです」

18 手紙

1

「お手数をかけて申し訳ありません、ヘイムズ夫人」

「いえ、大丈夫です」フィリッパはよそよそしく応じた。

「この部屋に入りましょうか？」

「書斎に？　ええ、お望みなら、警部。ただし、とても寒いですよ。火をたいていないので」

「かまいません。長くかかりませんから。それに、ここなら話を聞かれる心配もない」

「それが重要なことなんですの？」

「わたしのほうは、どうでもいいんです、ヘイムズ夫人。あなたは気にするかもしれない」

「確か、ご主人はイタリアで戦死なさったとおっしゃっていましたね、ヘイムズ夫人」

「それで？」

「真実をおっしゃったほうが、手っ取り早くありませんか、ご主人は連隊を脱走したと？」

フィリッパは蒼白になり、両手を無意識に握ったり開いたりしはじめた。

そして苦々しげに吐き捨てた。

「何もかも、暴きださないではいられないんですね？」

クラドックはそっけなく答えた。

「真実を話していただきたいだけです」

フィリッパは無言だった。それから言った。

「それで？」

「どういう意味ですか、その『それで？』というのは、ヘイムズ夫人？」

「その情報をどうするつもりか訊いているんです。みんなに言いふらすんですか？それは必要なことかしら――あるいは正しい、人情のあることかしら？」

「誰も知らないんですか？」

「ここの人は誰も。ハリーも」口調が変わった。「息子は知りません。息子には知られたくありません。これからもずっと」

「では、大変な危険をおかしていますね、ヘイムズ夫人。息子さんが理解できるぐらい大きくなったら、真実を伝えなさい。いつか自分で秘密を見つけだしたら、息子さんのためになりませんよ。父親は英雄として亡くなった、などという作り話を聞かせているなら——」

「そんなことはしていません。それほど不正直ではないわ。ただ話題にしないだけです。父親は——戦争で死んだ。結局、わたしたちにとっては同じことです」

「だが、ご主人はまだ生きている？」

「かもしれません。わたしは知りませんけど」

「最後にご主人と会ったのはいつでしたか、ヘイムズ夫人？」

フィリッパはすぐに言った。

「何年も会っていません」

「それはまちがいないですか？　たとえば、二週間前にご主人と会っていませんか？」

「何を言いたいんですか？」

「ここの東屋で、あなたがルディ・シャーッと会っていたとはちょっと考えられない。

だが、ミッチの話は実にはっきりしていた。となると、ヘイムズ夫人、あの朝、仕事から戻ってきて会った男はご主人だったのでは？」

「誰とも東屋で会っていません」

「ご主人は金に困り、あなたが多少都合してあげたのでは？」

「あの人とは会っていません、申し上げたでしょ。誰とも東屋で会っていません」

「脱走兵というのは追いつめられた人間が多いものです。強盗を働くこともよくある。ホールドアップとか、その手のことをね。しかも、たいてい海外から持ち帰った外国製の拳銃を所持している」

「主人がどこにいるのか、わたしは知りません。何年も会っていないんです」

「あくまでそう言い張るんですか、ヘイムズ夫人？」

「それしか言いようがありませんから」

2

クラドックは怒りと挫折を感じながら、フィリッパ・ヘイムズとの話から戻ってきた。

「まったく頑固な女だ」憤慨してひとりごちた。

フィリッパが嘘をついているのはまちがいないと思ったが、頑固な否定を突きくずすことはできなかった。

ヘイムズ元大尉についてもっと知りたかった。大尉についての情報はわずかしかなかったのだ。不完全な軍隊の記録では、ヘイムズが犯罪者になりかねないかどうかも判断できない。

それにいずれにせよ、ヘイムズではドアに油を差せないだろう。

家の中の誰か、あるいは簡単に家に出入りできる何者かがやったのだ。

階段を見上げて立っているうちに、ふとジュリアは屋根裏で何をしていたのだろうと思いついた。屋根裏はきれい好きらしいジュリアが訪れたがるような場所ではなかった。

ジュリアはあそこで何をしていたのか？

クラドックは二階へ駆け上がった。誰もいなかった。ジュリアが出てきたドアを開き、狭い階段をさらに上がっていった。

トランク、古いスーツケース、さまざまな壊れた家具が置かれている。脚が一本とれた椅子、壊れた陶器のスタンド、はんぱになったディナー用食器セット。

トランクに近づき、ひとつを開けてみた。

衣類。流行遅れになった、とても上等な女性の衣類。ミス・ブラックロックか、亡くなった妹の服だったのだろう、とクラドックは推測した。

別のトランクを開けた。

カーテン。

次に小さなアタッシェケースを開けてみる。書類や手紙が入っていた。とても古い手紙で、歳月のせいで黄ばんでいる。

クラドックはアタッシェケースの外側にC・L・Bというイニシャルが刻まれているのを見つけた。これはレティシアの妹シャーロットのものにちがいなかった。クラドックは手紙の一通を開いた。

愛するシャーロット

きのう、ベルはピクニックに行けるぐらい具合がよかったのよ。R・Gも一日休んだの。アズヴォーゲル社の新規株式募集は非常に好調で、R・Gはとってもご機嫌だったわ。優先株にはものすごく高値がついたのよ。

クラドックは残りを飛ばし、署名を見た。

愛をこめて姉のレティシアより

別の手紙をとりあげた。

いとしいシャーロット

ときどきは人に会ってほしいと思います。あなた、大げさに考えているのよ、わかるでしょ。自分で思っているほどひどくないわ。それに、他人はそういうことを気にしないものよ。自分で思っているほど醜くなんてないわ。

クラドックはうなずいた。ベル・ゲドラーが、シャーロット・ブラックロックには障害があると言っていたことを思い出したのだ。結局、レティシアは仕事を辞めて、妹の看病をしたのだった。この手紙からは、病人に対する愛情が思いやりとともにたちのぼってくる。レティシアは病気の妹が関心を持ちそうな日々の細々《こまごま》した出来事や、些細《ささい》な日常を書きつづっていたようだった。だから、シャーロットはこの手紙をとっておいたのだ。いくつかにはスナップショットが同封されていた。

ふいにクラドックは興奮を感じた。まさにここに、手がかりが発見できるかもしれない。この手紙には、レティシア・ブラックロックがとうに忘れていた事柄が書かれているだろう。過去が忠実に書き留められていて、そのどこかに、見知らぬ犯人を突き止める手がかりがあるかもしれない。写真もある。アルバムの写真をはがした人物は知らなかったのかもしれないが、ソニア・ゲドラーの写真が見つかるかもしれない。

クラドック警部は手紙を丁寧にしまうと、ケースを閉じ、階段を下りていった。

レティシア・ブラックロックは踊り場に立っていて、びっくりしたように警部を見た。

「屋根裏にいらしたんですか？　足音が聞こえたので、誰かと思ったものですから——」

「ミス・ブラックロック、あそこで手紙を見つけたんです。何年も前に、あなたが妹のミス・シャーロットに書いた手紙です。持ち帰って、読ませていただけませんか？」

ミス・ブラックロックは怒りに頬を染めた。

「そんなことまでしなくてはなりませんの？　どうしてです？　そんなことをして何の役に立つんですか？」

「ソニア・ゲドラーがどういう人間だったのかわかるかもしれません。ソニアに触れている部分や出来事が書かれていて、役に立つかもしれません」

「あれは個人的な手紙なんですよ、警部さん」

「承知しています」

「どっちみちお持ちになるんでしょうね。その権限がすでにおありなのか、すぐにもそういう権利を手に入れるかして。お持ちください——どうぞ！　でもソニアについてはほとんどわかりませんよ。わたしがランダル・ゲドラーのところで働きはじめて一、二年後には、結婚していなくなったんです」

クラドックはかたくなに主張した。

「何か見つかるかもしれません。あらゆる努力をしなくてはならないのです。あなたの身には本物の危険が迫っているんですよ」

ブラックロックは唇を嚙んだ。

「わかっています。ドーラは亡くなりました、わたしのアスピリンを服んで。今度はパトリックか、ジュリアか、フィリッパか、ミッチかもしれません。将来のある若者の誰かかもしれない。わたしに注がれたワインを飲んだ誰か、あるいはわたしに送られてきたチョコレートを食べた誰か。ああ！　手紙をお持ちください、どうぞ持っていってください。そして、用がすんだら焼き捨ててください。わたしとシャーロット以外には意味のないものですから。すべて終わったこと——過去なんです。誰も、もう覚えていません……」

ブラックロックは片手で、人造パールのネックレスに触れた。あれはツイードの上着とスカートにはまるっきり似合わないな、とクラドックは思った。

ブラックロックは繰り返した。

「どうぞお持ちください」

3

翌日の午後、警部が牧師館を訪ねてきた。

どんよりと曇った風の強い日だった。

ミス・マープルは暖炉に椅子を引き寄せて、編み物をしていた。バンチは四つん這いになって床を移動しながら、型紙にあわせて布地を裁っているところだった。

マープルは椅子に寄りかかり、前髪を払いのけると、待っていたかのようにクラドック警部を見つめた。

「これが守秘義務に反するのかどうか、わからないのですが」警部はマープルに切りだした。「あなたにこの手紙を読んでいただきたいのです」

警部は屋根裏でそれを発見した状況を話した。

「心を動かされる手紙の束でした。ミス・ブラックロックは妹が人生に興味を持ち、健康に過ごせるように、ありったけの言葉を尽くして手紙を書いていました。背景に老いた父親がはっきり写っている写真もありました——ブラックロック医師です。実に頭の固い独裁者で、自分のやり方を押し通し、自分の考えていること、言うことはすべて正しいと考えている人間でした。おそらく、その頑固さゆえに、何千人もの患者を死なせているでしょうな。新しい考え方や方法を絶対にとりいれようとはしなかったのです」

「その点で老医師を責められるのかどうかわかりませんわ」マープルは言った。「若い医師はいつも新しいことをやりたがりますでしょう。歯をすっかり抜いたり、聞いたこともないような器官をやたらに治療したり、内臓を切りとったりしたあげく、これ以上は手のほどこしようがないと白状するんです。昔ながらの黒いびんに入った飲み薬のほうが好きですわ。あれなら、いつだって流しに捨てられますし」

マープルは、クラドックが差しだした手紙を受けとった。

警部は言った。「あなたに読んでいただきたいのは、その時代のことをわたしよりもよくご存じだと思ったからです。白状すると、この人たちがどういうことを考えているのか、よくわからないんです」

マープルは薄い便箋《びんせん》を開いた。

最愛のシャーロットへ

二日間手紙を書きませんでした。このうえなく恐ろしい家庭内のいざこざがあったせいよ。ランダルの妹さんのソニアのことなの（ソニアを覚えているかしら？あの日、あなたを車で連れだしてくれたでしょ？　もっと外出すればいいのに、と心から思っているわ）。ソニアはドミトリ・スタンフォーディスという人と結婚すると言ったのよ。その人とは一度しか会っていないわ。とても魅力的な男性――ただし信用できないわね。R・Gはその人が大嫌いで、ろくでなしでペテン師だと言っているの。ベルときたら、にこにこして、ソファに横になっているだけ。ソニアは冷静そうに見えるけど、すごい癇癪持ちなの。R・Gに対して猛烈に腹を立てて、きのうはお兄さんを殺すつもりなんじゃないかと本気で心配したわ！

わたしはできるだけのことをしたわ。ソニアと話し合ったし、R・Gとも話した。二人に頭を少し冷やさせて、さて、もう一度話し合いをさせようとすると、また大げんかが始まるのよ！　どんなに疲れることか、想像がつかないでしょうね。R・

Gはあちこちに問い合わせをしたの。そうしたら、このスタンフォーディスっていう男はまるっきり望ましい人間じゃないってわかったのよ。

そのあいだじゅう、仕事はほったらかしのまま。わたしはオフィスを任されているけど、R・Gが自由にやらせてくれるので、なかなか楽しいわ。きのう、こう言われたのよ。『ありがたや、この世に一人はしっかりした人がいて。きみはろくでなしと恋に落ちたりしないよね、ブラッキー？』わたしは誰とも恋に落ちるとは思えませんけど、と答えたわ。R・Gは言った。『じゃあ、金融界でひとつ、ふたつ噂を広めてやろう』あの人はときどき、ひどくいたずらになって、きわどいことをするのよ。『きみはなにがなんでも、わたしに細い道をまっすぐに歩かせようとしているんだね、ブラッキー？』このあいだはそう訊かれたわ。ええ、そうするつもりよ！　世間の人が不正直なことをどうして見過ごすのか、理解できない。でも、R・Gは本当に気づいていないのよ。法律に反することだけはちゃんとわかっているけど。

ベルはこの騒ぎを笑って見ているだけ。ソニアのことで大騒ぎするなんてばからしいと思っているのよ。『ソニアには自分の財産があるわ』ベルは言うの。『どうして結婚したい男といっしょになっちゃいけないの？』ひどい失敗に終わるかもしれない、とわたしが警告すると、『結婚したい人と結婚するのは、絶対に失敗じゃないわよ。たとえ後悔してもね』と言ったわ。それからこうもつけくわえた。『ソニアはランダルと縁を切りたくないんじゃないかしら。お金のせいで。ソニアはとてもお金が好きだから』

今日はこれぐらいにするわ。お父さんは元気？　わたしからはよろしく、とは言わないけど、あなたがいいと思うなら、そう伝えておいて。あれからもっとたくさんの人に会っている？　ひきこもっていてはだめよ。

ソニアがあなたによろしくって。たった今部屋に入ってきて、爪を研《と》ぐ怒った猫みたいに、両手を開いたり閉じたりしているわ。またR・Gとけんかしたんじゃないかしら。もちろん、ソニアにいらいらさせられることはあるわ。あの冷ややかなまなざしでじっと見つめられるとね。

愛をこめて。元気を出してね。このヨード療法はすばらしく効くかもしれないわよ。いろいろ訊いて回ったけど、かなり効果があるみたいね。

愛をこめて、姉より
レティシア

マープルは手紙をたたみ、警部に返した。物思いにふけっているようだった。

「さて、この女性をどう思いますか？」クラドックはたずねた。「どういう人だと想像しますか？」

「ソニアですか？　むずかしいわね、他の人の目を通して見ているわけだから……あくまで自分の意志を貫こうとする人、それはまちがいないと思います。それから、どちらかをあきらめようとはせず、両方を手に入れようとする……」

「怒った猫のように両手を開いたり閉じたりか」クラドックがつぶやいた。「誰かを連想させるんだが……」

クラドックは眉をひそめた。

「問い合わせをした……」マープルはつぶやいた。

「その調査の結果を手に入れられればいいんですが」クラドックは言った。

「この手紙で、セント・メアリ・ミードの出来事を思い出しましたか？」バンチがもごもごと不明瞭に言った。口に針をいっぱいくわえていたからだ。

「はっきりとは言えないわね……ブラックロック医師はたぶん、メソジスト派の牧師のミスター・カーティスにちょっと似ているわ。娘の歯をどうあっても矯正させなかったのよ。歯が出ていても、神のご意志だと言って。わたし、ミスター・カーティスに意見したんです。『でも、あなたはひげを剃り、髪を切っているでしょ。髪が伸びるのは神のご意志なんじゃないかしら』って。それとこれとはまったく話がちがう、とミスター・カーティスは反論したわ。いかにも男性の言いそうなことね。でも、それでは目下の問題には役立たないわ」

「あの拳銃の出所がわかっていないんです。あれはルディ・シャーツのものではなかった。チッピング・クレグホーンで誰があれを所有していたのかわかれば――」

「イースターブルック大佐は拳銃を持ってますよ」バンチが言った。「襟《カラー》を入れている引き出しにしまっています」

「どうして知っているんですか、ハーモン夫人？」

「バット夫人から聞きました。うちにも掃除に通ってきているんです。週に二度ですけど。軍人さんだから、当然拳銃は持っているし、強盗がやって来たらとても役に立ちますね、って夫人は言ってました」

「それをいつ聞いたんですか？」

「ずっと前です。半年ぐらい前じゃないかしら」

「イースターブルック大佐が？」クラドックはつぶやいた。

「品評会のポインター犬みたいですよね」相変わらず口いっぱいに針をくわえたまま、

バンチは言った。「ぐるぐる回って、何かおかしなものを嗅ぎつけると立ち止まる」

「わたしのことを言ってるんですね」クラドックはうめいた。「イースターブルック大佐は本を持ってリトル・パドックスを訪ねたと言っていた。そのときドアに油を差すことができただろう。だが、その件については、まったく隠そうとしなかった。ミス・ヒンチクリフとはちがって」

マープルがそっと咳払いした。「わたしたちの暮らしぶりも考慮に入れていただかないとね、警部さん」

クラドックはぽかんとしてマープルを見た。

「結局、あなたは警察の方でしょ。ふつうの人間は警察に洗いざらい打ち明けたいと思わないものです、そうじゃありません？」

「その理由がわかりませんな」クラドックは言った。「犯罪行為を隠したいなら別だが」

「ジェーンおばさんはバターのことを言ってるんです」バンチはテーブルの脚をまわりこんで這っていくと、型紙を針で留めた。「バターとメンドリの餌のトウモロコシ、たまにクリーム――ときには脇腹肉のベーコンなんてこともあるわね」

「ミス・ブラックロックのメモを見せておあげなさい」マープルが言った。「少し前のものですけど、一流のミステリ小説みたいですよ」

「あれをどうしたかしら？　このことですか、ジェーンおばさん？」

マープルは受けとって、メモを見た。

「ええ」満足そうに言った。「これのことよ」

マープルはそれを警部に渡した。

ブラックロックは、こう書いていた。


ちょっと問い合わせをしてみました——木曜がその日です。三時以降ならいつでも。わたしの分があれば、いつもの場所に置いておいてください

バンチは針を吐きだして、笑っていた。マープルは警部の顔を観察している。

牧師の妻が説明役を買ってでた。

「木曜はこのあたりの農家がバターを作る日なんです。親しい人には少し分けてくれます。たいていミス・ヒンチクリフがそれをまとめて受けとってくるんです。あの人は、農家の人たちととても仲がいいから。たぶんブタのせいですね。でも、これは内緒。ほら、一種の地元の物々交換制度ですよ。バターをもらったら、キュウリか何かをあげる、

ブタを殺したら肉を分けるとかね。ときどき動物が事故にあって、処分しなくてはならないこともあります。ああ、あなたもそういうことはご存じでしょ。ただ、もちろん、警察にははっきり言えません。たぶん、こうした物々交換のほとんどは違法なんじゃないかしら。でも、誰も本当のところはわからないんです、とても込み入っているので。ヒンチはバター一ポンドか何かを持ってリトル・パドックスに行ったんだと思います。で、それをいつもの場所にしまった。いつもの場所というのは、調理台の下の小麦粉入れです。小麦粉は入ってませんけどね」

クラドックはため息をついた。

「お二人の話を聞かせてもらって助かりました」

「以前は衣料品も配給切符で買ってましたでしょ」バンチが言った。「配給切符を買いとったりはしませんよ――それは公平とは言えませんから。お金のやりとりは一切ないんです。でも、バット夫人やフィンチ夫人やハギンズ夫人のような人たちは、あまり着古していない、すてきなウールのドレスや冬用コートがほしかったので、働いている先の奥さんたちから、お金ではなく配給切符と交換に譲ってもらっていました」

「もうそれ以上話さなくてけっこうですよ」クラドックは言った。「すべて違法行為ですから」

「じゃあ、そんなばかげた法律なんて、なくしてしまうべきだわ」バンチが言って、また口に針をくわえた。「ただし、あたしはしませんよ。ジュリアンがいやがるので、しないんです。でも、世間で何が行なわれているかは知っています、もちろん」

警部は絶望的な表情を浮かべた。

「今の話からも、この村では和気あいあいとした、ありふれた生活が送られているように思えます」警部は言った。「滑稽で、つつましく、単純だ。それなのに、一人の女性と一人の男性が殺され、わたしがしかるべき手を打たなければ、もう一人の女性が殺されるかもしれないんです。とりあえず、ピップとエマのことは置いておきましょう。ソニアに注意を向けたいんです。ソニアの外見がわかればいいんですが。手紙には一、二枚スナップ写真が同封されていたんですが、どれもソニアではありえなかった」

「どうしてソニアではないとわかるんですの？　ソニアの外見を知っているんですか？」

「小柄で黒髪だと、ミス・ブラックロックが言っていました」

「あらまあ」マープルは言った。「それはとても興味深いわね」

「なんとなく誰かを思い出させる写真が一枚あるんです。頭のてっぺんで髪をまとめた、すらりとした金髪の女性です。その女性が誰なのかはわからない。ただ、ソニアであるはずはないんです。スウェットナム夫人は若かったとき、髪は黒かったと思いますか？」

「あまり黒くないでしょうね」バンチが言った。「あの人はブルーの目をしていますから」

「ドミトリ・スタンフォーディスの写真がないかと探していたんです。しかし、期待しすぎだったようだ……さて」警部は手紙をとりあげた。「この手紙からは何もわからなかったようで残念です、ミス・マープル」

「あら！　わかりましたよ。いろいろなことがわかりました。もう一度読み返してごらんなさい、警部さん。とりわけ、ランダル・ゲドラーがドミトリ・スタンフォーディスについて問い合わせをした、というくだりを」

クラドックはまじまじとマープルを見つめた。

電話が鳴った。

バンチが床から立ち上がり、玄関ホールに出ていった。ヴィクトリア朝時代におけるすばらしい伝統のひとつにのっとって、電話はもともとそこにすえつけられ、今もそのままだったのだ。

バンチはまた部屋に入ってきて、クラドックに告げた。

「あなたにです」

ちょっと驚きながら、警部は電話のところに行った。用心深く、リビングのドアは閉めた。

「クラドックか？　ライズデールだ」

「はい、署長」

「きみの報告書を読んでいたんだ。フィリッパ・ヘイムズとの話の中で、フィリッパは夫が軍隊を脱走してから会っていないと断言しているね？」

「そのとおりです。きっぱりとそう言いました。ただ、わたしの意見では、真実を言っていないと思います」

「わたしもきみと同じ意見だ。十日前の事件を覚えているか？——大型トラックにひかれた男が、ミルチェスター総合病院に脳震盪《のうしんとう》と骨盤骨折で運ばれただろう？」

「トラックにひかれそうだった子どもを救って、自分がはねられた男ですね？」

「その男だ。身分証明書のたぐいは一切身につけてなく、誰も身元を確認しに現われなかったんだ。逃亡者のように見えた。意識が戻らないまま、ゆうべ亡くなった。だが、身元がわかったんだよ。軍隊からの脱走兵だった——ロナルド・ヘイムズ、サウス・ロームシャーズ連隊の元大尉」

「フィリッパ・ヘイムズの夫ですね？」

「そうだ。使用済みのチッピング・クレグホーン行きのバスの切符を持っていた。それに、かなりの額の現金もね」

「では妻からお金をもらったのですか？　ミッチが東屋で話しているのを聞いた男というのは、夫だったのではないかと思っていたんです。フィリッパは即座に否定しました、もちろん。でも、確か、事件よりもトラック事故のほうが前だったのでは――」

ライズデールは無念そうに口にした。

「そうだ。やつは二十八日にミルチェスター総合病院に運ばれた。リトル・パドックスの強盗事件は二十九日だ。これで、やつが関わっていた可能性は消えるな。しかし、もちろん女房は事故のことを何も知らなかった。夫が事件に関係していると、ずっと考えていたのかもしれない。だから黙っていたんだ。なんといっても、夫だった男だからな」

「なかなかりっぱな行為じゃありませんか？」クラドックは噛みしめるように言った。

「子どもをトラックの車輪から救ったことか？　ああ。勇敢だった。ヘイムズが脱走したのは臆病だったせいではないようだな。まあ、それもすべて過去のことだ。履歴に汚点を残した男にしては、いい死に方だった」

「それに息子さんのためにも」

「奥さんにとっては喜ばしい知らせですよ」警部は言った。「それに息子さんのためにも」

「うん、息子は父親を恥ずかしく思わずにすむ。それに、あの若い女性はこれで再婚もできるだろう」

クラドックはゆっくりとうなずいた。

「わたしもそれを考えていました、署長……可能性が開けたわけですね」

「直接向こうに行って、知らせてやったほうがいいだろう」

「そうします。これからすぐに向かいます。いや、ヘイムズ夫人がリトル・パドックスに戻ってくるまで待ったほうがいいかもしれません。かなりショックでしょうから――わたしの口から話す前に、誰かにちょっと耳打ちしておいたほうがいいでしょうね」

19　犯罪の再現

1

「出かける前にスタンドを置いておきますね」バンチは言った。「ここはとても暗いわ。どうやら嵐になりそうですね」

　バンチは小さな読書用のスタンドを持ち上げて、編み物をしているミス・マープルの手元に光が当たるようにテーブルの反対側に移した。マープルは背もたれが高いゆったりした椅子に腰掛けていた。

　コードがテーブルの上にのびていて、猫のティグラト・ピレセルが勢いよくコードに飛びかかり、かじったり、ひっかいたりしている。

「だめよ、ティグラト・ピレセル、そんなことしちゃ……まったくいたずらなんだから。あら、すっかりコードを噛んでしまって、ぼろぼろじゃないの。わからないの、おばかさんね、そんなことをしたら感電しちゃうかもしれないのよ」

「ありがとう」マープルは言って、スタンドのスイッチを入れようと手を伸ばした。

「スイッチはそこじゃないんです。コードの途中にある小さなスイッチを入れないと。ちょっと待ってください。この花をどかしますね」

バンチはテーブルにあったクリスマスローズの花びんを持ち上げた。ティグラト・ピレセルは尻尾を振りながら、いたずらっぽく前足を伸ばし、バンチの腕にじゃれかかった。その拍子にバンチは花びんの水を少しこぼした。水はコードのぼろぼろになった部分と猫の体にふりかかり、ティグラト・ピレセルはフウッとうなって床に飛び下りた。

マープルは小さな洋梨型のスイッチを押した。水が浸みこんだ、ぼろぼろになったコードから火花が散って、バリバリと音がした。

「あら、大変」バンチが叫んだ。「ヒューズが飛んだわ。この部屋の明かり、全部消えてしまったんじゃないかしら」バンチはスイッチを入れてみた。「やっぱりそうだわ。やあね、どれも同じなんとかいうものにつながってるのよ。それに、テーブルに焼け焦げもできてるわ。いたずらなティグラト・ピレセル。全部、あんたのせいよ。ジェーンおばさん、どうしたんですの？　びっくりなさったの？」

「なんでもないわ。ただ、とっくにわかっていてもよかったことに、今、いきなり気づいたんですよ」

「ヒューズを直して、ジュリアンの書斎からスタンドを持ってきますね」

「いいえ、気にしないでいいわ。バスに間に合わないでしょう。明かりはいらないわ。ただじっと静かにすわって、考え事をしていたいの。さあ、急いで行って、さもないとバスに乗り遅れますよ」

バンチが行ってしまうと、マープルは二分ほど身じろぎもせずにすわっていた。近づいてきている嵐のせいで、部屋の空気はよどみ、重苦しかった。

マープルは一枚の紙を手元に引き寄せた。

まず、こう書いた。「スタンド?」そして、太いアンダーライン。

しばらく考えててから、また一語書きつけた。

鉛筆が紙の上を滑り、謎めいたメモを書きつけていく……。

2

天井が低く、格子つき窓があるボールダーズの薄暗いリビングで、ミス・ヒンチクリフとミス・マーガトロイドが議論をしていた。

「あなたの困ったところはね、マーガトロイド」ヒンチクリフが言った。「やってみようとしないことなのよ」

「でも、言ってるでしょ、ヒンチ、何も覚えてないって」

「いい、聞いて、エミー・マーガトロイド、わたしたちは建設的に考えようとしているのよ。これまでは探偵みたいな見方をしていなかった。あのドアの件については、まったくまちがっていたわ。あなたは殺人犯のためにドアを押さえていなかった。あなたの容疑は晴れたわ、マーガトロイド！」

マーガトロイドは弱々しい笑みを浮かべた。

「チッピング・クレグホーンとうちに通っているお掃除の女性が、無口だったせいよ」ヒンチクリフが続けた。「ふつうなら、おしゃべりじゃなくてありがたいと思うところだけど、今回は裏目に出たわね。あの家の全員が、客間の第二のドアが最近使われていたことを知っていた。ところが、わたしたちはきのう聞いたばかり——」

「あたし、まだよくわからないんだけど——」

「まったく単純なことよ。わたしたちの最初の推測は正しかったの。開いたドアを支え、懐中電灯を振り回し、拳銃を発射する、この三つは同時にはできない。わたしたちは拳銃と懐中電灯を残し、ドアを除外した。でも、まちがっていたのよ。除外するべきだったのは、拳銃だったの」

「だけど、犯人は拳銃を持ってたわよ」マーガトロイドが言い張った。「あたし、見たもの。犯人のかたわらの床に落ちていたわ」

「ええ、犯人が死んだときにはね。それはまちがいないわ。ただ犯人が銃を撃ったんじゃないのよ――」

「じゃあ、誰がやったの？」

「それをこれから見つけようっていうんでしょ。だけど、誰がやったにしろ、同じ人間がレティ・ブラックロックのベッドのわきに毒入りアスピリンを二錠置いたのよ。そして、気の毒なドーラ・バナーが命を落とした。だから、それはルディ・シャーツではありえない。だって、シャーツはもうとっくに死んでいたもの。強盗の晩にあの部屋にいた誰かで、たぶんバースデーパーティーにもいた人物なのよ。すると、除外されるのはハーモン夫人だけね」

「バースデーパーティーの日に、誰かがアスピリンを置いたって言うの？」

「たぶんね」

「だけど、どうやって？」

「だって、全員がトイレに行ったでしょ？」ヒンチクリフはずばずばと言った。「それに、あのべとついたケーキを食べたから、わたしはバスルームで手を洗ったわ。それから、あの甘ったれのイースターブルック夫人は、ミス・ブラックロックの寝室であの気どったいやらしい顔におしろいをはたきつけていた、でしょ？」

「ヒンチ！　まさかあの人が――？」

「まだわからないわ。あの人がやったなら、目立ちすぎよね。薬をこっそり置くつもりなら、そもそも寝室にいるところを見られたくないと思うはずでしょ。まあ、確かに機会はたくさんあったわ」

「男性は二階に行かなかったわね」

「裏階段があるわよ。それに、男性が部屋を出ても、どこに行くのか見届けるためにあとをついて行ったりしないでしょ。そんなの礼儀知らずだもの！　ともあれ、つべこべ言わないで、マーガトロイド。レティ・ブラックロックを狙った最初の事件に戻りましょう。さて、まず最初に、事実をしっかり整理してちょうだい、すべてはあなたにかかっているんだから」

マーガトロイドはびっくりした顔になった。

「あら、やだ、ヒンチ。あたしの頭がすぐ混乱しちゃうことは知っているでしょ」

「問題はあなたの頭でも、脳と呼ばれているあなたの灰色の細胞でもないの。肝心なのは目よ。あなたの見たものが重要なの」

「だけど、あたし、何も見なかったわ」

「さっき言ったように、あなたの困った点はね、マーガトロイド、やってみようとしないことなの。いい、注意を集中して。これがあの夜に起きたことよ。レティ・ブラックロックを狙った人間は、あの夜、あの部屋にいた。その男は（そのほうが簡単だから男と呼ぶけど、女という可能性もあるわ。もっとも、男はけだものだけどね）、前もって客間から外に出られる第二のドアに油を差しておいた。釘付けされているんだろうと思われていたドアよ。いつ油を差したかはたずねないで。混乱するから。実際、時間を選べば、わたしだってチッピング・クレグホーンのどの家にでも忍びこんで、誰にも知られずに三十分ぐらいのあいだ、なんだって好きなことをできるわ。通いの家政婦がどこにいて、住んでいる人間がいつ出かけ、どこに行き、いつ帰ってくるのかわかればいいだけだもの。ちょっと頭を働かせればいいだけよ。さて、続けましょう。男はその第二のドアに油を差した。音を立てずに開けられるように。ここで事件が起きる。電気が消え、ドアA（いつも使っているドアね）が勢いよく開く。懐中電灯が照らされ、手をあげろという言葉。かたや、全員がびっくりしているあいだに、X（この言葉がぴったりね）はこっそりドアBから暗い廊下に出ていき、スイス人のまぬけの背後から近づき、レティ・ブラックロックめがけて二発撃ち、それからスイス人を撃つ。拳銃を落とす。あなたのようなぼんやりした人間が、スイス人が撃った証拠だと考えるようにね。それから誰かがライターをつけるまでに、部屋にすばやく戻る。わかった？」

「え——ええ、だけど誰だったの？」

「ねえ、あなたがわからないなら、マーガトロイド、誰にもわからないわよ！」

「あたし？」マーガトロイドは驚きのあまり体を震わせた。「だけど、あたしは何も知らないわ。誓うわ、ヒンチ！」

「脳と呼んでいるものを使うのよ。まず、明かりが消えたとき、全員がどこにいたのか？」

「わからないわ」

「あら、わかってるわよ。腹が立つわね、マーガトロイド。あなたは自分がどこにいたかわかってるでしょ？ ドアの陰にいたのよ」

「ああ——そうね、そうだったわ。ドアが開いた拍子に、ウオノメにぶつかったの」

「ちゃんとしたお医者さんに行ったほうがいいんじゃない、自己流に手当てしていないで。いつか敗血症になるわよ。さてと——いい、あなたはドアの陰にいた。わたしは早く一杯やりたいと思いながら、マントルピースの前に立っていた。レティ・ブラックロックは通路ぎわのテーブルのそばにいて、タバコをとろうとしていた。パトリック・シモンズは通路を抜けて、小さいほうの部屋に行った。そっちにレティ・ブラックロックがお酒を置いていたから。ここまではいい？」

「ええ、ええ、全部覚えてるわ」

「けっこう。そのとき誰かがパトリックを追ってあっちの部屋に入っていったか、ちょうど追いかけようとしていたところだったの。男性の誰かよ。いらだたしいことに、イースターブルック大佐かエドマンド・スウェットナムか思い出せないんだけど。あなた、覚えてる？」

「いいえ、覚えてないわ」

「思い出そうとしないんでしょ！　それから、もう一人、小部屋に入っていった人がいた。フィリッパ・ヘイムズよ。それははっきり覚えてるわ。なんて背筋がきれいに伸びているんだろう、と感心したから。『この人、馬に乗ったら、さぞすてきでしょうね』って、フィリッパを見ながら、そんなことを考えていたの。あの人は向こうの部屋のマントルピースのほうに行ったわ。何をしていたのかは見えなかったけど。ちょうどそのとき、電気が消えたから。

さて、こういう状況だったのよ。隣の小さい部屋にはパトリック・シモンズ、フィリッパ・ヘイムズ、それにイースターブルック大佐かエドマンド・スウェットナム――どっちなのかは不明。さあ、マーガトロイド、よく聞いて。いちばん可能性があるのは、その三人のうちの一人が犯人だったってことよ。第二のドアから抜け出ようと思ったら、当然、明かりが消えたときにドアに近い場所にいようとするでしょう。だから、その三人のうちの誰かだという可能性が高いわ。そしてその場合、マーガトロイド、あなたの出番はないわ」

マーガトロイドの顔がぱっと明るくなった。

「ただし」ヒンチクリフが続けた。「三人のうちの一人ではないという可能性もある。その場合は、あなたが役に立つのよ、マーガトロイド」

「だけど、あたしが知っているはずないでしょ？」

「さっきも言ったように、あなたが知らなければ、他に知っている人はいないのよ」

「だけど、知らないのよ！　絶対に！　何も見えなかったんですもの！」

「あら、あなたは見えたのよ。見えたかもしれないたった一人の人間なの。あなたはドアの陰に立っていた。懐中電灯は見えなかった。ドアに遮られてね。あなたは別の方向を、懐中電灯が照らしている方向を見ていたのよ。他の人間はただ目がくらんでいた。

だけど、あなたは目がくらんでいなかったでしょ」

「いいえ――いいえ、そんなことないわ。あたしは何も見なかったわ。懐中電灯がぐるぐる移動していって――」

「何を照らしていたの？　次々に顔を照らしたでしょ？　それにテーブル？　椅子も？」

「ええ、そうね、そうだった……ミス・バナーは口をぽかんと開けて、目が飛びださんばかりで、パチパチまばたきしていたわ」

「その調子よ！」ヒンチクリフはほっとしたようにため息をついた。「あなたに灰色の脳細胞を使わせるのは、まったく骨が折れるわ！　さあ、続けて」

「だけど、他には何も見なかったわ。本当に」

「空っぽの部屋を見たと言うの？　誰も立っていなかった？　誰もすわっていなかったの？」

「いいえ、もちろんそんなことないわよ。ミス・バナーは口をぽかんと開けていたし、ハーモン夫人は椅子の腕木に腰をおろしていた。目をぎゅっとつぶって、握りしめた手を子どもみたいに顔に押しつけていた」

「けっこうよ。これでハーモン夫人とミス・バナーのことがわかったわ。わたしの言いたいことがまだわからない？　あなたに先入観を与えたくないの。でも、あなたが見た人を除いていったら、いい、重要なことがわかるのよ。では、あなたが見なかった人は誰だったの？　わかった？　テーブルと椅子と菊のわきには、何人かがいたでしょ。ジュリア・シモンズ、スウェットナム夫人、イースターブルック夫人――イースターブルック大佐かエドマンド・スウェットナム――ドーラ・バナーとバンチ・ハーモン。いい、あなたはバンチ・ハーモンとドーラ・バナーを見た。その二人は消しましょう。さあ、考えて、マーガトロイド、考えるのよ。そのうちの誰かで、そこにいなかった人はいない？」

開いたままの窓を枝がたたいたので、マーガトロイドはわずかに飛び上がった。目を閉じた。ぶつぶつ、つぶやきはじめた。

「花……テーブルに……大きな肘掛け椅子……懐中電灯の光はあなたのところまで届かなかったわね、ヒンチ。ハーモン夫人、確かに……」

電話のベルが甲高く鳴った。ヒンチクリフが電話に出た。

「もしもし、はい？　駅ですって？」

マーガトロイドは言われたように目を閉じて、二十九日の夜を思い浮かべていた。懐中電灯、ゆっくりと移動していく光……人々の一団……窓……ソファ……ドーラ・バナ

——……壁……スタンドの置かれたテーブル……通路……ふいに拳銃が発射される……。

「……だけど、ありえないわ！」マーガトロイドが言った。

「なんですって？」ヒンチクリフが電話口で怒鳴っていた。「今朝からずっとそこにいたの？　何時から？　あきれた、それなのに、今になって電話をかけてきたの？　動物虐待防止協会に訴えるわよ。うっかり？　まったく、よく言うわね」

ヒンチクリフは受話器をたたきつけるように置いた。

「あの犬よ」ヒンチクリフは言った。「赤毛のセッター。今朝からずっと駅にほったらかしだったんですって。水もやらずに！　まったくまぬけな連中よ、今になって電話してくるんだから。すぐに迎えに行ってくるわ」

ヒンチクリフは部屋から飛びだしていった。マーガトロイドはそのあとから甲高い声で叫んだ。

「だけど、ヒンチ、とうてい信じられないようなことなの……あたし、よくわからないわ……」

ヒンチクリフは玄関から飛びだし、ガレージとして使っている小屋に向かった。

「戻ってきたら、続きをしましょう」ヒンチクリフは叫んだ。「あなたが支度《したく》するのを待っていられないわ。また寝室用スリッパをはいてるんですもの」

ヒンチクリフは車のエンジンをかけ、勢いよくバックでガレージから出た。マーガトロイドはあわてて横に飛びのいた。

「だけど、聞いてちょうだい、ヒンチ、あたし、どうしても言っておかないと――」

「戻ってきたらね」

車は急加速し、走りだした。マーガトロイドの興奮した声が、かすかに後方から聞こえてきた。

「だけど、ヒンチ、彼女はあそこにいなかったのよ……」

3

雲が濃くなり、薄暗くなってきた。ミス・マーガトロイドが遠ざかる車を見送っていると、最初の雨粒が落ちてきた。

あわてた様子で、洗濯ひものところに飛んでいった。二、三時間前に二枚のセーターと二枚のウールの下着を干しておいたのだ。

マーガトロイドは小声でつぶやいていた。

「でも、とても信じられないわ……ああ、やだ、雨に濡れないうちに取り込めそうもないわ。ほとんど乾いていたのに……」

やっかいな洗濯ばさみと格闘していると、近づいてくる足音がしたので顔をそちらに向けた。

そして、うれしそうに歓迎の笑みを浮かべた。

「あら、どうぞ家に入ってちょうだい、濡れてしまうわよ」

「お手伝いさせて」

「あら、助かります……また濡れちゃう、うんざりだわ。洗濯ひもを下ろしたほうがいいんでしょうけど、どうにか手が届くわね」

「ほら、あなたのスカーフ。首に巻いてあげましょうか？」

「あら、ありがとう……ええ、もう少しで……この洗濯ばさみに手が届きさえすれば……」

ウールのスカーフが首の回りに巻かれ、いきなり絞めつけられた……。

マーガトロイドの口が開いたが、苦しげなゴロゴロいう音しか出てこなかった。

そして、スカーフはさらに絞めつけられた……。

4

駅からの帰り道でミス・ヒンチクリフは車を停め、急ぎ足で歩いていたミス・マープルを拾った。

「こんにちは」ヒンチクリフは叫んだ。「びしょ濡れになりますよ。どうぞ、うちでお茶をどうぞ。バンチがバス停で待っているのを見かけたから、牧師館に帰っても一人きりですよ。どうぞ、ごいっしょに。マーガトロイドとわたしは犯罪を再現していたんです。どうやら、何かをつかみかけたんじゃないかと思います。犬に気をつけて。とても神経質になってますから」

「なんてきれいな犬かしら！」

「ええ、かわいい雌犬でしょ！　ばかな連中が、わたしに知らせずに、今朝からずっと駅につないでおいたんです。このろくでなしって、怒鳴ってやりました。あら、口が悪くてごめんなさい。アイルランドの家では使用人に育てられたものですから」

小さな車はぐいっと回りこんで、ボールダーズの小さな裏庭に入っていった。車から降りると、アヒルやニワトリたちがいっせいに二人をとり囲んだ。

「マーガトロイドったら、まだトウモロコシをやっていないのね」

「トウモロコシを手に入れるのはむずかしいんですの？」マープルがたずねた。

ヒンチクリフはウィンクした。

「わたしは農家の人たちと、とても仲がいいから」

メンドリを追い払い、ヒンチクリフはマープルをコテージのほうに案内していった。

「あまり濡れなかったのならいいけど」

「大丈夫、このレインコートはとてもしっかりした防水になっていますから」

「まだマーガトロイドがつけていないなら、火をおこしますね。ちょっと、マーガトロイド？　どこにいるのかしら？　マーガトロイド！　あら、あの犬はどこ？　いなくなっちゃったわ」

外から悲しげな長鳴きの声が聞こえてきた。

「まったく、ばかな犬ね」ヒンチクリフはドアまで行って、叫んだ。

「こっちよ、キューティー――キューティー。くだらない名前だけど、どうやらそう呼ばれているらしいの。別の名前をつけてやらなくちゃ。いらっしゃい、キューティー」

赤毛のセッターは、ピンと張られた洗濯ひもの下に転がったものの匂いを嗅いでいた。洗濯物が風にあおられて翻《ひるがえ》っている。

「マーガトロイドったら、洗濯物も取り込もうとしなかったのね。どこにいるのかしら？」

またもや、赤毛のセッターが衣類の山のように見えるものを鼻先でつつき、宙を仰いで甲高く鳴いた。

「あの犬、どうしちゃったのかしら？」

ヒンチクリフは芝生の上を歩いていった。

そして、マープルは心配そうに、小走りであとを追った。二人は並んで立ちすくんだ。雨が二人にたたきつけ、年上の女は年下の女の肩に腕を回した。

ヒンチクリフが体をこわばらせたのが、マープルにはわかった。そこにはミス・マーガトロイドが紫色に変色した顔で、舌を突きだして倒れていた。

「こんなことをしたやつを殺してやりたい」ヒンチクリフが押し殺した声でつぶやいた。

「あの女の尻尾をつかんだら……」

マープルが問いかけるように言った。

「あの女？」

ヒンチクリフは悲しみと怒りにゆがんだ顔を向けた。

「ええ。誰なのか、わかるところだったんです、あと少しで……つまり、三人のうちの一人なんですよ」

ヒンチクリフは死んだ友人を見下ろしながら立ち尽くしていた。それから、家に向かって歩きだした。その声は冷たくこわばっていた。

「警察に連絡しなくてはならないわ。待っているあいだに、あなたにお話ししたいことがあります。マーガトロイドがあそこに倒れているのは、ある意味で、わたしの誤ちだったんです。事件をゲームにしてしまったんです……殺人はゲームじゃないのに……」

「ええ」マープルは言った。「殺人はゲームじゃないわ」

「あなたはその方面のこと、いろいろご存じなんでしょうね？」ヒンチクリフは言うと、受話器をとりあげてダイヤルした。

短く報告をすると、電話を切った。

「数分で来るそうです。ええ、あなたがこれまでにこうした事件に関わってきた、とうかがっています。たぶんエドマンド・スウェットナムから聞いたんだと思います。何をしていたかお知りになりたいかしら、マーガトロイドとわたしが？」

駅に出かける前に交わされた会話について、ヒンチクリフは簡潔に説明した。

「マーガトロイドは叫んでいました、ちょうど出発するときに。それで、犯人は女で、男じゃないと知ったんです。待っていれば――ちょっと耳を貸していれば！　ああ、犬ならあと十五分やそこら、待たせておけたんです」

「自分を責めてはいけませんよ、あなた。そんなことをしてもなんの役にも立たないわ。先のことは誰にもわからないのですもの」

「ええ、そうですね。何かが窓ガラスにぶつかった気がしたんです。たぶん犯人は外にいたんじゃないかしら。ええ、きっとそうに決まってる。家にやって来て……そうしたらマーガトロイドとわたしはお互いに怒鳴りあっていた。大声で。犯人は聞いたんです……すべてを聞いた……」

「お友だちがどう言ったのか話してくれていませんよ」

「たったひとことだけです！　『彼女はあそこにいなかった』」

ヒンチクリフは言葉を切った。「おわかりでしょう？　まだ除外していない三人の女性がいたんです。スウェットナム夫人、イースターブルック夫人、ジュリア・シモンズ。そして、そのうちの一人が、あそこにいなかった……別のドアから出て廊下にいたので、客間にいなかったんです」

「ええ」マープルは言った。「なるほど」

「三人のうちの一人なんです。どの人かわからないけど。でも、見つけだしてみせる！」

「ちょっといいかしら」マープルがたずねた。「ええと、ミス・マーガトロイドはあなたが今言ったとおりにおっしゃったの？」

「どういう意味ですか、わたしが言ったとおりって？」

「ああ、どう説明したらいいかしら？　あなたはこう言ったでしょ、『彼女はあそこにいなかった』どの言葉にも同じように力を入れています。でもね、その文を言うには三通りの言い方がありますわ。彼女はに力を入れたら、特定の人をさしているんですよ。あるいは、いなかったを強調している場合。やっぱりいなかったんだ、とすでに抱いていた疑惑を確認したことになりますね。あるいは（ついさっきのあなたの言い方に近いと思うけど）、あそこにと場所をはっきりと強調することもできるわ」

「わからない」ヒンチクリフは首を振った。「覚えてないわ。覚えているはずもないでしょう？　きっと彼女はに力を入れたんじゃないかと思います。それが自然な言い方でしょ。でも、わからないわ。それによって、ちがいがあるんですか？」

「ええ」マープルは考えこみながら言った。「そう思います。もちろん、わずかな手がかりですけど、何かを示していることにはちがいありません。ええ、とても大きなちがいがあると思いますわ」

20 ミス・マープル行方不明になる

1

最近、郵便配達人は午前だけでなく、午後もチッピング・クレグホーンに手紙を配達するように命じられて、うんざりしていた。

その午後はきっかり五時十分前に、リトル・パドックスに三通の手紙を届けた。一通はフィリッパ・ヘイムズ宛てで、子どもの筆跡だった。あとの二通はミス・ブラックロック宛てだった。ブラックロックはフィリッパとお茶のテーブルにつくと、それを開けた。今日は土砂降りの雨のせいで、フィリッパはダイヤス・ホールから早めに帰ってこられた。温室は閉めてしまっていたので、もうやることがなかったのだ。

ブラックロックは一通目の手紙を開けた。キッチンのボイラーを修理した請求書だった。ブラックロックは憤慨して、フンと言った。

「ダイモンドの請求額ときたら、途方もないわ。まったく、吹っかけたものね。でも、他の人に頼んでも似たり寄ったりなんでしょうよ」

二通目の手紙は見慣れぬ筆跡で書かれていた。

親愛なるレティ伯母さまへ

火曜日にそちらにうかがってもかまわないでしょうか？　パトリックに二日前に手紙を出したのですけど、返事が来ないのです。ですから、大丈夫だと思っています。母は来月イギリスに来るので、あなたにお目にかかるのを楽しみにしているそうです。

列車はチッピング・クレグホーンに六時十五分に着くのですが、ご都合いかがですか？

愛をこめて
ジュリア・シモンズ

ブラックロックはびっくり仰天して、その手紙をもう一度読み直した。それから、とても厳しい顔でまた読み直した。息子からの手紙に微笑を浮かべているフィリッパのほうを見た。

「ジュリアとパトリックはもう帰っているかしら、知っている?」

フィリッパは顔を上げた。

「ええ、わたしのすぐあとに帰ってきました。二階に着替えに行ってます。濡れてしまったみたいで」

「二人を呼んできてもらえるかしら?」

「ええ、いいですわ」

「ちょっと待って——まずこれを読んでみて」

受けとった手紙をフィリッパは手紙を読み、眉をひそめた。「どういうことなのかしら……」

フィリッパは手紙をフィリッパに渡した。

「ええ、わたしにもわからないの……そろそろ、はっきりさせたほうがいいわね。パトリックとジュリアを呼んできて、フィリッパ」

フィリッパは階段の下から叫んだ。

「パトリック! ジュリア! ミス・ブラックロックがお呼びよ」

パトリックは階段を駆け下りて部屋に入ってきた。

「行かないで、フィリッパ」ブラックロックが言った。

「やあ、レティ伯母さん」パトリックが明るく言った。「ご用ですか？」

「ええ、そうなの。これについて説明してもらえるんじゃないかしら？」

読みながら、パトリックは滑稽なほどうろたえた表情を浮かべた。

「電報を打つつもりだったんだ！　なんてドジを踏んだんだろう！」

「この手紙は、あなたの妹のジュリアからなのね？」

「え――ええ、そうです」

ブラックロックは厳しく追及した。

「じゃあ、あなたがジュリア・シモンズだと言ってここに連れてきた、あの若い女性は誰なの？　てっきり、あなたの妹で、わたしのまたいとこの子どもだと思っていましたが」

「ああ――実は――レティ伯母さん、それが――あの、すべて説明します。こんなことはするべきじゃないと承知していたんですが、ちょっとした冗談のつもりだったんですよ。説明させていただければ――」

「わたしは説明を待っているんですよ。あの若い女は誰なんですか？」

「ええと、復員してすぐにカクテルパーティーで会ったんです。話しているうちに、ここに来ることをしゃべって――で、まあ、いっしょに来たらおもしろいだろうと思ったんです。そして、ジュリアは、本物のジュリアは舞台に立ちたがっているんですが、母はそれに大反対なんです。でも、ジュリアはスコットランドのパースにあるなかなか楽しそうなレパートリー劇団に入るチャンスをつかんだので、そっちに行きたがったんですよ。ただ、母には、ぼくとこっちにいて、ちゃんとした薬剤師になるために勉強していると思わせておいて、うるさく言われないようにしようと相談したんです」

「あの若い女性が何者なのか、まだ聞いていませんよ」

パトリックは、ジュリアが落ち着きはらって堂々と部屋に入ってきたので、ほっとした顔になった。

「大騒ぎになっているんだ」パトリックは言った。

ジュリアは眉をつりあげた。それから、やはりうろたえた様子もなく前に進んでくると、椅子にすわった。

「わかりました。もはや、これまでですね。とても怒っていらっしゃいます？」ジュリアは平静な目つきでブラックロックの顔をうかがった。「あたしがあなたたなら怒るでしょうね」

「あなた、何者なの？」

ジュリアはため息をついた。

「洗いざらい白状するときが来たみたいですね。お話しします。あたしはピップとエマの二人組の片割れなんです。正確に言うと、クリスチャン・ネームはエマ・ジョスリン・スタンフォーディスです。父だけはすぐにスタンフォーディス姓を捨てましたけど。ド・コーシーと名乗っていたようです。

父と母はピップとあたしが生まれて三年ぐらいして別れました。それぞれ別々の道を歩むことになったんです。で、あたしたちもバラバラになりました。あたしは父にひきとられました。父は魅力的な人でしたが、親としては失格でした。あたしは見捨てられ、修道院で教育を受けた時期もありました。父がまったくお金がなくなったり、不法な取引を企んでいたりしたときに。いつも最初だけ気前よくお金を払って、姿をくらまし、あたしを一年も二年も修道女に預けっぱなしにするんです。その合間に、偏見のない自由な社交界で楽しい暮らしを送ったこともあります。でも、戦争で完全に離ればなれになってしまいました。父がどうなったのか、まったくわかりません。あたしも何度か危険な目にあいました。しばらく、フランスのレジスタンス運動に加わったこともあります。とても刺激的でした。話を簡単にすると、あたしはロンドンにやって来て、将来について考えはじめたんです。母がけんかをして絶交したお兄さんが、とても裕福だったことは知っていました。あたしに何か遺されていないか、伯父の遺言を調べました。何もありませんでした、あたしに直接遺されたものはね。そこで未亡人についてちょっと調べてみると、すっかり老いぼれて、薬を手放せず、死にかけていることがわかりました。正直に言うと、あなたは最後の頼みの綱に思えたんです。あなたには大金がころがりこむことになっているし、あたしが見たところでは、それを使う人が誰もいない。はっきり言います。あなたと親しくなり、あなたに気に入られたら、と期待したんです。だって、ランダル伯父さんが亡くなってから、状況が少し変わったわけでしょう？　あたしたちが持っていたお金は、ヨーロッパの大変動ですっかりなくなりました。あなたは、一人ぼっちのみなしごの女の子を哀れんでくれるんじゃないかと思ったんです。そして、少しはお金をくれるんじゃないかって」

「まあ、そんなふうに思っていたのね？」ブラックロックはつっけんどんにたずねた。

「ええ、そのときはまだあなたに会っていなかったし……お涙ちょうだいの出会いを空想していたんです。そしたら、信じられないような幸運で、ここにいるパトリックと出会ったんです。パトリックはあなたのまたいとこの子どもだとわかった。ええ、それは奇跡のようなチャンスに思えたんです。パトリックに気のあるそぶりをすると、向こうもうれしいことになびいてきました。本物のジュリアは演劇に夢中だったので、芸術に身を捧げ、パースの居心地の悪い下宿に住んで、新たなサラ・ベルナールになるように頑張ることが務めだと、説得したんです。

パトリックをあまり責めないでください。あたしが一人ぼっちなので、とても同情してくれたんです。そのうち、妹の代わりにあたしをここに連れてきたら、さぞ楽しいだろうと思いついたんですよ」

「そして、パトリックは、あなたがずっと警察に嘘をつき続けていることにも賛成していたの？」

「わかってください、レティ。あの奇妙な強盗事件が起きたとき、というか、起きたあとで、あたしはまずい立場に立たされていることに気づきました。率直なところ、あたしにはあなたを殺す完璧な動機があった。でも、あたしがやったんじゃない。その言葉を信じていただくしかありません。警察にわざわざ行って、身元を白状することなんてできません。パトリックですら、あたしをときどき疑っていたんですよ。パトリックですらそうならば、警察がどう考えるかは明らかでしょう？　あの警部はものすごく疑い深い性格に思えました。あたしにできるのは、ジュリアとしてじっとおとなしくしていて、事件が終わったときに姿を消すことだけでした。

おひとよしのジュリア、本物のジュリアが、演出家とけんかをし、癇癪を起こして何もかも放りだしてしまうなんて思ってもいなかったわ。ジュリアはパトリックに手紙を寄こして、こっちに来られるかどうか、たずねてきたんです。『来るな』と電報を打たないままパトリックは出かけて、そのまま忘れてしまったのよ！」ジュリアはパトリックをなじるようににらみつけた。「まったく、まぬけなんだから！」

彼女はため息をついた。

「毎日ミルチェスターに出かけたものの困りはてました。想像もつかないでしょうね！もちろん、病院で薬剤師の研修なんてしなかったけど、昼間じゅう過ごしている場所が必要でした。だから、何時間も何時間も、ぞっとするような映画を繰り返し見て時間をつぶしていたんです」

「ピップとエマ」ブラックロックはつぶやいた。「警部さんの話にもかかわらず、わたしはまったく信じていなかったわ、二人が現実に存在するなんて――」

ブラックロックはジュリアをじろじろ見た。

「あなたはエマね。ピップはどこなの？」

澄んだ無邪気な目つきで、ジュリアはブラックロックを見た。

「知りません。まったくわかりません」

「嘘をついているのでしょ、ジュリア。最後に彼と会ったのはいつだったの？」

ジュリアが答える前に、一瞬のためらいがあったのではないだろうか？

ジュリアははっきりと、だが言葉を選びながら答えた。

「三歳のときから会っていません。母がピップを連れていってしまってから。ピップにも母にも、それっきり会っていないんです。二人がどこにいるのかも知りません」

「そして、言いたいことはそれだけなの?」

ジュリアはため息をついた。

「申し訳ないと思っている、と言えればいいんですけど。でも、それは本心からの言葉じゃないわ。だって、また同じことをするでしょうから。もちろん、こんな殺人事件が起きるって知っていたら、しなかったでしょうけど」

「ジュリア」ブラックロックが言った。「ずっとそう呼んできたから、そう呼ぶわね。あなた、フランスのレジスタンス運動に加わっていたと言ったわね?」

「ええ。一年半ほど」

「じゃあ、射撃を習ったでしょう?」

またもや、冷ややかな青い目がブラックロックを見つめた。

「あたしは射撃ができます。腕前は一流です。でも、あたしがあなたを撃ったんじゃありません、ミス・ブラックロック。それは信じてくださらないと。ただし、これだけは言っておきます、もしあたしがあなたを撃ったなら、狙いをはずすことはなかったでしょうね」

2

玄関に近づいてくる車の音で、緊張が破られた。

「いったい誰なのかしら？」ミス・ブラックロックは言った。

ミッチがくしゃくしゃの頭をのぞかせた。怒りに白目をむいている。

「また警察ですよ。これはもう迫害ですよ！　どうしてあたしたちを放っておいてくれないんですか？　我慢できないわ。首相に手紙を書いてやる。国王にだって」

クラドックがミッチを手荒に押しのけて入ってきた。唇をぎゅっと結んだ警部の表情があまりにも重苦しいので、全員が不安そうに視線を向けた。いつものクラドックではなかった。

警部はいかめしく告げた。

「ミス・マーガトロイドが殺されました。首を絞められたのです。つい一時間ほど前に」警部はジュリアに目を向けた。「あなた、ミス・シモンズ、今日一日、どこにいましたか？」

ジュリアは用心深く答えた。

「ミルチェスターです。さっき帰ってきたところです」

「そして、あなたは？」その目はパトリックに向けられた。

「同じです」

「二人いっしょにここに帰ってきたんですか？」

「え、ええ、そうです」パトリックは答えた。

「いいえ」ジュリアが口をはさんだ。「だめよ、パトリック。すぐにわかるような嘘をついては。バスでいっしょだった人たちは、あたしたちをよく知っているわ。あたしは少し早いバスで戻ってきました、警部さん。ここに四時に着くバスで」

「そして、何をしていたんですか？」

「散歩をしてました」

「ボールダーズの方向に？」

「いいえ。畑を突っ切っていきました」

警部はジュリアを見つめた。ジュリアは青ざめた顔で唇をぎゅっと結び、視線を返した。

誰も口をきかずにいると、電話が鳴った。

ブラックロックがクラドックを問いかけるように見てから、受話器をとった。

「はい。どなた？　ああ、バンチ。なんですって？　いいえ。いいえ、来ていないわ。全然わからない……ええ、今、警部さんはいらしてるわよ」

ブラックロックは受話器を差しだして、言った。

「ハーモン夫人があなたと話したいそうです、警部さん。ミス・マープルが牧師館に帰ってこないので、心配しているみたいです」

クラドックは二歩前に出ると、受話器を握った。

「クラドックです」

「心配なんです、警部さん」バンチの声は子どものように震えていた。「ジェーンおばさんがどこかに出かけて、行き先がわからないんです。それに、ミス・マーガトロイドが殺されたと聞きました。本当なんですか？」

「ええ、事実です、ハーモン夫人。ミス・マープルは死体を発見したとき、ミス・ヒンチクリフといっしょだったのです」

「まあ、じゃあ、あっちにいるのね」バンチはほっとしたようだった。

「いいえ、もういないと思いますよ、今は。ミス・マープルはそうですね、三十分ほど前に帰られました。まだ家に着いていないんですか？」

「ええ、そうなんです。十分もかからない距離なんですよ。いったいどこにいるのかしら？」

「たぶん、ご近所に寄っているのでは？」

「片端から電話してみたんです。全員に。どこにもいませんでした。心配でたまらないわ、警部さん」

わたしもだ、とクラドックは思った。

急いで言った。

「そちらに行きますよ、すぐに」

「ああ、お願いです。紙があったんです。出かける前に書いていたみたいです。あたしには意味がさっぱりわかりませんけど。ただのいたずら書きに見えます」

クラドックは受話器を置いた。

ブラックロックが不安そうにたずねた。

「ミス・マープルに何かあったんですか？　なんでもないといいけど」

「わたしもそう願っています」クラドックはむっつりと応じた。

「あんなにお年寄りだし、体も弱いし」

「そのとおりです」

ブラックロックは片手で首の真珠のネックレスをいじりながら、かすれた声で言いだした。

「どんどん事態が悪くなっていますね。こんなことをしている人間は頭がおかしいにちがいないわ、警部さん。すっかり分別を失っていて……」

「どうでしょうか」

神経質になって指に力が入ったのか、ブラックロックの首にかけられた真珠のネックレスが、ぷつんと切れた。なめらかな白い小さな玉が、ばらばらと部屋じゅうに散らばった。

レティシア・ブラックロックは苦しげな悲鳴をあげた。

「わたしの真珠が——真珠が——」その声があまりにも痛ましげだったので、全員が驚いてブラックロックを見た。ブラックロックは片手を喉にあてがい、背中を向けると、すすり泣きながら部屋を飛びだしていった。

フィリッパが真珠を拾いはじめた。

「あんなにとり乱したところは見たことがありません」フィリッパは言った。「もちろん、いつもつけていたネックレスだけど。もしかしたら、誰か特別な人からもらったのでしょうか？　ランダル・ゲドラーとか？」

「かもしれないな」警部がゆっくりと言った。

「まさか、そんなはずはないけれど、本物だという可能性はあるかしら？」フィリッパは膝をつき、白い輝く玉を拾い集めながらたずねた。

ひとつを手にとり、クラドックは軽蔑したように答えかけた。「本物だって？　まさか！」だが、いきなりその言葉をのみこんだ。

この真珠が本物という可能性はあるだろうか？

とても大きく、きれいに粒がそろっていて、純白すぎる。偽物にまちがいないように思えた。だが、本物の真珠のネックレスが、数シリングというただ同然の値段で質屋に買いとられた事件を思い出した。

レティシア・ブラックロックは家の中には価値のある宝石はない、と断言した。たま、たま、この真珠が本物だったら、とてつもない価格になるだろう。しかも、ランダル・ゲドラーが贈ったものだとしたら、どれだけの価値があるかわかったものではない。

いかにも偽物に見えた。偽物にちがいなかった。それでも、万一本物だったら？

本物の可能性だってある。ブラックロックはその価値に気づいていないのかもしれない。あるいは、せいぜい二ポンド程度の安物のアクセサリーと思わせて、宝物を守ろうとしたのかもしれない。本物だったら、どのぐらいの価値があるのだろう？　目の玉が飛びでるような価格だろう……それを知ったら、殺人を犯すぐらいの価値だ。

はっとして、警部は物思いからさめた。マープルが行方不明になっている。牧師館に行かなくてはならなかった。

3

バンチと牧師が警部を待っていた。二人の顔は憂いを浮かべ、やつれていた。

「まだ戻ってこないんです」バンチが言った。

「ボールダーズを出るとき、ここに戻ると言っていたのですか？」牧師がたずねた。

「実際にはそうは言っていませんでした」クラドックは最後にジェーン・マープルと会ったときのことを思い起こしながら、重い口調で答えた。

老婦人の唇が決心したようにぎゅっと結ばれ、いつもは穏やかな青い目が、冷たく厳しく光っていたことが頭に浮かんだ。

断固とした、揺るぎのない決意……何をしようとしたのだろう？　どこに行こうとしたのだろう？

「最後に会ったときは、フレッチャー部長刑事と話をしていました。門のわきで。それから、門から出ていった。まっすぐ牧師館に帰るものと思っていました。車でお送りしようと思ったのですが、いろいろやることがあり、いつの間にかいなくなっていたんです。フレッチャーが何か知っているかもしれません！　おや、フレッチャーはどこですか？」

だがボールダーズに電話した結果、フレッチャー部長刑事はそこにもいないし、どこに行くという伝言も残していないことが判明した。何かの理由でミルチェスター署に帰ったことも考えられた。

警部はミルチェスター署に電話したが、フレッチャーの行方はそこでもわからなかった。

そのとき、クラドックは電話でバンチが言っていたことを思い出した。

「その紙はどこですか？　紙切れに何か書いていたと言ったでしょう？」

バンチは紙を持ってきた。クラドックはそれをテーブルに広げて眺めた。バンチは肩越しにのぞきこみ、一字一字声に出して読んでいった。筆跡が震えていて読みとりにくい。

「『スタンド』」

それから、『スミレ』

さらに空白があって、

「『アスピリンのびんはどこにあるのか?』」

この興味深いリストの次の言葉は、さらに読みとりにくかった。「『美味なる死』」バンチは読み上げた。「ミッチのケーキだわ」

「『問い合わせ』」クラドックが読んだ。

「問い合わせ? なんのことかしら? これは何? 『みじめな苦難を勇敢に耐えて』……さっぱりわからないわ!」

「『ヨード』」警部が読み上げた。「『真珠』ああ、真珠ね」

「それから『ロティ』――いいえ、レティね。ジェーンおばさんの書く〝e〟は〝o〟みたいに見えるわ。それから『ベルン』これは何? 『老齢年金』……」

二人は困惑して顔を見合わせた。

クラドックはすばやく繰り返して読んだ。

「スタンド。スミレ。アスピリンのびんはどこにあるのか? 美味なる死。問い合わせ。みじめな苦難を勇敢に耐えて。ヨード。真珠。レティ。ベルン。老齢年金」

バンチがたずねた。「何か意味がありますか？　少しでも？　あたしにはつながりがさっぱりわからないわ」

クラドックは首をひねった。「ぼんやりとつかめそうなんですが、はっきりわかりません。あの真珠について書いているのが、奇妙ですね」

「どの真珠ですか？　どういう意味かしら？」

「ミス・ブラックロックはいつもあの三連の真珠のネックレスをしているんですか？」

「ええ、そうです。ときどき、そのことで笑うことがありますけど。見るからに偽物でしょ。だけど、あれがおしゃれだと思っているんですよ」

「別の理由があるのかもしれない」クラドックは考えこみながら言った。

「本物だと言うんじゃないでしょうね。まあ！　そんなはずがないわ！」

「あの大きさの本物の真珠を見たことがありますか、ハーモン夫人？」

「だけど、あれはいかにもガラス玉みたいですよ」

クラドックは肩をすくめた。

「ともあれ、真珠のことは今はどうでもいい。問題はミス・マープルのことです。彼女を探しださなくてはならない」

手遅れになる前に、マープルを見つけなくてはならなかった。しかし、すでに手遅れではないだろうか？　あの鉛筆書きの言葉は、マープルが何か手がかりを得て、それを追おうとしていることを示している。だが、それは危険だ、きわめて危険だった。それに、フレッチャーはどこにいるのだろう？

クラドックは牧師館を出て、停めた車に歩いていった。探すのだ、それしかできることはない。

雨に濡れた月桂樹の茂みから呼ぶ声が聞こえた。

「警部！」フレッチャー部長刑事が必死に叫んでいた。「警部……」

21 三人の女たち

リトル・パドックスでは夕食が終わった。言葉数の少ない、居心地の悪い食事だった。信用を失ったと気づいたパトリックは、ぎこちなく、とぎれとぎれながら会話をしようと努力したが、あまり歓迎されなかった。フィリッパ・ヘイムズはぼんやりしていた。ミス・ブラックロックも、ふだんどおり陽気にふるまおうという気もないらしかった。夕食のために着替えてカメオのネックレスをつけていたが、黒い隈《くま》のできた目と、そわそわしている手からは、怯えているらしいことがうかがわれた。

ジュリア一人が、いつもの皮肉っぽい突き放したような態度を夜じゅうくずさなかった。

「悪いわね、レティ」ジュリアは言った。「荷物をまとめて出ていかなくて。でも、警察が許さないでしょうよ。あなたの厄介になるのも、あと少しだと思うわ。クラドック警部が逮捕状と手錠を持ってやって来るのが目に見えるようよ。そもそも、もっと早くそうならなかったのが不思議なくらい」

「警部はあの老婦人を探しているのよ、ミス・マープルを」ブラックロックは言った。

「あの人も殺されたんだと思いますか？」パトリックが純粋に好奇心を満足させたがっているかのように、たずねた。「だけど、どうしてです？　あの人が何を知ったというんだろう？」

「わからないわ」ブラックロックが物憂げに答えた。「もしかしたら、ミス・マーガトロイドがミス・マープルに何か話したのかもしれないわね」

「あの婦人も殺されたなら」とパトリック。「論理的に考えると、それができた人間はたった一人ですよ」

「誰？」

「もちろん、ミス・ヒンチクリフです」パトリックは得意そうに言った。「最後に生きているのを目撃された場所はそこ――ボールダーズですから。あの人はボールダーズを出なかった、とぼくは考えています」

「頭痛がするわ」ブラックロックはだるそうな声で言って、額に手をあてがった。「ヒンチがどうしてミス・マープルを殺すの？　筋が通らないわ」

「ヒンチがミス・マーガトロイドを殺していたなら、筋が通りますよ」パトリックは意気揚々と言った。

無関心だったフィリッパがいきなり口を出した。

「ヒンチはミス・マーガトロイドを殺したりしないわよ」

「ミス・マーガトロイドがうっかり、ヒンチが犯罪者だということをばらそうとしたら、殺すだろう」

「いずれにせよミス・マーガトロイドが殺されたとき、ヒンチは駅にいたのよ」

「出かける前にミス・マーガトロイドを殺したのかもしれない」

いきなりレティシア・ブラックロックが叫んだので、全員がびっくりした。

「殺人、殺人、殺人！　他のことを話せないの？　わたしは怖いの、それがわからない？　心の底から怯えているわ。こんなことは初めてよ。自分の身は自分で守れると思っていたけど……じっと絶好の時を待っている殺人者、じっと獲物を狙っている殺人者に対してはどうしようもないわ！　ああ、神さま！」

ブラックロックはうなだれて、両手で頭を抱えこんだ。だがすぐに顔を上げ、ぎこちなく謝った。

「ごめんなさい。わたし――取り乱したりして」

「大丈夫ですよ、レティ伯母さん」パトリックが愛情のこもった声で言った。「ぼくがついてます」

「おまえが？」レティシア・ブラックロックはそれしか言わなかったが、そのひとことには非難ともとれそうな失望がこめられていた。

それが夕食の少し前の出来事だった。そのときミッチが現われて、食事の支度はしないと宣言したので、ぴりぴりしていた部屋の空気がかえって和らいだ。

「この家ではもう何もしません。自分の部屋に行きます。そこにカギをかけて閉じこもりますからね。朝になるまでずっと。怖いんです、人が次々に殺されて。まぬけな顔をしたイギリス人のミス・マーガトロイド、あんな人を殺したがる人がいますか？　頭のおかしな人間だけですよ！　まともじゃない人間がそこらをうろついているんです！　それに、いかれている人間は誰を殺すのか気にしない。でも、あたしは殺されたくないんです。キッチンから人影が見えました――物音も聞こえました。誰か中庭にいるんです。食料品貯蔵室のドアのそばで人影を見たし、足音もしました。だから自分の部屋に行って、ドアを閉めて、たぶんタンスをドアの前に置きます。そして朝になったら、あの残酷で冷たい警官に、あたしはここから去るって伝えます。許してくれなかったら、こう言ってやります。『行かせてくれるまで、ずっと叫んで叫んで叫びつづけてやる！』」

ミッチが叫びだすとどういうことになるかを全員がまざまざと思い出して、その脅しに身震いした。

「じゃあ、部屋に行きます」ミッチは自分の意志をはっきりさせようとするかのように、もう一度、その言葉を繰り返した。その宣言どおり、厚手木綿のエプロンをはずした。「おやすみなさい、ミス・ブラックロック。たぶん朝になったら、あなたは生きていないかもしれませんね。だから、念のため言っておきます、さようなら」

ミッチはいきなり部屋を出ていって、ドアはいつものように低くきしんだ音を立てて、そっと閉まった。

ジュリアは立ち上がった。

「あたしが食事を作るわ」当然のように言った。「なかなかいい解決策よね。あたしがいっしょにテーブルにすわっているよりも、みなさん、気まずくないでしょ。パトリックが、まず最初にすべての料理を味見したほうがいいわね（レティ伯母さんを守ると宣言したんだから）。よりによって、あなたを毒殺したなんて言われたくありませんから」

そこで、ジュリアはキッチンに立ち、非常にすばらしい料理を作った。

フィリッパはキッチンに行って手伝おうと言ったが、ジュリアはその必要はないときっぱり断わった。

「ジュリア、ちょっと話したいことがあるんだけど――」

「女同士の打ち明け話をするには、いいタイミングじゃないわ」ジュリアはかたくなに言った。「ダイニングに戻っていて、フィリッパ」

さて夕食が終わり、全員がコーヒーを手に、客間の暖炉のかたわらに置かれた小さなテーブルを囲んだ。誰も話すことがないようだった。みんな、ただ待っていたのだ。

八時半にクラドック警部が電話をしてきた。

「あと十五分ほどでうかがいます。イースターブルック大佐と夫人、スウェットナム夫人とご子息をいっしょに連れていきます」

「でも、はっきり申し上げると、警部……わたし、今夜はお客さまの相手をする気分ではないんです」

ブラックロックの声は、もはや限界に来ているかのように切羽詰《せっぱつ》まっていた。

「お気持ちはわかりますが、ミス・ブラックロック。申し訳ありません。しかし、一刻を争うのです」

「もう――ミス・マープルは見つかったのですか？」

「いいえ」警部は言って、電話を切った。

ジュリアがコーヒーのトレイをキッチンに運んでいくと、驚いたことに、ミッチが流しのわきに積まれた食器を眺めていた。

　ミッチはいきなりまくしたてた。

「あたしのすてきなキッチンに何をしたの！　あのフライパン、あれはオムレツだけに使ってるのよ！　あなた、あれを何に使ったの？」

「タマネギをいためるのに」

「めちゃくちゃよ、もうめちゃくちゃ。洗わなくちゃならないわ、これまで一度も、いい、一度だって、オムレツ用フライパンは洗ったことなかったのに。油を染みこませた新聞紙でそっとこすって、それだけ。それから、そのあなたが使ったソースパン、あれはミルクを温めるのにしか使ってないのよ」

「でも、あなたがどの鍋を何に使っているかなんて、知るわけないじゃない」ジュリアはむっとして言い返した。「もう寝ることにしたくせに、またどうしてのこのこ起きてきたの？　信じられない。さっさと上に行ってよ。あとはちゃんと片づけておくわ」

「いやよ、あなたにあたしのキッチンを使わせるもんですか」

「もう、ミッチ、なんてへそ曲がりなの！」

　ジュリアが怒ってキッチンから出てくると、ちょうどドアベルが鳴った。

「あたしは出ませんからね」ミッチがキッチンから怒鳴った。ジュリアはヨーロッパ流の悪口をつぶやくと、玄関に向かった。

ミス・ヒンチクリフだった。「こんばんは」いつものようにぶっきらぼうな声で挨拶した。「おじゃましてすみません。警部さんが電話してきましたよね？」

「あなたがいらっしゃるとは言ってませんでした」ジュリアは客間に案内しながら言った。

「来たくなかったら来なくていい、と言ってくれたんです」とヒンチクリフ。「でも、来たかったので」

誰一人、ヒンチクリフにミス・マーガトロイドが亡くなったお悔やみを言わなかった。長身でたくましい女性の顔には深い悲しみが刻まれていて、どんな同情の言葉も軽々しく聞こえそうだった。

「明かりをすべてつけて」ブラックロックが指示した。「それから、暖炉にもっと石炭をくべて。寒いわ——すごく寒い。暖炉のそばにおすわりなさいな、ミス・ヒンチクリフ。警部は十五分ぐらいで来ると言ってました。もうそろそろじゃないかしら」

「ミッチがまたキッチンに来ました」ジュリアが伝えた。

「そうなの？　あの子、頭がどうかしていると思うことがあるわ、本当に。でも、たぶんわたしたち全員が、おかしくなっているのかもしれないわ」

「犯罪をおかす人間はみんな頭がおかしい、という言い方には我慢できない」ヒンチクリフが嚙みつくように言った。「恐ろしいほど頭のいい正気の人間、この犯罪者はそういう人間だと思うわ！」

外で車の音が聞こえ、すぐにクラドックが大佐夫妻とエドマンドとスウェットナム夫人といっしょに入ってきた。

全員が妙に押し黙っていた。

イースターブルック大佐が、ふだんの声のこだまのような頼りない声で言った。

「おや！　よく燃えているな」

イースターブルック夫人は毛皮のコートを脱ごうともせず、夫のすぐそばにすわった。ふだんはかわいらしい、のっぺりした顔が、少しひきつったイタチのような顔つきになっている。エドマンドは不機嫌そうに、みんなをにらみつけた。スウェットナム夫人は明らかに大変な努力をしたが、それは結局、自分を滑稽に見せただけだった。

「ひどい話ですよね？」夫人はべらべらしゃべりだした。「ええ、何もかも。実際、何も言わないでいるほうがよさそうですね。だって、次は誰なのかわかりませんもの――伝染病と同じですわ。ミス・ブラックロック、少しブランディをお飲みになったらいいかが？　ほんのワイングラス半分だけでも。ブランディほど元気づけになるものはないと思いますわ。こんなふうにわたしたちがずかずか入ってきて、さぞうんざりしていらっしゃるでしょうね。でも、クラドック警部に無理やり集められたんです。それに、恐ろしいわ、あの人がまだ見つかっていないんです。牧師館にいるあのお年寄りのご婦人ですよ。バンチ・ハーモンはひどく取り乱しています。あの人が家に帰らずにどこに行ったのか、誰にもわからないんですよ。わたしどもの家にはいらっしゃいませんでした。今日はあの人と会ってもいません。それに、彼女がうちに来たら、わかったはずです。わたしは裏側の客間にいましたし、エドマンドは書斎で本を書いていましたから。書斎は家の表側にありますの。だから、どちらから来ても、姿を見かけたはずなんです。ああ、あのやさしいお年寄りに何かあったのじゃなければいいんですけど。ご無事でいてくれるように祈っていますわ」

「母さん」エドマンドが耐えきれなくなったかのように口をはさんだ。「少し静かにしていられないの？」

「あら、もちろんよ、別にしゃべりたくなんてないわ」スウェットナム夫人は答えると、ジュリアの隣のソファに腰をおろした。

クラドック警部はドアのそばに立っていた。その正面に、ほぼ一列になって三人の女性たちがいた。ジュリアとスウェットナム夫人はソファに。イースターブルック夫人は夫の椅子の腕木にすわっている。警部がそういうふうにすわらせたわけではなかったが、とても好都合だった。

ブラックロックとヒンチクリフは火にあたっていた。エドマンドは二人のそばに立っている。フィリッパは部屋の隅にいた。

クラドックは前置きなしで切りだした。

「ミス・マーガトロイドが殺されたことは、みなさんよくご存じだと思います。彼女を殺した犯人は女性だと信じる理由があります。そして、さらに別の理由から、範囲をせばめることができます。ここにいる特定の女性たちに、今日の午後、四時から四時二十分までのあいだ何をしていたのか説明していただきたい。ジュリア・シモンズと名乗っている若い女性からは、すでに話を聞きましたが、この場でその話を繰り返してくださ い。同時に、ミス・シモンズ、以下のことを警告しておきます。答えが自分にとって不利になると考えたら、答える必要はありません。また、あなたの話はエドワーズ巡査が書き留めていて、法廷で証拠として使われるかもしれません」

「そこまで言わなくてはならないんですか？」ジュリアは青ざめていたが、落ち着いていた。「繰り返しますけど、四時から四時半まで、あたしは畑沿いに歩いて、コンプトン農場のそばの小川に出ました。畑に三本のポプラが立っているあたりで道路に戻りました。覚えている限り、誰にも会いませんでした。ボールダーズのほうには行っていません」

「スウェットナム夫人？」エドマンドがたずねた。「ぼくたち全員に、さっきの警告をするつもりですか？」

警部はエドマンドのほうを向いた。

「いいえ。今のところミス・シモンズだけです。他の方は罪に問われるような供述をすることはないと思いますが、もちろんどなたでも弁護士を同席させる権利はありますし、弁護士がいなければ質問に答えるのを拒否する権利はあります」

「あら、でも、それはずいぶんばかげているし、時間のむだですよ」スウェットナム夫人が叫んだ。「何をしていたのか、正確にお教えできますわ。それをお聞きになりたいんでしょう？　始めましょうか？」

「ええ、お願いします、スウェットナム夫人」

「さて、ええと」スウェットナム夫人は目を閉じてから、また開けた。「もちろん、わたしはミス・マーガトロイドを殺した事件にはまったく関係がありません。ここにいる全員が、そのことをご存じだと思います。でも、わたしは世間のことを知っていますから、警察が不必要な質問をして、その答えをきちんと書き留めておかなくちゃならないことも存じてます。すべて〝記録〟のために必要なんでしょう？」スウェットナム夫人は真面目なエドワーズ巡査にそうたずね、愛想よくつけくわえた。「わたしの話し方、速すぎないかしら？」

エドワーズ巡査は速記が得意だったが、あまり世慣れていなかったので、耳まで真っ赤になって答えた。

「大丈夫です、奥さん。もう少しゆっくりですと、なおけっこうです」

スウェットナム夫人は話を再び始めたが、点や丸がつきそうな場所では、強調するように間《ま》をとった。

「ええ、もちろん、正確に説明するのはむずかしいわ。というのは、あまり時間の感覚がないものですから。それに戦争以来、うちの時計の半分が壊れてしまっていて、進んでいるか遅れているか、さもなければ止まっているかなんです」言葉を切り、この時間が混乱している事実が一同の頭に染みこむのを待ってから、まじめくさって続けた。

「四時には靴下のかかとを仕上げていたと思います（それもびっくりしたことに、表編みじゃなくて裏編みで、まちがった編み方をしていたんです）。でも、編み物をしていたんじゃなければ、外で枯れた菊を切っていました。いえ、あれはもっと早かったわ――

―雨が降りだす前だから」

「雨は四時十分に降りはじめました」警部が教えた。

「そうだったんですか？　おかげで助かるわ。もちろん、いつも雨もりがする二階の廊下に洗面器を置いていました。それから、あまり雨の降り方が激しいので、排水溝が詰まってしまうんじゃないかと心配になったんです。そこで下に行って、レインコートを着てゴム長靴をはきました。エドマンドを呼んだんですけど、返事をしなかったので、たぶん小説の重要な場面にさしかかっているんだろうと思いました。邪魔をしたくなかったんです。それにこれまでに何度も、一人でちゃんとできましたから。ほうきの柄《え》を結びつけるんですよ、窓を押し上げるのに使うあの長い物の先に」

「つまり」部下のとまどった顔に気づいて、クラドックが補足した。「排水溝の掃除をしていたんですね」

「ええ、落ち葉ですっかり詰まっていました。時間がかかり、びっしょり濡れてしまいましたけど、ようやくきれいになりました。それから家に入って、着替えをして、手と顔を洗いました――とても臭かったんです、落ち葉のせいで。それからキッチンに行って、やかんをかけました。キッチンの時計では六時十五分でした」

エドワーズ巡査が目をぱちくりした。

「つまり」スウェットナム夫人は得意満面で締めくくった。「正確に言うと、五時二十分前っていうことですね」

さらに「まあ、そのぐらいの時間です」とつけくわえた。

「排水溝の掃除をしているとき、誰かに会いませんでしたか？」

「いいえ、誰とも」スウェットナム夫人は言った。「誰か通りかかっていたら、無理やり手伝わせましたよ！　一人では、とても骨が折れる仕事でしたから」

「では、あなたの説明によると、あなたはレインコートと長靴姿で、雨が降りはじめた時間には外にいた。そして排水溝の掃除をしていたが、誰もその話を裏づける人間はいない、そうですね？」

「排水溝をごらんになればいいわ」スウェットナム夫人は言った。「とてもきれいになってますよ」

「ミスター・スウェットナム、お母さんが呼んだのは聞こえましたか？」

「いいえ」エドマンドは答えた。「ぐっすり眠っていましたから」

「エドマンド」母親がとがめた。「本を書いているのかと思いましたよ」

クラドック警部はイースターブルック夫人のほうを向いた。

「では、イースターブルック夫人は？」

「あたしはアーチーといっしょに書斎にいました」イースターブルック夫人は大きな無邪気そうな目で夫を見た。「いっしょにラジオを聞いていたのよね、アーチー？」

沈黙が落ちた。イースターブルック大佐の顔は真っ赤だった。大佐は妻の手をとった。

「きみはこういうことをわかっていないんだよ。ええと、申し上げておきますが、警部さん、いきなりこういうことを言われて、わたしたちはとても驚きました。妻はごらんのように、非常に動揺しています。神経質になり、ひどく驚いたせいで重要性を、つまり、きちんと考えてから答えることの重要性を理解していないんです」

「アーチー」イースターブルック夫人がとがめるように叫んだ。「あたしといっしょじゃなかった、とおっしゃるつもりなの？」

「うん、いっしょじゃなかっただろう？　あくまで事実を述べなくてはいけないよ。こういう質問では、それがとても大切なんだ。わたしはクロフト・エンドの農場主のランプソンと話をしていた、ニワトリの金網の件で。それがだいたい四時十五分前だったかな。雨が止むまで家には帰らなかった。戻ったのはお茶のすぐ前、五時十五分前だった。ローラはスコーンをトーストしていた」

「では、奥さんも外出していたんですか？」

かわいらしい顔がさらにイタチそっくりになった。その目は罠にかかった動物を連想させた。

「い、いいえ。あたしはただラジオを聞いていました。出かけませんでした。その時刻には。もっと前に外出したんです。だいたい――三時半過ぎぐらいです。ちょっと散歩に出ただけです。遠くには行きませんでした」

夫人はさらに質問を予期しているようだったが、クラドックは静かに言った。

「けっこうです、イースターブルック夫人」

警部は続けた。「この供述はタイプされます。それを読んで、内容が正しければ署名をしていただきます」

イースターブルック夫人はふいに悪意のこもった目つきで警部をにらんだ。

「どうして、他の人たちにはどこにいたのか訊かないんですか？　あのヘイムズって女性は？　それにエドマンド・スウェットナムは？　どうして部屋で寝ていたってわかるんです？　誰もエドマンドを見ていないのに」

クラドック警部の声は穏やかだった。

「ミス・マーガトロイドは亡くなる前に、あることを言っているんです。ここでの強盗事件の夜、この部屋にある人物がいなかった。ずっと部屋にいると思われていた誰かがね。ミス・マーガトロイドは姿を見た人たちの名前を友人に告げました。その人たちを消去していったとき、姿を見なかった人物がいることに気づいたのです」

「誰にも何も見えなかったわ」ジュリアが言った。

「マーガトロイドには見えたのよ」ヒンチクリフがいきなり低い声で言った。「マーガトロイドはそのドアの陰にいたの、今、クラドック警部が立っている場所に。マーガトロイドだけは何が起きているのか見ることができたのよ」

「へえ！　それがあなたの考えていることなの！」ミッチが叫んだ。

ミッチはいきなり姿を現わした。ドアを勢いよく開けたので、クラドックはあやうく突きとばされそうになった。ミッチはひどく興奮していた。

「あら、ミッチにはここに来るように言わなかったのね、頭の固いおまわりさんだこと。あたしはただのミッチよ！　キッチンで仕事をしているミッチ！　ミッチなんてキッチンに閉じこめておけばいい、そう思ったんでしょ！　でも言っておきますけど、ミッチはみんなに劣らず、いろんなことを見ているのよ。ええ、いろいろ目にしていますとも。強盗の夜にも、あることを目撃した。それを見たとき、自分の目が信じられなかったわ。だから今まで黙っていたのよ。このことは言わないようにしよう、って思った。まだしばらくはね。もう少し待っていようって」

「そして、すべてが片づいたら、ある人間からお金をもらおうと思っていたんじゃないのかね？」クラドックはたずねた。

　ミッチは怒った猫のように警部のほうに顔を向けた。

「あら、いけない？　どうしてばかにするの？　親切にも黙っていてあげたのに、どうしてお金をもらっちゃいけないの？　それにいずれお金が、ものすごくたくさんのお金が入ってくるんでしょ。ええ！　あたしだっていろいろ聞いてる。何が起きているのかちゃんと知ってるのよ。このピップとエマの秘密だって知ってるわ。あの人は」ミッチは芝居がかってジュリアを指さした。「偽者なのよ。ええ、あたしは待っていて、お金をもらうつもりだった。でも、今は怖いんです。それより命のほうが大切だわ。きっと、もうじき、誰かがあたしを殺そうとする。だから、知っていることを話します」

「いいだろう」警部は疑わしげに言った。「きみは何を知っているんだね？」

「では、お話しします」ミッチはもったいぶってしゃべりだした。「あの夜、あたしは食器室で銀器を磨いていたんじゃありません。すでにダイニングにいるときに、拳銃が発射される音を聞いたんです。鍵穴からのぞきました。廊下は真っ暗だったけど、銃がまた発射されて、懐中電灯が落ちた——くるくる回転しながら落ちました。そのときあの人を見たんです。男のすぐそばに立ち、拳銃を手にしているのを見ました。それはミス・ブラックロックでした」

「わたし？」ブラックロックがびっくりして顔を上げた。「あなた、頭がどうかしたのね！」

「でも、ありえないよ」エドマンドが叫んだ。「ミッチがミス・ブラックロックを見たわけがない」

クラドックが口をはさんだ。その声はひりひりするほど皮肉がきいていた。

『見たわけがない』とは、ミスター・スウェットナム？　どうしてですか？　拳銃を持って立っていたのはミス・ブラックロックではなかったからですか？　それはあなただった、ちがいますか？」

「ぼくは――もちろんちがいます――なんてこった！」

「あなたがイースターブルック大佐の拳銃を盗んだ。あなたがルディ・シャーツと計画を立てた――おもしろい冗談なのだと言って。あなたがパトリック・シモンズを追って小部屋に入っていったときに、電気が消え、あなたは慎重に油を差しておいたドアからこっそり外に出た。ミス・ブラックロックを狙って撃って、それからルディ・シャーツを殺した。すぐに客間に戻り、ライターをつけた」

一瞬、エドマンドは言葉を失ったようだった。それからわめきだした。

「めちゃくちゃな話だ。どうしてぼくが？　ぼくにどんな動機があるって言うんだ？」

「ミス・ブラックロックがゲドラー夫人よりも早く死ねば、二人の人間が遺産を相続する、覚えているだろう。二人とはピップとエマと言われている人物だ。ジュリア・シモンズがエマだとわかった――」

「そして、ぼくがピップだと？」エドマンドは大声で笑った。「でたらめですよ、まるっきりのでたらめだ。確かに年頃は同じだ。それだけですよ。それに、証明できますよ、ぼくがエドマンド・スウェットナムだと。出生証明書、学校、大学――あらゆるものがそろっている」

「エドマンドはピップじゃありません」部屋の隅から声がした。フィリッパ・ヘイムズが青ざめた顔で進みでてきた。「わたしがピップなんです、警部さん」

「あなたが？」

「ええ。みんな、ピップが男の子だと思ったようですね。もちろん、ジュリアは双子の片割れが女の子だと知っていました。どうして今日の午後にそれを言わなかったのかわかりませんけど」

「家族の連帯意識のせいよ」ジュリアが言った。「突然、あなたが誰なのかわかったのよ。あのときまで想像もしていなかったけど」

「あたしはジュリアと同じことを考えたんです」フィリッパは言った。その声は少し震えていた。「主人を亡くし、戦争が終わったあと、これからどうしようと途方に暮れました。母はとっくの昔に亡くなっていました。ゲドラー家のつながりについて調べました。ゲドラー夫人は死にかけていて、亡くなったら、遺産はミス・ブラックロックに行くことになっていた。あたしは彼女がどこに住んでいるのか調べて、ここに来たんです。ルーカス夫人のところで仕事につきました。ミス・ブラックロックは年配の女性で親戚もいないから、もしかしたら援助してくれるかもしれないと期待したんです。わたしを、ではありません、わたしは働けますから。でも、ハリーの教育費を援助してもらえないかと思ったんです。もともと、ゲドラーのお金だったのですし、ミス・ブラックロックにはこれといって使い道はないのですから」

「そんなときに」フィリッパは早口になって続けた。まるでこれまで抑えていた言葉が、急に勢いよくあふれだしたかのようだった。「あの強盗事件が起きて、わたしは怖くなりはじめたんです。ミス・ブラックロックを殺す動機を持っている人間は、わたしだけのように思えたからです。ジュリアが誰なのかまったく気づきませんでした。わたしたちは一卵性双生児ではないので、外見はあまり似てないのです。ええ、疑われるのはわたしだけだと思いました」

フィリッパは口をつぐみ、顔から金髪の髪をかきあげた。クラドックは、手紙の箱に入っていた色あせたスナップ写真はフィリッパの母親にちがいない、とふいに気づいた。二人は明らかに似ていた。さらに、手紙に書かれていた、手を握りしめたり開いたりするその女性の癖を、どこかで見たことがある気がした理由もわかった。フィリッパは今、まさにそうしていた。

「ミス・ブラックロックはとても親切にしてくださいました。これ以上ないほどよくしてくださったんです。その人を殺そうとなんてしません。殺そうなんて考えたこともありません。でも、やはり、わたしはピップです」フィリッパはつけくわえた。「これで、エドマンドを疑う理由はありませんね？」

「そうですか？」クラドックは問い返した。その声はまた苦々しげになっていた。「エドマンド・スウェットナムはお金が好きな青年です。おそらく、裕福な妻と結婚したいと思っているでしょう。だがミス・ブラックロックがゲドラー夫人よりも前に死ななくては、その女性は裕福な妻にはなれない。しかも、ゲドラー夫人はミス・ブラックロックよりも前に死ぬことは確実に見えるので、どうにか手を打たなくてはならなかった。そうじゃないですか、ミスター・スウェットナム？」

「まるっきりの嘘だ！」エドマンドは叫んだ。

そのとき、いきなり、キッチンのほうから声が響いてきた。長く尾を引く、身の毛もよだつような恐怖の悲鳴だった。

「あれはミッチの声じゃないわ！」ジュリアが叫んだ。

「ああ」クラドック警部は言った。「三人を殺害した犯人の声だ……」

22　真相

警部がエドマンド・スウェットナムのほうを向いて責めているあいだに、ミッチはこっそり部屋を出て、キッチンに戻っていた。ミス・ブラックロックが部屋に入ってきたとき、ミッチは流しに水をためているところだった。

ミッチは気まずそうにちらっとブラックロックを見た。

「あなたって、なんて嘘つきなのかしらね、ミッチ」ブラックロックはにこやかに言った。「あら、洗い方がちがってるわ。まず銀器を入れるの。それから流しに水を張るのよ。五センチぐらいの水じゃ、洗えないわ」

ミッチはおとなしく蛇口をひねった。

「あたしが言ったことで怒っていませんか、ミス・ブラックロック？」

「あなたの嘘に腹を立てていたら、いつも怒っていなくちゃならないわ」

「警部さんに全部作り話だって言いましょうか？」

「そんなこと、警部さんはとっくに知ってますよ」ブラックロックの口調は、やはり感じよかった。

ミッチは蛇口を閉めた。そのとたん頭の後ろからふたつの手が近づき、あっと思うまもなく、水を張った流しに頭が突っ込まれた。

「ただし、今回ばかりは本当のことを言ったんでしょ、わたしだけは知ってるけどね」

ブラックロックは憎らしそうに言った。

ミッチは両手をばたつかせ、抵抗したが、ブラックロックは力が強く、両手は娘の頭を水の下にしっかり押さえつけていた。

そのとき、どこかすぐ後ろから、哀れっぽいドーラ・バナーの声が聞こえてきた。

「ああ、ロティ――ロティ――そんなことしないで、ロティ」

ブラックロックは悲鳴をあげた。両手が宙に上がり、自由になったミッチは水にむせながら顔を上げた。

ブラックロックは何度も何度も悲鳴をあげた。キッチンには他に誰もいなかったのだ。

「ドーラ、ドーラ、許してちょうだい。仕方なかったのよ……ああするしか――」

取り乱しながら食器室のドアに駆け寄った。すると、フレッチャー部長刑事の巨体が行く手を遮った。と同時に、頬を赤らめたミス・マープルが得意そうに掃除道具入れから出てきた。

「わたしは、人の声を真似るのが得意なんですよ」マープルは言った。

「いっしょに来てもらいましょう」フレッチャー部長刑事が言った。「わたしはこの娘を溺れさせようとした現場を目撃しました。それに、他にも罪を犯しているでしょう。警告します、レティシア・ブラックロック――」

「シャーロット・ブラックロックですよ」マープルが訂正した。「いいこと、この人はシャーロットなんです。いつもつけている真珠のネックレスの下に、手術の痕《あと》があるはずです」

「手術？」

「甲状腺腫《こうじょうせんしゅ》の手術です」

すっかり落ち着きをとり戻したブラックロックは、マープルを見た。

「では、すべて知っていたんですね？」

「ええ、しばらく前からわかってました」

シャーロット・ブラックロックはテーブルのそばに腰をおろすと、泣きはじめた。

「あんな真似をするなんてひどいわ。ドーラの声を真似るなんて。わたしはドーラを愛していました。心から愛していたのよ」

クラドック警部と他の人々が戸口に集まってきた。

エドワーズ巡査は救急処置と人工呼吸のやり方を心得ていたので、一生懸命ミッチを介抱した。ミッチはしゃべれるようになると、さっそく自慢しはじめた。

「うまくやったでしょ、ね？　あたし、頭がいいでしょ！　それに勇敢だわ！　ああ、なんて勇敢なのかしら！　もうちょっとのところで、あたしも殺されるところだったのよ。だけど、あたしは勇敢だから、どんな危険だって平気なの」

ミス・ヒンチクリフが人々を乱暴にかきわけて、テーブルのわきで泣いているシャーロット・ブラックロックに飛びかかった。

フレッチャー部長刑事はありったけの力で、ヒンチクリフを押さえつけた。

「まあまあ」部長刑事はなだめた。「ほら、だめですよ、おやめなさい、ミス・ヒンチクリフ――」

ヒンチクリフは歯ぎしりしながら叫んだ。

「止めないで、お願い、止めないでください。この女がエミー・マーガトロイドを殺したのよ」

シャーロット・ブラックロックは顔を上げ、しゃくりあげた。

「あの人を殺したくなかった。誰も殺したくなかったんです――でも仕方なかった。ドーラが何をしゃべるか不安で――ドーラが死んだあと、わたしは一人ぼっちになってしまった。ドーラが死んでからずっと孤独だったんです。ああ、ドーラ、ドーラ――」

そして、再び彼女は両手に顔を埋めて、すすり泣いた。

23　牧師館の夕べ

ミス・マープルは背の高い肘掛け椅子にすわっていた。バンチは両腕で膝を抱えて、暖炉の前の床にすわりこんでいる。

ジュリアン・ハーモン牧師は椅子から体をのりだしていたが、中年にさしかかった男というより、中学生のような表情だった。そしてクラドック警部はパイプを吸い、ウィスキーのソーダ割りを飲み、すっかりくつろいでいる。この四人をとりまくように、ジュリア、パトリック、エドマンド、フィリッパがすわっていた。

「あなたから話していただきましょう、ミス・マープル」クラドックが言った。

「いえ、いえ、とんでもない。わたしはちょっとお手伝いしただけです、ところどころで。警部さんが事件を担当し、すべての指揮をとったのですから、あなたはわたしの知らないこともたくさんご存じですわ」

「じゃあ、二人で話してくださいな」バンチはじれったそうだった。「少しずつ。でも、最初はジェーンおばさんが話してください。ごちゃごちゃのところから推理していくおばさんのやり方が、あたし、好きなんです。すべてはミス・ブラックロックのでっちあげだと、最初に気づいたのはいつだったんですか?」

「そうね、バンチ、はっきり答えるのはむずかしいわ。もちろん、まず最初に、あの強盗事件を企むのに理想的な人物というか、ぴったりの人物と言ったほうがいいかしらね、それはミス・ブラックロック本人に思えました。ミス・ブラックロックはルディ・シャーツと関わりのあったただ一人の人間だったし、ああいうことを手配する場合、自宅だったらずっと簡単でしょ。たとえば、セントラルヒーティングにしてもそうね。暖炉はだめでした。部屋が明るくなってしまうから。でも、暖炉に火をたかないことを決められるのは、その家の女主人だけだったのです。

そのとき、その可能性だけを考えていたわけではありません。残念ながら、こんなに簡単なわけがないと思ったのです! いいえ、ちがいます、他の人と同じように、誰かが実際にレティシア・ブラックロックを殺したがっていると思いこんでしまったのです」

「まず、実際に何が起きたのか、はっきり知りたいんですけど」バンチが言った。「スイス人青年はミス・ブラックロックの正体を見抜いたのですか?」

「ええ。青年が働いていたのは――」

マープルは言いかけて、クラドックをちらりと見た。

「ベルンのアドルフ・コッホ博士の病院です」クラドックは言った。「コッホは甲状腺腫の手術では世界的権威でした。シャーロット・ブラックロックはその病院で甲状腺腫をとってもらった。ルディ・シャーツはそこで掃除人をしていたんです。イギリスに来て、ホテルで昔の患者を見かけ、よく考えずに話しかけてしまったのです。ちょっと頭を働かせていれば、そんなことをしなかったでしょう。病院を辞めたのは、罪になることをしたせいだったのですから。しかし、退院してからのことだったので、シャーロットはそんな事情は知らなかったのでしょう」

「では、シャーツはモントルーのことや、父親がホテル経営者だとかは言わなかったのですか？」

「ああ、そうですとも、シャーツに話しかけられたことの説明をつけるために、彼女が作り話をしたんですよ」

「あの人にとっては大きなショックだったでしょうね」マープルが考えこみながら言った。「当然、大丈夫だと思っていたんですよ。ところが、あの人を知っている人間が現われるという、ほとんどありえないようなことが起きたのです。ブラックロック姉妹の一人としてではなく――それに対しては心構えをしていたでしょう――はっきりとシャーロット・ブラックロックとして、甲状腺腫の手術を受けた患者として顔を知っている人間が。

でも、最初から聞きたいのでしょう。そうね、クラドック警部も同意してくださるでしょうけれど、話はシャーロット・ブラックロックが、かわいらしくて陽気で愛情深い少女が、甲状腺腫という喉の甲状腺が大きくなる病気にかかったところから始まるんです。そのせいでシャーロットの人生は台無しになりました。とても繊細な少女だったからです。しかも、いつも外見をとても気にしていました。その年頃の少女は、とりわけ自分の容姿に敏感ですからね。シャーロットに母親がいたら、あるいは父親がもっと、ものわかりのいい人物だったら、あれほどのひきこもり状態にはならなかったと思います。シャーロットの殻を破り、いろいろな人に会わせてくれ、普通の生活を送って病気のことをあまり考えすぎないように、と忠告してくれる人は誰もいなかったのです。それに、もちろん別の家庭で育っていたら、とっくに手術を受けていたでしょう。

でも、わたしが思うにブラックロック医師は、古くさい考え方の、心の狭い頑固な暴君だったのです。彼は手術を信用していませんでした。ですから積極的な治療は一切しなかった――せいぜいヨードの投薬ぐらいで。シャーロットはそれに甘んじていました。それに姉も、内科医としての父の力を実際以上に信用していたようです。

シャーロットは弱くて世間知らずだったので、父親に頼りきっていました。父親が病気のことをいちばんよく知っている、と考えていたのでしょう。でも、喉の腫瘍《しゅよう》が大きく目立つようになるにつれ、家にひきこもり、人に会おうとしなくなったのです。本来は親切で愛情深い性格だったのですけれど」

「人殺しがそういう人柄だったというのは奇妙ですね」エドマンドが言った。

「そうかしら」マープルは言った。「気が弱くて親切な人間は、しばしば道を誤るものですよ。それにそういう人が人生に恨みを抱くと、道徳心がゆがんでしまうのです。レティシア・ブラックロックは、まったくちがう気質の人間でした。クラドック警部によれば、ベル・ゲドラーは、レティシアのことをとても善良な人だったと評したそうですね。わたしもそう思います。きわめて正直な人間で、他人が不正直なことを平気でするのが理解できない、と彼女の手紙にも書かれていました。どんなにそそのかされても、レティシア・ブラックロックは人をだますようなことは絶対にしようとしなかったのです。

レティシアは妹を深く愛していました。毎日の生活について妹に長い手紙を書いて、世の中に目を向けさせようとしました。シャーロットがひきこもって暮らしていることが心配だったのです。

とうとうブラックロック医師が亡くなりました。ただちにレティシアはランダル・ゲドラーの仕事を辞めて、シャーロットの看病に専念しました。妹をスイスに連れていって、手術の可能性について専門家に相談しました。手遅れになりかけていたのです。でも、知ってのとおり、手術は成功しました。喉の腫瘍はなくなりました。手術の傷痕は、真珠やカメオのネックレスで簡単に隠せるものでした。

戦争が始まりました。イギリスに戻ることはむずかしくなり、二人の姉妹はスイスに残って、赤十字などの仕事をしていたのです。そうですわね、警部さん？」

「ええ、ミス・マープル」

「ときどきイギリスから手紙が来ました。その中に、ベル・ゲドラーがもう長くないという知らせもあったのでしょう。莫大な遺産が手に入ったときの計画を立てたり、相談しあったりしたとしても、人間らしいと言えるのではないかしら。ただし、お気づきのように、もらえるかもしれない遺産は、レティシアよりもシャーロットにとって大きな意味があったのです。生まれてはじめて、シャーロットは自分が普通の女性だと感じていました。嫌悪や哀れみの目を向けられることがない女性。ついに自由に人生を謳歌《おうか》することができるようになったのです。残りの人生で、いわばこれまでの人生の分も取り返そうと考えたことでしょう。旅行、美しい庭のある家、服や宝石、お芝居やコンサート、あらゆる気まぐれ。まさにおとぎ話がシャーロットにとって現実になりかけていたのです。

そんなとき、健康そのものだったレティシアがインフルエンザにかかり、肺炎を発症して一週間とたたないうちに亡くなってしまうのです！　シャーロットは姉を失ったばかりか、計画していた夢がすべて消えてしまったのです。おそらく、レティシアを恨みさえしたでしょうね。よりによってベル・ゲドラーが長くないという手紙をもらったときに、どうしてレティシアは亡くなってしまったのか？　あとひと月もすれば、遺産はレティシアのものになったかもしれない。そしてレティシアが亡くなれば、シャーロットのものになったのです。

ここで、二人の性格のちがいが現われたのです。シャーロットはふと思いついたことを実行しても悪いとは思わなかったのです。さほど悪いとはね。お金はレティシアのものになるはずでした。数カ月のうちにはレティシアのものになっていたはずです。そして、シャーロットはレティシアと自分を一人の人間として考えていたのです。

おそらく、医者か誰かに姉の名前をたずねられたときに、その思いつきが浮かんだのでしょう。それまでは、たんにブラックロック姉妹で通っていたのです。年配で育ちのいいイギリス人女性、同じような服装をして、姉妹らしくよく似た顔つき。それに、バンチに申しましたけど、年配の女性はみんな似ているものなんですよ。死んだのはシャーロット、生きているのはレティシア、そういうことにしてもかまわないんじゃないだろうか？　と思ったのでしょうね。

たぶんちゃんとした計画ではなく、とっさに思いついたのでしょう。レティシアはシャーロットの名前で埋葬されました。〝シャーロット〟は死に、〝レティシア〟がイギリスにやって来たのです。長年眠っていた本来の行動力やエネルギーが活動を始めました。シャーロットのときは脇役の立ち場でしたが、いまやレティシアとして主役の風格を漂わせるようになったのです。二人は知性の点では、あまりちがいはなかったのでしょう。ただし、道徳的には大きなちがいがあったのですけど。

当然、シャーロットはいくつかの用心をしなくてはなりませんでした。イギリスでもまったくなじみのない土地に家を買いました。避けなくてはならない人々は、カンバーランド（そこではどっちみち世捨て人のように暮らしていたのですが）の故郷にいる、わずかな知り合いだけでした。それから、もちろんレティシアをよく知っているベル・ゲドラーです。ベルが相手では、レティシアになりすますことは不可能です。筆跡の問題は、手が関節炎になっていることにしてごまかしました。シャーロットを知っている人間はごくわずかしかいなかったので、苦労せずにうまくいったのです」

「でも、レティシアを知っている人に会ったらどうするんでしょう?」バンチがたずねた。「何人もいたはずですよ」

「同じように問題なかったでしょう。こう言われるだけですよ。『このあいだレティシア・ブラックロックに会ったわ。すごく変わってしまっていて、すぐにわからなかったほどよ』でも、レティシアではないという疑いは生じないでしょう。人は十年もすれば変わるものです。彼女のほうで相手が誰だかわからなかった場合は、近眼のせいにすればいいのです。それに、覚えているでしょ、シャーロットはロンドンでのレティシアの生活を、こと細かく知っていたのです。会った人たち、行った場所。シャーロットはレティシアの手紙を読み返していたので、特定のできごとや、共通の友人の消息をたずねたりして、すぐに疑いを晴らすことができたのです。恐れていたのは、シャーロットだと見破られることだけでした。

シャーロットはリトル・パドックスに落ち着いて、近所の人ともつきあうようになりました。そんなとき、レティシアの親切心を求める手紙が届き、会ったこともない二人の若い親戚を喜んで下宿させることにしたのです。二人がレティ伯母さんとして認めてくれたことで、レティシアの身元はさらに安泰になったのです。

すべて順調でした。ただし、大きな過ちを犯してしまったのです。それはシャーロットの親切心と本来の愛情深い性格のせいで生じた過ちでした。辛い暮らしをしている昔の学校友だちから手紙をもらったのです。そして、急いで助けに駆けつけました。おそらく、なによりもシャーロットが孤独だったせいでしょう。秘密を守るためには、他人とのあいだに距離を置かなくてはならなかったからです。それに、彼女はドーラ・バナーを本当に好きだったのです。ドーラは、シャーロットの楽しく悩みのない学校時代のシンボルでした。ともあれ、衝動的にシャーロットはドーラに返事を書きました。ドーラはさぞ驚いたことでしょう！　レティシアに手紙を書いたら、その手紙に応じて現われたのはシャーロットだったのですから。ドーラに対しては、レティシアになりすますことはできませんでした。ドーラは、シャーロットが孤独で不幸な時期につきあっていた数少ない友人の一人だったのです。

そして、ドーラは自分とまったく同じ見方をするだろうと信じていたので、シャーロットはすべてを打ち明けました。ドーラは心から賛同してくれました。ドーラの善悪の区別もつけられない判断力に乏しい頭では、レティが早く死んだせいで、ロティが遺産を奪われるのは正しくないと思えたのです。ロティは勇敢に苦しみに耐えてきたのだから、報われるべきだ。すべてのお金が聞いたこともない相手に行ってしまったら、あまりにも不公平だ。ドーラはそんなふうに感じたのでしょう。

ドーラは決して秘密をもらしてはいけない、ということをよく理解しました。ちょうど余分に手に入れたバターのようなものです。人に話すわけにはいかないが、自分の物にするぶんには問題ないのです。こうしてドーラはリトル・パドックスにやって来ました。そしてまもなく、シャーロットは大きな過ちを犯したことに気づきはじめるのです。ドーラ・バナーがいつも混乱したり、まちがったり、しくじったりして、いっしょに暮らしているといらいらさせられる、というだけではありません。それならシャーロットは我慢できました。心からドーラを愛していたし、医者からドーラがもう長く生きられないと聞いていたからです。でも、ドーラはたちまち大変な危険人物になりました。シャーロットとレティシアはフルネームで呼びあっていましたが、ドーラはいつも縮めて呼んでいたのです。ドーラにとって、姉妹はいつもレティとロティでした。そして友人をレティと呼ぶように覚えこんだつもりでも、ついロティと口を滑らせてしまうのでした。過去の思い出も、ついしゃべってしまいました。シャーロットはいつも、忘れっぽいドーラが何か口を滑らせてしまうのではないかと警戒していました。それがだんだん神経に障ってきたのです。

　でも、誰もドーラのまちがいを気に留めませんでした。シャーロットの安全にとって最大の打撃は、ロイヤル・スパ・ホテルでルディ・シャーツに正体を知られ、話しかけられたことだと思います。

ルディ・シャーツがそれまでホテルでごまかしたお金の埋め合わせは、シャーロット・ブラックロックから出たのではないかと思います。でも、クラドック警部も、わたしも、ルディ・シャーツが家を訪ねてお金をねだったのは、脅迫しようとしたのではないと思っています」

「シャーツは恐喝しようとは、これっぽっちも考えていなかったのでしょう」クラドック警部が言った。「シャーツは自分が人好きのする青年だと承知していたんです。そして、経験から、人好きのする青年は年配の婦人からお金を手に入れられることを知っていました。納得させられるようなお涙ちょうだいの話を聞かせることができればね。

しかし、シャーロットは別の見方をしたのかもしれない。遠回しの脅迫だと考え、シャーツは何か勘づいたのかもしれないと心配になった。それに、ベル・ゲドラーが亡くなったあとで新聞に遺産相続の記事が載ったら、シャーツは金蔓《づる》を見つけたと思うにちがいない、と考えたのでしょう。

確かにシャーロットは詐欺行為を犯しているのです。レティシア・ブラックロックと名乗っていたのですから。銀行にも。ゲドラー夫人にも。ただひとつの障害は、信用できない、おそらくは恐喝者のうさん臭いスイス人フロント係だった。その男さえいなくなれば、シャーロットは安全でした。

おそらく最初はたんなる空想として計画を立てたのでしょうな。当時の生活には感動とかドラマが不足していましたからね。細かいところまであれこれ考えて、楽しんでいたのでしょう。どうやったら、あの男を殺せるだろうかと。

シャーロットは計画を立てた。そして、ついに行動に移すことにした。ルディ・シャーツにこう説明したのです。パーティーでホールドアップを演じることになった。そこで、みんなの知らない人間に〝強盗役〟を演じてもらいたい。協力に対しては気前のいいお礼をする。こうもちかけたのです。

変だとも思わずにシャーツが承知したことからして、シャーロットを強請《ゆす》ろうとは考えていなかったにちがいありません。シャーツにとって、シャーロットは金払いのいい愚かな老婦人にすぎなかったのです。

シャーロットはシャーツに広告を出させ、家の中の配置を知るためにリトル・パドックスを訪ねてくるように指示をし、シャーツを出迎え、問題の夜に家へ入る場所を教えた。もちろん、ドーラ・バナーはそういうことを一切知らなかったのです。当日が来ました――」警部は言葉を切った。

マープルが穏やかな声で、そのあとをひきとった。「シャーロットはとても辛く苦しい一日を過ごしたでしょうね。まだ、手を引こうとすれば、引けたのですから。レティはその日怯えていたと、ドーラ・バナーは言ってましたが、きっとそうだったにちがいありません。これからすることに対して怯えていた、計画が失敗することに怯えていた――でも、計画をあきらめるほどは怯えていなかったのです。

イースターブルック大佐の引き出しから拳銃を持ち出すのは、さぞわくわくしたでしょうね。卵かジャムを持っていき、誰もいない家の二階にすばやく上がる。客間の第二のドアが音を立てずに開いて閉まるように、油を差すのもおもしろかったでしょう。フィリッパの活け花がもっと映えるようにと、ドアの外のテーブルを移動するように提案することも楽しかった。すべてはゲームのようだったでしょう。でも、次に起きたことは、まるっきりゲームではありませんでした。ええ、シャーロットは不安になっていました。ドーラ・バナーはその点では正しかったのですわ」

「それでも、シャーロットはやり抜くことにした」クラドックが言った。「そして、計画どおりに事は進んでいった。六時少し過ぎに〝アヒルを閉じこめるために〟外に出ていき、シャーリーツを家に入れ、覆面とマントと手袋と懐中電灯を渡した。そして六時半に、時計がチャイムを鳴らしはじめると、通路わきのテーブルのそばに行き、タバコ入れに手を伸ばした。ごく自然な態度でした。主人役のパトリックは飲み物をとりに行った。

女主人のシャーロットはタバコをとりに行った。時計が鳴りはじめたら、全員が時計のほうを見るだろう、と考えていたのですが、はたしてそのとおりだった。たった一人だけ、忠実なドーラは友人から目を離さなかった。そして、最初の供述のときに、ミス・ブラックロックがしていたことを、正確に話してくれたのです。ドーラはミス・ブラックロックがスミレの花びんを手にとっていた、と言いました。

シャーロットはすでにスタンドのコードをおおう布地をほつれさせて、中の電線をむきだしにしておいたのです。すべては一瞬のうちに行なわれた。タバコ入れ、花びん、小さなスイッチはすべて同じ場所にあった。シャーロットはスミレをつまみあげ、コードのほつれた場所に水を垂らし、スタンドのスイッチを入れた。水は電気をよく伝えます。とたんにヒューズが飛びました」

「このあいだの午後も牧師館で同じようなことがあったわ」バンチが言った。「それであんなにびっくりなさったのね、ジェーンおばさん？」

「ええ、そうなの。あの電気のことでずっと頭をひねっていたんですよ。スタンドがふたつあることには気づいていましたわ。片方がもう片方と交換されていたのね、たぶん夜のあいだに」

「そうなんです」とクラドック。「フレッチャーが翌朝スタンドを調べると、他のものと同じようにまったく問題はなく、コードがほつれたり、ヒューズが飛んでいたりということもなかった」

「ドーラ・バナーが前の晩には女の羊飼いだった、と言った意味がやっとわかったのです」マープルが言った。「でも、ドーラと同じように、パトリックがやったのだと考えるまちがいを犯してしまいました。ドーラ・バナーは、興味深いことに、人から聞いた話を繰り返してもらう場合はまったく当てになりません。自分の想像力で、大げさにしたり、ゆがめてしまったりするのです。しかも、ドーラの考えたことはたいていまちがっていました。でも、目で見たものについては、きわめて正確でした。ドーラは〝レティシア〟がスミレをつまみあげているのを見たのです」

「さらに、閃光が走り、バリバリという音がした、とも言っていましたね」クラドックが言葉を添えた。

「ええ、そうでしょうとも。バンチがクリスマスローズの花びんの水をスタンドの電線に垂らしたとき――わたしはすぐに気づいたのです。ミス・ブラックロックだけしか、あのテーブルの近くにいなかったのだから、ヒューズを飛ばして電気を消すことができたのは、あの人だけだったって」

「われながら情けないですが」とクラドックは言った。「ドーラ・バナーは誰かが『タバコを置いた』のでテーブルに焼け焦げができたと文句を言っていたんです。しかし、誰もタバコに火すらつけていなかった。そして、スミレは花びんに水がなかったので、しおれたのです。ミス・ブラックロックのちょっとしたミスですね。また水を入れておくべきだった。しかし、おそらく誰も気づかないし、当然、ミス・バナーはそもそも自分が水を入れ忘れたと思うはずだと安心していたのでしょう」

クラドックは先を続けた。

「それに、ミス・バナーはとても暗示にかかりやすいのです。ですから、ミス・ブラックロックは何度かそれを利用しました。パトリックに対する疑いは、ミス・ブラックロックに吹きこまれたものなんですよ」

「どうしてぼくなんだろう?」パトリックは腹立たしげだった。

「ちょっとした暗示だったのでしょう。でも、すべての筋書きを書いたのはミス・ブラックロックだったのではないかと、ミス・バナーに疑わせないようにするには充分だったのです。さて、次に起きたことはご存じですね。明かりが消え、みんなが口々に叫びはじめると、ミス・ブラックロックは前もって油を差しておいたドアから出て、ルディ・シャーーツの背後から近づいた。シャーーツは懐中電灯で部屋をぐるっと照らし、いそいそと自分の役を演じていた。ミス・ブラックロックが庭仕事用の手袋をはめ、拳銃を持って背後に立っているとは、これっぽっちも思わなかったでしょうな。ミス・ブラックロックは懐中電灯が目当ての場所を——自分が立っているすぐそばの壁を照らすのを待つ。そしてすばやく二発撃ち、驚いてシャーツが振り向くと、相手の体に拳銃を押しつけて、もう一発撃つ。シャーツの体のわきに拳銃を落とし、手袋を廊下のテーブルに放りだすと、もうひとつのドアから部屋に入って、電気が消えたときに立っていた場所に戻る。耳に傷をつける。どうやったのかはわかりませんが——」

「爪切りばさみですよ、たぶん」マープルが言った。「耳たぶはちょっと切っただけで、血がたくさん出るんです。非常に巧みな心理作戦ですわね。白いブラウスに本物の血が垂れていたら、実際に撃たれて、弾丸がかすったのだと思わせることができます」

「何もかもとてもうまくいった」クラドックが言った。「シャーツはミス・ブラックロックを狙ったのだ、というドーラ・バナーの主張も役に立った。知らないうちに、ドーラ・バナーは実際に友人が撃たれたのを目にしたかのような印象を与えたのです。もしかしたら自殺か事故死で片づけられていたかもしれない。そうしたら、事件は終わっていたでしょう。捜査を続けられたのは、ミス・マープルのおかげですよ」

「あら、とんでもないですわ」マープルはきっぱりと首を振った。「わたしのささやかな努力は本当に、たまたまだったんですもの。満足なさっていなかったのは、あなたでしょ、警部さん。あなたが事件を終わりにしたくなかったのですわ」

「納得できなかったんですよ」クラドックは言った。「どこかおかしいと感じた。しかし、あなたに教えていただくまでは、どこがまちがっているのかわからなかった。そのあと、ミス・ブラックロックにとって不運が続いた。わたしは第二のドアに手が加えられていたことを発見した。そのときまでは、すべては単に推測でしかなかった。しかし、あの油を差したドアは証拠になった。しかも、まったくの偶然で——まちがってノブを回そうとしたせいで、その事実を発見したのです」

「運命の導きだったのでしょうね、警部さん」マープルが言った。「古くさい考え方かもしれませんけれど」

「そして捜査をまたやり直すことになった。しかし、今回はちがった角度からだった。われわれはレティシア・ブラックロックを殺す動機のある人間を探そうとしたんです」

「そして、その動機を持っていた人間は実際に存在していて、ミス・ブラックロックはそれを知っていたんです」マープルが言った。「彼女は会ったとたんにフィリッパに気づいたのだと思います。ソニア・ゲドラーは、シャーロットと親しかった数少ない人間の一人だったのですから。それに、人は年をとると（あなたには、まだおわかりにならないでしょうけどね、ミスター・クラドック）、つい一、二年前に会った人よりも、若いときの知り合いの顔をよく覚えているものなのです。フィリッパはシャーロットの覚えている母親と同じ年頃でしたし、母親によく似ていました。奇妙なことに、シャーロットはフィリッパに気づいてとてもうれしかったのだと思います。フィリッパをたいそう気に入ったのです。たぶん無意識のうちに、それによって良心の咎《とが》めをなだめていたのでしょう。遺産を相続したら、フィリッパの面倒を見ようと考えていました。娘のように思っていたのでしょう。フィリッパとハリーの親子といっしょに暮らそうと。その思いつきはとても楽しい、愛情あふれるものに感じられました。でも、警部さんが質問を始めて、〝ピップとエマ〟について探りだすと、シャーロットはとても不安になりました。フィリッパに罪をきせたくありませんでした。そもそも、シャーツが強盗を計画して事故死したように見せかけるつもりだったのです。でも、油を差したドアのことが見つかり、事件の見方ががらりと変わってしまったのです。しかも、フィリッパをのぞいては、シャーロットを殺す動機を持っている人間は他にいませんでした。シャーロットはジュリアの正体にまったく気づいていなかったのですよ。シャーロットはフィリッパの正体がばれないように、できるだけのことをしました。あなたが質問したときにはすばやく頭を働かせて、ソニアは小柄で黒髪だと答え、アルバムから古いスナップ写真をはがしました。フィリッパと似ていることに気づかれないようにするためです。と同時に、レティシアの写真もはがしたのです」

「ところが、このわたしはスウェットナム夫人がソニア・ゲドラーだと疑っていたんだ」クラドックは自分に愛想をつかしたように言った。

「かわいそうな母さん」エドマンドがつぶやいた。「やましいところのない人生を送ってきた女性なのに。まあ、ぼくはそう信じてきたんですが」

「でも、もちろん」マープルは言葉を続けた。「本物の危険はドーラでした。どんどんドーラは忘れっぽくなり、口が軽くなっていきました。あそこにお茶に行ったとき、ミス・ブラックロックがドーラを見た目つきは忘れられませんわ。理由はおわかりかしら？　ドーラはまたあの人にロティと呼びかけたんですの。わたしたちには、ただの言いまちがいに思えました。でも、シャーロットは恐怖にすくみあがりました。しかも、いつもそんな調子だったのです。気の毒なドーラはついべらべらしゃべってしまったのです。その日、わたしたちはブルーバード・カフェでコーヒーを飲んでいました。ドーラは二人の人間について話しているみたいで、奇妙な印象を受けたんですの。実際、そうだったのですけどね。きれいではないけど、りっぱな人柄だ、とほめていたかと思うと、今度はかわいらしくて陽気な女の子だった、と回想するのです。レティを頭がよくて成功した女性だと言っておきながら、なんて辛い人生を送ってきたのかしらと同情して、『みじめな苦難を勇敢に耐えて』という詩の言葉を引用しました。それはレティシアの人生とはまるっきり一致しないものでした。シャーロットはあの朝カフェに入ってきたとき、話の大部分を聞いてしまったのではないかと思います。スタンドは交換されていた、とドーラが言った部分はまちがいなく耳に入ったと思います。女の羊飼いではなく男の羊飼いに変わっていた、という部分です。そして、そのとき愛情深い気の毒なドーラ・バナーが、自分にとって非常に危険な存在になっていることに気づいたのです。

カフェでのわたしとの会話が、ドーラの運命を決めたのではないかと思います。大げさな言い方ですけど。でも、結局は同じ結果になったのでしょうね。ドーラ・バナーが生きている限り、シャーロットは安全ではなかったからです。シャーロットはドーラを愛していました。ドーラを殺したくはなかった。でも、他に方法はなかったのです。それに、たぶん（あなたに話したエラートン看護師のようにね、バンチ）そのほうが親切なのだと自分に言い訳したのですよ。かわいそうなドーラ、どっちみち長く生きられず、最期は苦しむだろうからって。おかしな話ですけど、シャーロットはドーラの最後の日を幸せなものにするために、精一杯の努力をしました。バースデーパーティー、特別なケーキ……」

「美味なる死」フィリッパが身震いをしながら言った。

「ええ、ええ、あれはまるで……友人に美味なる死を与えようとしたみたいでしたわね。パーティー、ドーラの好物、集まった人々にはドーラを動揺させるようなことを言わせないようにしました。そして、毒入りの錠剤を、自分のベッドわきに置いたアスピリンのびんに入れておく。ドーラは買ったばかりのアスピリンのびんが見つからなければ、そのびんから薬を服むことになるでしょう。その結果、その錠剤はレティシアを狙ったもののように見えたのです……。

こうしてドーラは寝ているうちに亡くなりました。とても幸せに。そしてシャーロットはこれで安心だと感じたことでしょう。でも、ドーラ・バナーがいなくなって喪失感に打ちのめされたのです。ドーラの愛情と忠実さが恋しかった、昔のことを語り合えなくなって寂しくてたまらなかったのです。わたしがジュリアンの手紙を持って訪ねた日、激しく泣きじゃくっていました。その悲しみは本物でしたわ。自分の大切な友だちを殺してしまったのですから……」

「恐ろしい話」バンチが言った。「ぞっとするわ」

「でも、とても人間的ですな」ジュリアン・ハーモンが言った。「人殺しも、とても人間的なんですね」

「そうですね」マープルはうなずいた。「人間らしいですね。そして、しばしば、とても同情したくなりますわ。でも、きわめて危険でもあるのです。とりわけ、シャーロット・ブラックロックのように弱くて愛情深い殺人者は。というのは、弱い人間は本当に怯えると、恐怖のあまり凶暴になり、自分を抑えきれなくなるんです」

「マーガトロイドの件ですか？」ジュリアンがたずねた。

「ええ、かわいそうなミス・マーガトロイド。シャーロットはコテージを訪ねていって、二人が殺人の場面を再現しているのを聞いたのでしょう。窓が開いていたので、聞き耳を立てました。そのときまで、他に危険人物がいるとは思ってもみなかったでしょうね。ミス・ヒンチクリフは友人が見たものを無理やり思い出させようとしていました。シャーロットは何かを見た人がいるなんて想像もしていなかったのです。全員が反射的にルディ・シャーツを見ていたと思っていました。窓の外で息を潜めて聞いていたことでしょう。大丈夫かしら、と。そのときです、ちょうどミス・ヒンチクリフが急いで駅に行こうとしたとき、ミス・マーガトロイドはあることに思い当たりました。たまたま真実を探り当ててしまったのです。ミス・マーガトロイドはミス・ヒンチクリフに呼びかけました。『彼女はあそこにいなかった』……。

わたしはミス・ヒンチクリフにどういう言い方だったのかたずねました。もし〝彼女は〟に力をこめたのだとしたら、同じ意味にはなりませんからね」

「あまりにも微妙な問題で、わたしにはよくわからないんですが」クラドックが言った。

マープルはピンク色に上気した熱意にあふれた顔を、警部に向けた。

「ミス・マーガトロイドの頭の中で何が起きていたかを考えてみてください。人はいろいろなものを目にしますけど、実は見ていることに気づかないのです。以前、わたしが鉄道事故にあったときは、車両に塗られたペンキに大きな気泡があるのに気づきました。あとで絵に描けたほどはっきり覚えています。また、ロンドンに爆弾が落ちたとき、ガラスがそこらじゅうに飛び散ってひどい衝撃を受けたのですけれど、いちばんよく覚えているのは、目の前に立っていた女性のストッキングに大きな穴が開いていたことです。しかも、ストッキングは左右ちぐはぐだったんですの。ですから、ミス・マーガトロイドが考えるのをやめて、ただ見たものを頭に浮かべようとすると、たくさんのことを思い出したのです。

彼女はたぶんマントルピースのあたりから記憶をたどっていったのでしょうね。そこに懐中電灯の光が最初に当たったので。それから光はふたつの窓に移動していきます。窓とミス・マーガトロイドの間には、いろいろな人がいました。たとえば、ハーモン夫人は拳を目に押し当てていました。頭の中の懐中電灯が、口を大きく開けて、目を丸くしているミス・バナーを照らします。光がむきだしの壁とスタンドとタバコ入れのあるテーブルを通り過ぎていく。そのとき、はっと気づいたのです。ミス・マーガトロイドはとうてい信じられないようなことを思い出したのです。あとで、そこの壁に二発の弾丸の痕を見ました。撃たれたときレティシア・ブラックロックが立っていた壁です。しかし、銃が発射されて、レティが撃たれたとき、レティはそこにいなかったのです……。

もう、わたしの言う意味はおわかりでしょう？　ミス・マーガトロイドは、ミス・ヒンチクリフに考えるように言われた三人の女性について考えていました。そのうちの一人がそこにいなかったのなら、特定の人物をさすような言い方をしたでしょう。こう言ったはずです。『あの人だわ！　**彼女は**あそこにいなかったのよ』でも、ミス・マーガトロイドの頭にあったのは場所でした。誰かがいるはずだった場所。しかし、その場所は空っぽだった、誰もいなかったのです。ただ、それを即座に理解できませんでした。だから『とうてい信じられないようなことなの』と言ったのです。『彼女は**あそこに**いなかったのよ』ですから、それが意味しているのは、レティシア・ブラックロックしかいませんでした」

「でも、とっくにそのことをご存じだったんでしょ？」バンチがたずねた。「スタンドのヒューズが飛んだときに。紙にいろいろ書きつけていらっしゃったときに」

「ええ、そうね。そのとき、すべてが結びついたんですよ。ばらばらのさまざまな事実が、はっきりしたひとつのパターンを浮かび上がらせたのです」

バンチはマープルのメモを小声で引用した。

「スタンド？　ええ、そうね。スミレ？　これも、わかったわ。アスピリンのびん。あの日、ドーラは新しいびんを買いに行ったのだから、レティシアのアスピリンを服む必要はなかった、という意味かしら？」

「ドーラのびんがとられたり、隠されたりしていたら別ですよ。レティシア・ブラックロックが狙われたように見えなくてはならなかったのです」

「ああ、なるほど。それから美味なる死。ケーキね――でも、ただのケーキじゃないわ。パーティー全体が計略だったのね。死ぬ前に楽しい一日を彼女に贈った。処分しようとしている犬にやさしくするようなものだわ。そのことがとっても恐ろしく感じられます。そういう見せかけだけの親切が」

「あの人はとても親切な人間だったのですよ。キッチンで最後に言ったことは本心だったのでしょう。『誰も殺したくなかった』。あの人がほしかったのは自分のものではない多額のお金だったのです！　そして、その欲望の前には、他のすべてがどうでもよくなってしまった。欲望にとりつかれてしまったのね。そのお金は苦しかった人生を償《つぐな》ってくれるはずだったのですよ。世の中に恨みを抱いた人間は危険です。世の中は自分に償いをするべきだと考えがちですから。シャーロット・ブラックロックよりもずっと苦しみ、世間と交わらずに暮らしている病人をたくさん見てきましたけど、どうにか幸せで満足できる人生を送っていましたわ。幸福になるのも、不幸になるのも、その人次第です。あらまあ、話がそれてしまいましたね。どこまで話したかしら？」

「メモのことです」バンチが言った。「〝問い合わせ〟って、どういう意味でしたの？何を調べるんですか？」

マープルはいたずらっぽくクラドック警部に向かって首を振った。

「あなたもごらんになったでしょ、クラドック警部。レティシア・ブラックロックから妹に宛てた手紙を見せてくださいましたね。その中に、〝問い合わせ〔enquiries〕〟という言葉が二度出てきます。どちらのつづりも最初は〝e〟になっています。でも、バンチに頼んであなたに見せたメモでは、ミス・ブラックロックは最初を〝i〟にして〝問い合わせ〔inquiries〕〟とつづっているんです。大人になっても、そういうつづり方の癖は変わらないものです。わたしにはとても重要なことに思えました」

「ええ」クラドックは同意した。「そのことに気づくべきでしたな」

バンチはメモの言葉を続けた。「〝みじめな苦難を勇敢に耐えて〟。これはカフェでドーラが言ったことですね。もちろん、レティシアは苦難なんて経験しなかった。〝ヨード〟。それで甲状腺腫のことが閃いたんですか?」

「ええ、そうよ。スイスだったし、ミス・ブラックロックは妹が死んだのは肺結核だったように思わせていました。でも、そのとき甲状腺腫の最高の権威も、その手術を得意とする外科医もスイスにいる、ということを思い出したんですの。そして、その考えはレティシア・ブラックロックがいつもつけているみっともない真珠のネックレスに結びつきました。あの人らしくないアクセサリーですけど、実は傷痕を隠すためにうってつけだったのです」

「それで、糸が切れたときにあんなにあわてたんですね」クラドックは言った。「あのときは、どうしてこんなに騒ぎ立てるのかと思ったのですが」

「そして、そのあとに〝ロティ〟と書いてますね、レティではなく」バンチは言った。

「ええ、妹の名前がシャーロットだと思い出したのです。そしてドーラ・バナーはミス・ブラックロックを一、二度、ロティと呼びました。そのたびに、あとからドーラはとてもあわてていました」

「それから、〝ベルン〟と〝老齢年金〟は?」

「ルディ・シャーツはベルンの病院で掃除人をしていました」

「では、〝老齢年金〟は?」

「ああ、バンチ、ブルーバード・カフェであなたに話したでしょう？ もっとも、あのときはそういうつもりで言ったのではありませんけど。ワザースプーン夫人が自分の分だけじゃなくて、バートレット夫人の老齢年金も引き出していたって。何年も前にバートレット夫人は亡くなっていたのに。それというのも、老婦人はみんなそっくりだからなんです。ええ、それでひとつのパターンがはっきり見えてきて、すっかり興奮してしまったので、頭を冷やしに外に出ました。そして、それを証明するにはどうしたらいいかしら、と考えていたんです。そのとき、ミス・ヒンチクリフが車に乗せてくれて、ミス・マーガトロイドを見つけたわけなんです」

マープルの声は暗くなった。もはやそこには興奮も満足も感じられなかった。苦渋と後悔がにじんでいた。

「そのとき、何か手を打たなくてはと思ったのです。大至急！ でも、証拠がまだなかったの。そこで、ある計画を思いついて、フレッチャー部長刑事に相談しました」

「そして、わたしはフレッチャーをそのことで叱りつけました！」クラドックは言った。

「まずわたしに報告もせずに、あなたの計画に乗ってはいけなかったんです」

「部長刑事は乗り気ではなかったのですけど、わたしが説得したんですの。リトル・パドックスに行き、わたしはミッチをつかまえましたわ」

ジュリアが大きく息を吸いこんだ。「よくミッチを協力させることができましたね、びっくりです」

「一生懸命説得しましたわ。あの娘は自分のことばかり考えているのですけど、こんなふうに他人のために何かしたことは、きっとミッチのためになるでしょう。もちろん、おだてましたよ。故国ではきっとレジスタンス運動に加わっていたのでしょうね、と。そうしたら『ええ、当然よ』と答えました。そこで、そういう仕事にぴったりの人間だとほめました。勇敢で、危険をものともせず、正しい行動ができる人ですからって。それからレジスタンス運動に関わっていた女の子のお手柄を話して聞かせました。事実もありましたけど、作り話もありましたわ。ミッチはとっても興奮してしまったんです」

「驚いたな」パトリックが言った。

「そこで、ミッチにある仕事をしてほしいと頼んだのです。せりふが完璧に言えるようになるまで練習しました。それから、二階の自分の部屋に行って、クラドック警部が来るまで下りてこないようにと指示しました。こういう興奮しやすい人の場合、早まってしまい、タイミングよりも前に始めてしまいがちなのが難点なのです」

「ミッチはとても上手にやったわ」ジュリアが言った。

「よく狙いがわからないわ」バンチが言った。「もっとも、あたしはその場にいなかったんだけど――」と申し訳なさそうにつけくわえた。

「狙いは少しこみいっているんですよ。しかも、どうなるかわからないきわどい状況だったのです。こういう筋書きだったんですの。ミッチは軽い気持ちで脅迫を計画していたと認める。だけど今になって怖くなってきたので、真実をしゃべってしまおうと決心する。ミッチはダイニングの鍵穴から、廊下にいるミス・ブラックロックが拳銃を手にルディ・シャーツの背後に回るのを見た。実際に起きたことを見たのだ。そう話させることにしたのです。ただ、シャーロット・ブラックロックがカギは鍵穴に差さっていたから、ミッチに何も見えたわけがないと気づく危険がありました。でも、人はひどいショックを受けたときには、そうしたことまで頭が回らないだろう、と思ったのです。シャーロットは、ミッチに見られたということしか考えられなくなってしまうだろうと」

クラドックが話の先を続けた。

「だが、わたしがその話を信じていないふりをすることが肝要でした。ついに狙っている相手を明らかにすると言わんばかりに、これまで疑ったことのない人間を責め立てました。エドマンドを追及したのです――」

「そして、ぼくはとても上手に自分の役を演じました」エドマンドは言った。「きっぱりと否定。すべて計画どおりです。計画になかったのは、フィリッパ、きみがかわいらしい口をはさんで、〝ピップ〟だと名乗りでたことだ。警部もぼくも、きみがピップだなんて思ってもいなかった。ぼくがピップを演じる予定だったんだから！　一瞬、ぼくたちの足並みは乱れたけど、警部はさすがにベテランらしく立ち直って、ぼくが金持ちの妻を求めているという、嫌味なせりふを口にした。それはきみの潜在意識に染みこんだから、今後、ぼくたちの間のトラブルの種になるかもしれないな」

「どうしてそんな真似をしたの？」

「わからない？　シャーロット・ブラックロックの視点からすれば、真相を目撃したかもしれない人物はミッチだけなんだ。警察は別の人間を疑っている。ミッチは嘘つきとして片づけられてしまった。しかし、ミッチが頑固に言い張れば、警察も真面目に耳を傾けるかもしれない。そこでミッチの息の根を止めなくてはならなかった」

「ミッチは部屋を出ると、まっすぐキッチンに戻ったのです。わたしが言っておいたように」マープルが話の先を続けた。「ミス・ブラックロックはすぐにあとを追いました。ミッチはキッチンで一人のように見えましたけど、フレッチャー部長刑事が食器室のドアの陰にいたんですよ。そしてわたしはキッチンの掃除道具入れに隠れていました。幸い、とてもやせていますからね」

バンチはマープルを見た。

「どんなことが起きると推測していたんですか、ジェーンおばさん？」

「ふたつのうち、どちらかだったでしょうね。シャーロットはミッチにお金をあげて口止めするかもしれない。そうしたら、フレッチャー部長刑事がその提案の目撃者になるでしょう。さもなければ、ミッチを殺そうとするかもしれないと思ったのですよ」

「でも、そんなことをしたらもう逃げられないでしょう？　すぐに疑われるわ」

「ああ、あの人はもうきちんと考えられない状態だったの。追いつめられたネズミみたいだったのよ。あの日、起きたことを考えてみてちょうだい。ミス・ヒンチクリフとミス・マーガトロイドのやりとり。ミス・ヒンチクリフが車で駅に向かう。ミス・ヒンチクリフが戻ってきたらすぐに、ミス・マーガトロイドはレティシア・ブラックロックがあの夜、部屋にいなかった、と伝えるでしょう。ミス・マーガトロイドにしゃべらせないようにするには、ほんの数分しかありませんでした。計画を立てたり、準備をしたりする時間はなかったのです。いきあたりばったりな殺し方をするしかなかった。気の毒なミス・マーガトロイドに挨拶して、すぐさま首を絞めたのですね。そして急いで家に戻り、着替えて、他の人たちが帰ってきたときには暖炉のそばにすわっていたのよ。まったく外出しなかったような顔でね。

それから、ジュリアの身元が明らかになりました。ミス・ブラックロックは真珠のネックレスを切ってしまい、誰かが傷痕に気づいたかもしれないと不安になる。それから警部が電話してきて、全員を連れていく、と言う。考える時間も、落ち着く時間もありません。すでに、いくつもの殺人を犯してしまいました。もはや安楽死さながらの殺人とか、邪魔な青年を亡き者にする計画とか、そういう余裕はなかったのです。ただ殺してしまうしかなかったんですよ。自分は安全だろうか？　ええ、これまでのところは。そのとき、ミッチが現われたのです。またもや新たな危機です。ミッチを殺して、黙らせる！　恐怖で我を忘れてしまったのでしょうね。もはや人間ではなかったのよ。ただの危険なけだものになり果てていたの」

「だけど、どうして掃除用具入れに隠れていたんですか、ジェーンおばさん？」バンチがたずねた。「フレッチャー部長刑事に任せるわけにいかなかったんですの？」

「二人いたほうが安全だったからですよ。それに、わたしはドーラ・バナーの物真似ができましたからね。シャーロット・ブラックロックを自白に追いこめるものがあるとしたら、その声だけでしょう」

「確かに、そうでした！」

「ええ。とても取り乱していましたね」

長い沈黙が続いた。みんな、そのときのことを思い返しているのだった。やがて、緊張を和らげるかのように、あえて軽い口調でジュリアが言いだした。

「ミッチはすっかり変わったわ。きのう、サザンプトンの近くに仕事を見つけたと話していました。そして、こう言ったんです（ジュリアはミッチのしゃべり方を巧みに真似た）。

『あっちに行って、外国人だから警察に登録しなくちゃならないと言われたら、こう言ってやりますよ、ええ、登録しますよ！　警察は、あたしをよく知っているのよ。警察の手伝いをしたんですからね！　あたしがいなかったら、とっても危険な殺人者を逮捕できなかった。あたしは命がけでやったのよ、勇敢だから。ライオンみたいに勇敢だからよ。危険なんて、ものともしないんだからね。すると向こうは、ミッチ、きみはヒロインだ、すばらしい、って言うでしょうね。そうしたら、あたし、あら、たいしたことないわ、って言っとくわ』」

ジュリアは言葉を切った。

「まだまだ、いろいろ言ってましたけどね」

「きっと」エドマンドが考えこみながら言った。「じきに、ミッチはひとつどころか、何百という事件で警察の手助けをしたって吹聴《ふいちょう》するようになるよ！」

「わたしにもやさしくなったんです」フィリッパが言った。「結婚プレゼントとして、美味なる死のレシピを贈ってくれたんです。ジュリアにはその秘密を決して教えてはいけない、って念を押されましたけどね。ジュリアは、あの人のオムレツ用フライパンをだいなしにしてしまったからなんですって」

「ルーカス夫人は」とエドマンドが言った。「今じゃフィリッパをやたらにちやほやしていますよ。ベル・ゲドラーが亡くなって、フィリッパとジュリアがゲドラーの遺産を相続したからです。夫人は銀のアスパラガス用はさみを贈ってくれました。あの人を結婚式に招待しなかったら、さぞ気分がいいでしょうね！　そのことで、ひそかに喜びを感じていますよ！」

「そして、二人は末永く幸せに暮らしました」パトリックが言った。「エドマンドとフィリッパか。ジュリアとパトリックはどうかな？」遠慮がちにたずねた。

「あたしとじゃ、あなたは末永く幸せに暮らせないわ」ジュリアが言った。「クラドック警部がとっさに考えついた言葉は、エドマンドよりもあなたにぴったりよ。金持ちの妻を手に入れようとする色男。」

「ずいぶんとご挨拶だな。でも、ぼくがやったことはきみのためになったよね」

「あたし、もうちょっとで殺人罪で刑務所行きだったのよ。あなたの忘れっぽさのせいで危なかったわ。妹さんの手紙が届いた夜のことは、絶対に忘れられない。もうおしまいだと思った。言い逃れができそうになかったもの。あたしね、今は舞台に立ちたいと思っているの」

「なんだって？　きみも？」パトリックはうめいた。

「ええ。パースに行こうかと思って。そこの劇団でジュリアの代わりに役がもらえるかもしれない。演劇を学んだら、劇場経営に乗りだしたいの。そしたら、エドマンドの戯曲を上演するわ」

「小説を書いているのかと思ったよ」ジュリアン・ハーモンが言った。

「ええ、書いていましたよ」エドマンドが言った。「最初は小説を書いていたんです。なかなかいい小説です。ひげを剃っていない男がベッドから出てきて、その男がどんな匂いがするとか。それから灰色に曇った通り、腫物のあるぞっとする老婆、顎によだれを垂らしている意地悪な若い売春婦——全員がだらだらと世の中のことについてしゃべり、何のために生きているのだろうと疑問に感じる。そうしたらいきなり、ぼくも疑問に感じはじめたんです。すると、おもしろいアイディアが閃いた。ぼくはそれを書き留め、なかなかすばらしい場面に仕立て上げた。きわめて単純な話です。だけどなぜか、興味がわいてきて、あっという間に、三幕のものすごく滑稽な喜劇を書き上げたんです」

「なんていうタイトルなんだ？」パトリックがたずねた。「《執事は見た》？」

「まあ、そんなようなものだけど……ええと、《象は忘れる》というんだ。おまけに、脚本が売れて、近く上演されるんだよ」

「象は忘れる」バンチがつぶやいた。「象は忘れないんじゃないかしら？」

ジュリアン・ハーモン牧師が急にうしろめたそうな顔になった。

「しまった。あまりおもしろかったものだから。教会での説教のことを忘れていた！」

「またミステリ小説のせいね」バンチが言った。「ただし、今回は現実のミステリだったけど」

「汝、人殺しをするなかれ、ってお説教すればいいですよ」パトリックが提案した。

「いや」ジュリアン・ハーモンは静かに言った。「それはお説教のテーマになりませんな」

「そうね」バンチは言った。「そのとおりね、ジュリアン。あたし、もっといいテーマを知っているわ。楽しいテーマなの」バンチはすがすがしい声で旧約聖書から引用した。「ごらん、春になりて、海亀《タートル》の声が地に聞こえる——そこがよくわからないのよ。おわかりでしょ。どうして海亀なのかわからないわ。海亀はいい声をしているとは思えないもの」

「海亀というのは」とジュリアン・ハーモン牧師が説明した。「ちゃんとした翻訳じゃないんだ。それは爬虫類《はちゅうるい》のことではなく、キジバト（タートルダブ）のことなんだよ。もともとのヘブライ語では――」

バンチがジュリアンを抱きしめたので、言葉が途切れた。

「あたし、ひとつ知ってるわ。あなたは聖書のアハシュエロスはアルタクセルクセス二世だと考えているんでしょ。でも、あたしたちのあいだでは、アルタクセルクセス三世なのよ」

いつものように、ジュリアン・ハーモンは、どうして妻がこの話をとりわけおもしろがるのか不思議でならなかった。

「ティグラト・ピレセルがあなたのお手伝いをしたがってるわ」バンチが言った。「この猫、とても得意になっているのよ。なにしろ、ヒューズがどうして飛んだのか教えてくれたんですもの」

エピローグ

「新聞をとらなくちゃね」エドマンドがフィリッパに言った。二人は新婚旅行を終えてチッピング・クレグホーンに帰ってきたところだった。「トットマンの店に行こう」

ミスター・トットマンは太っているので肩で息をしながら、のろのろと、だが愛想よく二人を迎えた。

「無事にお帰りでなによりです、だんなさん。それに奥さま」

「新聞をとりたいんだ」

「かしこまりました。ところで、お母さまはお元気ですか？　ボーンマスに落ち着かれたのでしょうか？」

「気に入ったみたいだね」エドマンドは言ったが、実際のところはまったく知らなかった。だが、息子というものは、しばしばいらいらさせられるけれども愛する親が、万事順調だと考えたがるものだ。

「そうですか。とてもいい所ですからねえ。去年、休暇で行きましてね。母は大喜びでした」

「それはよかった。新聞のことだけど、できたら――」

「それから、ロンドンであなたのお芝居が上演されているそうですね。とてもおもしろいと、うかがいました」

「ああ、とても評判がいいようだ」

「《象は忘れる》というタイトルだそうで。こんなことをおたずねして失礼ですが、忘れないものだと思っていたんですが――象はですな」

「うん、確かに――あんなタイトルにして失敗だったと思いはじめているんだ。みんな、きみのように言うものだから」

「動物学では、それが定説ってことになっているようですよ」

「ああ、そうか、ハサミムシは子育てが上手っていう定説もあるな」

「ハサミムシが？　ほう、それは知りませんでした」

「新聞のことだけど――」

「まず《タイムズ》でしょうかね」トットマンは鉛筆を手にして相手をうかがった。

「《デイリー・ワーカー》だ」エドマンドはきっぱり言った。「それから《デイリー・

テレグラフ》」とフィリッパ。「それから《ニュー・ステイツマン》」エドマンドが言った。「《ラジオ・タイムズ》」とフィリッパ。「《スペクテーター》」とエドマンド。「《ガーデナーズ・クロニクル》」とフィリッパ。

二人ともそこで息をついた。

「ありがとうございます」トットマンが言った。「それから《ガゼット》ですな？」

「けっこうだよ」とエドマンド。

「いらないわ」とフィリッパ。

「失礼ですが、《ガゼット》はおとりになるんですよね？」

「いらない」

「いらないわ」

「つまり」トットマンは物事をはっきりさせておきたかった。「《ガゼット》はおとりにならないんですか？」

「うん、いらないよ」

「絶対にいらないわ」

「《ノース・ベナム・ニューズ・アンド・チッピング・クレグホーン・ガゼット》はいらないと――」

「そう」

「週に一度、お届けしなくてよろしいんですね?」

「そうだ」エドマンドはつけくわえた。「はっきりわかったね?」

「ああ、なるほど、わかりました」

エドマンドとフィリッパは店を出ていった。トットマンはのろのろと奥の部屋に入っていった。

「鉛筆をとってくれないか、母さん。おれのペンが見当たらないんだ」

「ほら、これでしょ」トットマン夫人が言って、注文書をとりあげた。「あたしが書くわ。注文は何？」

「《デイリー・ワーカー》《デイリー・テレグラフ》《ラジオ・タイムズ》《ニュー・ステイツマン》《スペクテーター》——それにええと——《ガーデナーズ・クロニクル》」

「《ガーデナーズ・クロニクル》」トットマン夫人が繰り返し、鉛筆を走らせた。「それに《ガゼット》ね」

「《ガゼット》はいらないんだって」

「なんですって？」

「《ガゼット》はとらないんだ。そう言ってた」

「ばかばかしい」トットマン夫人は言った。「おまえ、ちゃんと聞いていなかったのよ。もちろん《ガゼット》はとりますよ！　どこのうちでも《ガゼット》をとっているじゃないの。あれがなかったら、このあたりで何が起きているのかどうやって知るの？」

解説

ミステリ・コラムニスト
三橋　暁

クリスティーのミス・マープルものの長篇は、たった一ダースしかない。いや、短篇を含めるならば『火曜クラブ』の十三篇があるし、『クリスマス・プディングの冒険』などのオムニバスへの収録作もある。しかし、単純に比較すれば、セント・メアリ・ミード村の老嬢が登場する作品は、灰色の脳細胞でおなじみの卵型の頭と口ひげの名探偵の半分にも満たない。

しかしこの数的な劣勢は、クリスティーとミス・マープルの関係を語る際、大した傍証とはならない。初舞台こそポアロに十年の遅れをとったものの、マープルが二番手に甘んじていたわけではないことは、『牧師館の殺人』に始まる一ダースの長篇と二十篇の短篇の一つ一つが、雄弁に物語っている。

それもその筈で、ミス・マープルことジェーン・マープルは、エルキュール・ポアロをはじめ、トミーとタペンス（ベレズフォード夫妻）、パーカー・パイン、ハーリ・クィン、バトル警視ら多士済々の探偵役たちの中にあって、もっとも作者のお気に入りだったといわれる。読者からの人気という点でライバル関係にあったポアロとの比較でいえば、時が経つにつれ、その名探偵然とした佇《たたず》まいゆえに作者からも疎まれるに至ったベルギー人探偵とは対照的に、初老期にさしかかっていた自身を重ね、作者の分身でもある自然体のヒロインとして、愛着を深めていったのではないかと思《おぼ》しい。

一説に拠れば、マープルの人物像は作者の血筋と関係があるとも言われる。クリスティーには、世の中と距離をおいたヴィクトリア朝風の引き籠り生活を送っていた祖母がいた。色白で感じのいい老婦人だったそうだが、時に人間の邪悪な一面をとことん知り抜いているかのように孫娘の目には映ったという（『火曜クラブ』巻頭の「著者の言葉」より）。

また、マープル誕生の背景については、クリスティーとの交流もあったクリスチアナ・ブランドが、うまいことを言っている。クリスティーはムッシュ・ポアロのアンチテーゼとしてミス・マープルを生み出したのである、と（エッセイ「ミス・マープルの肖像」より）。確かに、ポアロがしばしば見せる尊大で芝居がかった態度は、黄金時代とも呼ばれた同時代の名探偵たちに倣《なら》ったものだったろう。それに対し、ミス・マープルの周囲を包み込むような穏やかでほのぼのした雰囲気は、クリスティーの理想そのものだったに違いない。

さて、ここに新訳版をお届けする『予告殺人』は、原題を *A Murder Is Announced*（殺人は告知される）といい、一九五〇年六月、ロンドンのコリンズ社から刊行された。マープルものの第一長篇『牧師館の殺人』（ただしマープル・シリーズは、『火曜クラブ』の諸短篇が先行）から数えて四作目にあたり、『動く指』（一九四二年）と『魔術の殺人』（一九五二年）の間に位置する。わが国の読者には、一〇〇番台の初期〈ハヤカワ・ミステリ〉に収められた詩人の田村隆一訳で長らく親しまれてきたが、半世紀以上の時を経たこともあって、この度の新訳登場となった。

実は、本作は作者の五十作目の著作にあたり、六十歳を迎えたクリスティーはこの年を節目と考えたのか、自伝の執筆を開始している。一方、作者の母国イギリスもまた大きな時代の転換期を迎えていた。

『予告殺人』の時代背景は、第二次世界大戦の終戦からの復興期にあたる。戦勝国となったものの、国民は戦争の疲弊を引きずり、インフレと物資の欠乏に苦しんでいた。燃料の石炭は配給制となり、作中でも登場人物たちは口々に室内暖房のセントラルヒーティングのことを話題にしている。

舞台となるのは、絵画のような田園風景の中にあるチッピング・クレグホーンである。そこに立ち並ぶ初期ヴィクトリア朝様式の屋敷の一つリトル・パドックスには、女主人のレティシア・ブラックロックが、友人や遠縁の親族たち、使用人らと暮らしている。

物語は、十月のとある金曜日から始まる。その朝、村の各戸に配達されたばかりのローカル紙《ガゼット》に載った個人広告は、住民を騒然とさせた。中古車や子犬の譲渡と並んで、なんと殺人の告知がなされていたのだ。ご丁寧にも、広告には「お知り合いの方々にご出席いただきたく」と書き添えられていた。

その日の夕刻、告知にあったリトル・パドックスの屋敷には、好奇心いっぱいの近隣の人々が訪ねてくる。女主人は客たちを応接間に迎えシェリー酒でもてなすが、定刻の六時半をマントルピースの時計が告げると、突然明かりが消える。ざわめきが起きる中、謎の侵入者がドアロから懐中電灯の光を室内に巡らせるや、三発の銃声が闇を引き裂いた。ほどなく部屋は明るくなるが、そこには見知らぬ男の死体が横たわっていた。

戸籍制度のないイギリスでは、結婚の手続きとして、式を挙げる前の一定期間、二人が一緒になる旨を世間に告知する習わしがあったという（現在もレジストリー・オフィスへの届け出という手続きが制度として残っている）。英国式ともいうべき〝結婚の告知〟を〝殺人の告知〟と置き換えたのは、クリスティー一流のブラック・ユーモアだろう。

殺人ゲーム（ミステリの登場人物になって殺人事件を疑似体験する遊び）を気取ったかのような、人を喰った発端を前奏曲に、リトル・パドックスの屋敷を舞台に繰り広げられる一幕は、一種の劇場型犯罪であり、全員が容疑者という衆人監視下の殺人として不可能犯罪の要素もある。フーダニット（誰が？）とホワイダニット（なぜ？）を兼ね備えたこの謎は、冒頭から読者の興味を鷲掴みにするほど劇的で、マープルのシリーズのみならず、クリスティーの全著作中、屈指の一作と推す声は多い。

あまりに有名な「クリスティーに脱帽」（一九五一年）における乱歩の高評価をはじめ、辛口の評論にも定評のある英国作家ロバート・バーナードは、「欺しの天才 アガサ・クリスティ創作の秘密」（一九七九年）の中で『ポアロのクリスマス』『五匹の子豚』と並べ本作を傑作として扱っている。また、いわゆるクリスティー作品のベストテンでは、クリスティー自身がお気に入りの十作（一九七二年）の一つに本作を挙げているし、日本クリスティ・ファンクラブが四位（一九八二年）に、ミステリファンクラブの老舗SRの会は七位（二〇一七年）に選出している。

話を冒頭の謎に戻すと、いくら魅力的であったとしても、それだけならば竜頭蛇尾で終わってしまう。地元警察のクラドックは、『パディントン発4時50分』や『鏡は横にひび割れて』、短篇の「教会で死んだ男」でも活躍する警部だが、男の死を他殺とみるや、女主人や屋敷の住人、殺人現場に居合わせた村の人々すべてに疑いの目を向けていく。

一方マープルは、少し遅れて村の牧師館の客として読者の前に登場する。村を騒がせている醜聞を耳にするや、持ち前の好奇心と鋭い観察眼はいきなり全開となり、亀の甲より年の劫を地で行く老獪《ろうかい》な推理で、事件の真相へと迫っていく。

興味深い点として押さえておきたいのは、先にも触れたように、本作の中に描かれる時代背景である。大戦後の復興も決して順風満帆ではなく、それがチッピング・クレグホーンの村で暮らす中流階級の人々の生活にも影を落としている。使用人が移民だというのも、自国の世情の変化を表す一つといっていいだろう。

たくまざるチームワークで、警部とマープルが掘り起こしていくのは、事件の遠因ともなった因縁の数々であるが、それもまたそんな時代の趨勢と無縁ではない。やがて明らかになっていく悲劇的な真相は、運命の悪戯としかいいようがないが、それに怯える弱い人間の姿を、クリスティーは哀切をこめて描いてみせる。ミステリ・ファンの間では、すでに古典となって久しい本作だが、発表当時は優れた現代ミステリであったことを想像いただけると思う。

ところで、クリスティーの人気作品の例に洩れず、本作もさまざまなアダプテーションがなされてきた。

クリスティーの舞台化作品についても詳しいグエン・ロビンスの「アガサ・クリスティの秘密」によれば、本作が上梓された一九五〇年代は、劇作家クリスティーの黄金時代だったという。この時期だけで多数の作品が舞台化されており、その多くはクリスティーが自分の小説を戯曲化したものだったが、『ブラック・コーヒー』や『招かれざる客』のように、舞台上演のために書き下ろされた戯曲もあった（後年、チャールズ・オズボーンがそれを小説化している）。

一方で、クリスティー以外の手で原典を脚色した例もあり、『予告殺人』もその一つだった。イギリスでの初演は一九七七年のことで、戯曲化を担当したレスリー・ダーボンは、後に『ひらいたトランプ』の舞台版も手掛けることになる。原作に比較的忠実だった『予告殺人』の舞台は好評だったようで、後年には海外でも上演されているという。

また、映画化の例は知らないが、TVドラマではジョーン・ヒクソンがマープルを演じたBBC製作の『ミス・マープル』（一九八四〜九二年）と、ジェラルディン・マクイーワン（途中でジュリア・マッケンジーと交替）主演、ITV製作の『アガサ・クリスティー ミス・マープル』（二〇〇四〜一三年）が本作を映像化している。

日本では、過去に岸惠子をミス・マープルに見立てた（役名は馬淵淳子）『ミス・マープルシリーズ』（日本テレビ系・二〇〇六〜七年）が、第三話で『予告殺人』を採り上げているが、記憶に新しいところでは、二〇一九年四月、これまでも和泉聖治監督でクリスティーをドラマ化してきたテレビ朝日が、『ドラマスペシャル アガサ・クリスティ 予告殺人』を製作した。

大地真央が屋敷の女主人を演じ、室井滋、北乃きい、ルビー・モレノら個性派が脇を固める配役も話題となったが、ミステリとして細部にこだわり原作に手を加えた長坂秀佳の脚本にも注目したい。ただし、探偵役は沢村一樹扮する警視庁捜査一課の警部相国寺竜也で、マープルに相当する役は登場しない。

没後五十年近く経つが、二〇二〇年現在でもクリスティーの人気は衰えるどころか、むしろ読者を増やしているのかもしれない。ふとそんな思いを抱いたのは、アガサ・

クリスティー・リミテッド（ACL）が二〇一五年に開催した“THE WORLD'S FAVOURITE CHRISTIE GLOBAL VOTE”という世界中のクリスティー・ファンによる人気投票に、百カ国を越える一万五千人以上もの読者が参加したと知ったからだ（当然ながら、そこにはこの『予告殺人』も全作品中第六位と、上位にランクインしている）。

よくできたミステリは時代を映す鏡でもあり、本作はそのお手本ともいえる。しかし、当時は想像もできなかったであろう未来に暮らすわれわれが、過去の読者とクリスティーの作品を共有できるのは、犯罪という悲劇を描きながら、それと向き合う人間の悲しみから目を逸らさずに来た作者の創作姿勢ゆえだろう。

そういう意味で、物語の終盤で牧師が口にする「人殺しも、とても人間的なんですね」というひと言は、クリスティー作品に一貫する主題そのものといえる。この主題が普遍なものである限り、クリスティーの作品は時代の垣根を越えて読み継がれていくに違いない。

二〇二〇年四月

本書は、二〇〇三年十一月にクリスティー文庫
より刊行された『予告殺人』の新訳版です。

好奇心旺盛な老婦人探偵
〈ミス・マープル〉シリーズ

本名ジェーン・マープル。イギリスの素人探偵。ロンドンから一時間ほどのところにあるセント・メアリ・ミードという村に住んでいる、色白で上品な雰囲気を漂わせる編み物好きの老婦人。村の人々を観察するのが好きで、そのうちに直感力と観察力が発達してしまい、警察も手をやくような難事件を解決するまでになった。新聞の情報に目をくばり、村のゴシップに聞き耳をたて、それらを総合して事件の謎を解いてゆく。家にいながら、あるいは椅子に座りながらゆったりと推理を繰り広げることが多いが、敵に襲われるのもいとわず、みずから危険に飛び込んでいく行動的な面ももつ。

長篇初登場は『牧師館の殺人』（一九三〇）。「殺人をお知らせします」という衝撃的な文章が新聞にのり、ミス・マープルがその謎に挑む『予告殺人』（一九五〇）や、その他にも、連作短篇形式をとりミステリ・ファンに高い評価を得ている『火曜クラブ』（一九三二）、『カリブ海の秘密』（一九六四）とその続篇『復讐の女神』（一九七一）などに登場し、最終作『スリーピング・マーダー』（一九七六）まで、息長く活躍した。

35 牧師館の殺人
36 書斎の死体
37 動く指
38 予告殺人
39 魔術の殺人
40 ポケットにライ麦を
41 パディントン発4時50分
42 鏡は横にひび割れて
43 カリブ海の秘密
44 バートラム・ホテルにて
45 復讐の女神
46 スリーピング・マーダー

灰色の脳細胞と異名をとる

〈名探偵ポアロ〉シリーズ

本名エルキュール・ポアロ。イギリスの私立探偵。元ベルギー警察の捜査員。卵形の顔とぴんとたった口髭が特徴の小柄なベルギー人で、「灰色の脳細胞」を駆使し、難事件に挑む。『スタイルズ荘の怪事件』（一九二〇）に初登場し、友人のヘイスティングズ大尉とともに事件を追う。フェアかアンフェアかとミステリ・ファンのあいだで議論が巻き起こった『アクロイド殺し』（一九二六）、イニシャルのABC順に殺人事件が起きる奇怪なストーリーが話題をよんだ『ABC殺人事件』（一九三六）、閉ざされた船上での殺人事件を巧みに描いた『ナイルに死す』（一九三七）など多くの作品で活躍し、最後の登場になる『カーテン』（一九七五）まで活躍した。イギリスだけでなく、イラク、フランス、イタリアなど各地で起きた事件にも挑んだ。

映像化作品では、アルバート・フィニー（映画《オリエント急行殺人事件》）、ピーター・ユスチノフ（映画《ナイル殺人事件》）、デビッド・スーシェ（TVシリーズ）らがポアロを演じ、人気を博している。

1 スタイルズ荘の怪事件
2 ゴルフ場殺人事件
3 アクロイド殺し
4 ビッグ4
5 青列車の秘密
6 邪悪の家
7 エッジウェア卿の死
8 オリエント急行の殺人
9 三幕の殺人
10 雲をつかむ死
11 ABC殺人事件
12 メソポタミヤの殺人
13 ひらいたトランプ
14 もの言えぬ証人
15 ナイルに死す
16 死との約束
17 ポアロのクリスマス
18 杉の柩
19 愛国殺人
20 白昼の悪魔
21 五匹の子豚
22 ホロー荘の殺人
23 満潮に乗って
24 マギンティ夫人は死んだ
25 葬儀を終えて
26 ヒッコリー・ロードの殺人
27 死者のあやまち
28 鳩のなかの猫
29 複数の時計
30 第三の女
31 ハロウィーン・パーティ
32 象は忘れない
33 カーテン
34 ブラック・コーヒー〈小説版〉

冒険心あふれるおしどり探偵

〈トミー&タペンス〉

本名トミー・ベレズフォードとタペンス・カウリイ。『秘密機関』(一九二二)で初登場。心優しい復員軍人のトミーと、牧師の娘で病室メイドだったタペンスのふたりは、もともと幼なじみだった。長らく会っていなかったが、第一次世界大戦後、ふたりはロンドンの地下鉄で偶然にもロマンチックな再会をはたす。お金に困っていたので、まもなく「青年冒険家商会」を結成した。この後、結婚したふたりはおしどり夫婦の「ベレズフォード夫妻」となり、共同で探偵社を経営。事務所の受付係アルバートとともに事務所を運営している。トミーとタペンスは素人探偵ではあるが、その探偵術は、数々の探偵小説を読破しているので、事件が起こるとそれら名探偵の探偵術を拝借して謎を解くというユニークなものであった。

『秘密機関』の時はふたりの年齢を合わせても四十五歳にもならなかったが、

最終作の『運命の裏木戸』（一九七三）ではともに七十五歳になっていた。青春時代から老年時代までの長い人生が描かれたキャラクターで、クリスティー自身も、三十一歳から八十三歳までのあいだでシリーズを書き上げている。ふたりの活躍は長篇以外にも連作短篇『おしどり探偵』（一九二九）で楽しむことができる。

ふたりを主人公にした作品が長らく書かれなかった時期には、世界各国の読者からクリスティーに「その後、トミーとタペンスはどうしました？　いまはなにをやってます？」と、執筆の要望が多く届いたという逸話も有名。

47　秘密機関
48　NかMか
49　親指のうずき
50　運命の裏木戸

バラエティに富んだ作品の数々

〈ノン・シリーズ〉

名探偵ポアロもミス・マープルも登場しない作品の中で、最も広く知られているのが『そして誰もいなくなった』（一九三九）である。マザーグースになぞらえて殺人事件が次々と起きるこの作品は、不可能状況やサスペンス性など、クリスティーの本格ミステリ作品の中でも特に評価が高い。日本人の本格ミステリ作家にも多大な影響を与え、多くの読者に支持されてきた。

その他、紀元前二〇〇〇年のエジプトで起きた殺人事件を描いた『死が最後にやってくる』（一九四四）、『チムニーズ館の秘密』（一九二五）に出てきたロンドン警視庁のバトル警視が主役級で活躍する『ゼロ時間へ』（一九四四）、オカルティズムに満ちた『蒼ざめた馬』（一九六一）、スパイ・スリラーの『フランクフルトへの乗客』（一九七〇）や『バグダッドの秘密』（一九五一）などのノン・シリーズがある。

また、メアリ・ウェストマコット名義で『春にして君を離れ』（一九四四）をはじめとする恋愛小説を執筆したことでも知られるが、クリスティー自身は四半世紀近くも関係者に自分が著者であることをもらさないよう箝口令をしいてきた。これは、「アガサ・クリスティー」の名で本を出した場合、ミステリと勘違いして買った読者が失望するのではと配慮したものであったが、多くの読者からは好評を博している。

72 茶色の服の男
73 チムニーズ館の秘密
74 七つの時計
75 愛の旋律
76 シタフォードの秘密
77 未完の肖像
78 なぜ、エヴァンズに頼まなかったのか？
79 殺人は容易だ
80 そして誰もいなくなった
81 春にして君を離れ
82 ゼロ時間へ
83 死が最後にやってくる

84 忘られぬ死
86 暗い抱擁
87 ねじれた家
88 バグダッドの秘密
89 娘は娘
90 死への旅
91 愛の重さ
92 無実はさいなむ
93 蒼ざめた馬
94 ベツレヘムの星
95 終りなき夜に生れつく
96 フランクフルトへの乗客

名探偵の宝庫
〈短篇集〉

クリスティーは、処女短篇集『ポアロ登場』（一九二三）を発表以来、長篇だけでなく数々の名短篇も発表し、二十冊もの短篇集を発表した。ここでもエルキュール・ポアロとミス・マープルは名探偵ぶりを発揮する。ギリシャ神話を題材にとり、英雄ヘラクレスのごとく難事件に挑むポアロを描いた『ヘラクレスの冒険』（一九四七）や、毎週火曜日に様々な人が例会に集まり各人が体験した奇怪な事件を語り推理しあうという趣向のマープルものの『火曜クラブ』（一九三二）は有名。トミー＆タペンスの『おしどり探偵』（一九二九）も多くのファンから愛されている作品。

また、クリスティー作品には、短篇にしか登場しない名探偵がいる。心の専門医の異名を持ち、大きな体、禿頭、度の強い眼鏡が特徴の身上相談探偵パーカー・パイン（『パーカー・パイン登場』一九三四　など）は、官庁で統計収集の事務を行なっていたため、その優れた分類能力で事件を追う。また同じく、ハーリ・クィンも短篇だけに登場する。心理的・幻想的な探偵譚を収めた『謎のクィン氏』（一九三〇）などで活躍する。その名は「道化役者」の意味で、まさに変幻自在、現われてはいつのまにか消え去る神秘的不可思議的な存在として描かれている。恋愛問題が絡んだ事件を得意とするというユニークな特徴をもっている。

ポアロものとミス・マープルものの両方が収められた『クリスマス・プディングの冒険』（一九六〇）や、いわゆる名探偵が登場しない『リスタデール卿の謎』（一九三四）や『死の猟犬』（一九三三）も高い評価を得ている。

51 ポアロ登場
52 おしどり探偵
53 謎のクィン氏
54 火曜クラブ
55 死の猟犬
56 リスタデール卿の謎
57 パーカー・パイン登場
58 死人の鏡
59 黄色いアイリス
60 ヘラクレスの冒険
61 愛の探偵たち
62 教会で死んだ男
63 クリスマス・プディングの冒険
64 マン島の黄金

訳者略歴　お茶の水女子大学英文科卒，英米文学翻訳家　訳書『アクロイド殺し』クリスティー，『猫的感覚』ブラッドショー，『猫はひげを自慢する』ブラウン（以上早川書房刊）他多数

予《よ》告《こく》殺《さつ》人《じん》
〔新訳版〕

〈クリスティー文庫38〉

二〇二〇年五月二十日　印刷
二〇二〇年五月二十五日　発行
（定価はカバーに表示してあります）

著者　アガサ・クリスティー
訳者　羽《は》田《た》詩《し》津《ず》子《こ》
発行者　早川　浩
発行所　株式会社　早川書房
郵便番号一〇一－〇〇四六
東京都千代田区神田多町二ノ二
電話　〇三－三二五二－三一一一
振替　〇〇一六〇－三－四七七九九
https://www.hayakawa-online.co.jp
乱丁・落丁本は小社制作部宛お送り下さい。
送料小社負担にてお取りかえいたします。

印刷・信毎書籍印刷株式会社　製本・株式会社明光社
Printed and bound in Japan
ISBN978-4-15-131038-6 C0197

本書は活字が大きく読みやすい〈トールサイズ〉です。